암살자 3
중국입성

암살자 3

초판1쇄 인쇄 | 2021년 1월 10일
초판1쇄 발행 | 2021년 1월 15일

지은이 | 이원호
펴낸이 | 박연
펴낸곳 | 한결미디어

등록 | 2006년 7월 24일(제313-2006-000152호)
주소 | 서울시 마포구 모래내로 83 한올빌딩 6층
전화 | 02-704-3331
팩스 | 02-704-3360
이메일 | okpk@hanmail.net

ISBN 979-11-5916-146-9 979-11-5916-143-8(set) 04810

암살자

③

중국입성

이원호 지음

한결미디어
HANGYEOL
MEDIA

차례

1장 피신

"이런 청부는 처음이다."

케니스가 창밖을 내다보면서 말했다.

"특정인이 아니라 아무 놈이나 서너 명 쏴 죽이라니 말이야."

"난 마음에 들지 않아, 켄."

주반이 이맛살을 찌푸렸다.

오후 4시 반.

"예감도 안 좋고."

"왜?"

드라구노프의 스코프에 눈을 붙였다가 뗀 케니스가 주반을 보았다.

"저 새끼들이 우리를 미끼로 내놓는 느낌이 들어."

"그럴 리가 있나? 물론 저놈들은 저희들 흔적을 보이지 않으려고 우릴 불렀지만 말야. 우리가 잘못되면 당장 저놈들한테 불똥이 튄다고."

'저놈'이란 CIA, 코왈스키를 말한다.

주반은 케니스의 조수, 경호원, 정보원까지 겸하고 있다. 골프 캐디보다 두 배는 더 전문적인 위치다.

주반이 호떡 같은 얼굴을 들고 말했다.

"우리가 꼭 전쟁의 시발자 같은 생각이 든다고. 1차 세계대전을 촉발시킨 오스트리아 대공의 암살자 같은 기분이야."

"갓댐."

욕을 한 케니스가 활짝 웃었다.

"과연 내 조수다워. 너 같은 조수가 있으니까 내가 더 뜨는 거다."

"켄."

주반이 정색하고 케니스를 불렀다.

"한국 경찰이 고대형한테서 이곳 정보를 다 받았다고 했지?"

"그래. 그래놓고 그놈은 사라졌어."

"그놈이 지금도 한국 경찰을 뒤에서 조종하고 있다면 어떻게 할까?"

그때 다시 스코프로 거리와 어항을 둘러보던 케니스가 돌아앉았다.

이곳은 서천 어항이 내려다보이는 9층짜리 호텔의 9층 방 안이다. 서천 외곽의 신생 거리여서 10층 이상의 건물만 20여 개였고 창밖으로 어항과 선창, 어선들이 한눈에 내려다보인다.

그때 케니스의 시선을 받은 주반이 말을 이었다.

"내가 빅죠 주변에서 들었는데 지난번에 함정을 쳐놓고 기다렸다가 당한 적이 있다더군. 경찰이 어항을 포위하고 덫 안의 고기를 사냥하는 것처럼 했다는 거야."

"……."

"켄, 이렇게 여관에 앉아서 이런 청부가 처음이라고 좋아할 일이 아닌 것 같다."

"……."

"빠지자."

"얌마, 우린 이미 계약을 했다고. 뉴욕에서 30만 불을 받은 거 몰라?"

"다른 데서 잡잔 말야, 켄."

주반의 납작한 얼굴에서 두 눈이 번들거리고 있다.

중국계 4세, 완전한 미국인이다.

"너 돈 있어?"

고대형이 묻자 정유미가 고개를 들었다.

오후 5시 15분, 고대형은 7시발 쾌속선을 타고 부산으로 출발할 예정이다.

"왜 물어요?"

되물은 정유미의 얼굴은 굳어 있다.

고대형은 옷도 갈아입고 출발 준비를 마친 상태. 관광객들에 휩쓸려 가려고 관광객 차림이다.

정유미의 시선을 받은 고대형이 입술 끝만 올리고 웃었다.

"지난번 내가 나눠준 돈은 부모님한테 드렸다고 했지?"

"왜요?"

그때 고대형이 주머니에서 쪽지를 꺼내 정유미 앞 탁자 위에 놓았다.

"거기 계좌번호, 코드번호, 비밀번호가 적혀 있어. 타운 은행에 세 개만 불러주면 지급될 거다."

"……."

"50만 불이야. 넌 나한테 보험 들었으니까 미리 지급한 거다."

"……."

"그리고 이것."

고대형이 다시 쪽지를 하나 꺼내 놓았다.

"마리안 부모의 주소, 전화번호야."

"……."

"내가 심심해서 지미한테 물어보니까 마리안이 베이징에서 한국 특수반에 올 때 사직 처리를 해놓고 특수반 복직을 안 시켰어, 개아들 놈들이."

"……."

"그래서 퇴직금 3만 불 정도만 지급이 된다나 봐."

"……."

"복직된 상태에서 업무 중 사망하면 20만 불까지 받을 수 있는데 말야. 개아들 놈들."

고대형이 어깨를 부풀렸다가 내렸다.

"그래서 거기에 계좌번호, 코드번호, 비밀번호도 적어 놓았는데 50만 불을 넣어 놓았어. 그걸 마리안 부모한테 연락하고 보내주도록 해."

그때 정유미가 입을 열었다.

"돌아오실 거죠?"

"아니."

바로 대답한 고대형이 자리에서 일어섰다.

"내가 쓸데없는 약속을 하는 사람이 아닌 줄 너도 알잖아?"

"지미 우들턴이 외출했다가 9시간 만에 돌아왔습니다."

타라스가 코왈스키에게 보고했다.

"그놈은 위장, 은신의 전문가라고 소문이 났는데 과연 맞습니다. 지부에 감시자를 다섯이나 붙여놓았는데 눈 뜬 장님을 만들어 놓았어요."

"그 방면에는 너희들이 어린애 수준이지. 그놈은 페샤와르에서 10여 년간 교관 노릇을 한 놈이야."

"어떻게 그런 놈이 여기까지 왔지요?"

"그 이야기 하려면 며칠 걸려."

눈을 흘긴 코왈스키가 물었다.

"지미 우들턴이 사무실에 있어?"

"예, 간부회의 중입니다."

"선오버비치."

벽시계가 오후 6시를 가리키고 있다.

코왈스키가 다시 묻는다.

"케니스는?"

"서천에서 기다리고 있습니다."

타라스의 얼굴에 조금 생기가 떠올랐다.

"경찰이 서천에 들어가는 건 확실합니다."

쾌속선의 왼쪽 난간에 기대서 있던 고대형이 옆쪽 유리창을 보았다. 유리창에 비스듬히 비친 위쪽 난간이 보인다.

사내 둘이 나란히 난간에 기대서 있었는데 하나는 손에 무언가를 쥐고 있다. 그것으로 유리창에 비친 사물을 보는 것이다.

고대형이 어금니만 물었다.

오후 7시 15분.

7시 정각에 이즈하라항을 떠난 쾌속선은 부산을 향해 질주하는 중이다.

사내가 손에 쥔 물체는 라이터 같이 보였지만 '반사경'이다. 머리는 반대쪽으로 돌리고 있어도 반사경을 통해 이쪽을 볼 수가 있다. 저 반사경은 고대형도 감시용으로 사용한 적이 있는 것이다.

몸을 돌린 고대형이 발을 떼었다. 선미의 화장실로 다가가는 것이다.

"화장실이야."

야마타가 이 사이로 말하고는 히데야키를 보았다.

"30분만 기다려, 도착하자마자 보고를 할 테니까."

맹렬하게 달리는 쾌속선은 30분쯤 후면 부산에 도착하는 것이다.

"빠가야로. 여기서 찾아내다니."

어깨를 부풀렸다가 내린 야마타가 웃음 띤 얼굴로 말을 이었다.

"핸드릭슨이 고대형하고 통하고 있거나 고위층의 지시를 받은 거야."

"고위층이지, 윌슨이나 영감탱이."

히데야키가 대답했다.

둘은 코왈스키에게 밀착된 CIA 도쿄 지부 요원이다.

코왈스키는 도쿄 지부의 끄나풀들에게도 고대형을 추적하라는 지시를 내렸는데 특히 고위급 요원에게는 밀착 감시를 시켰던 것이다.

그러다 야마타가 자문관 핸드릭슨이 헬기로 후쿠오카까지 날아간 사실을 밝혀냈다. 후쿠오카에 다시 체크를 했더니 그곳에서 민간 헬기로 이즈하라까지 날아온 것이다. 그래서 둘이 이즈하라에 도착한 것이 어젯밤이다.

그러고는 세관의 출입국자 명단을 체크했더니 가명을 쓴 고대형의 얼굴을 찾아낸 것이다. 그것이 바로 오늘 오후 6시 반 무렵이다.

야마타는 그 사실을 바로 서울의 코왈스키에게 보고 하기도 전에 부산행 쾌속선을 타는 고대형을 체크했고 서둘러 같은 배에 동승한 것이다.

간발의 차이였지만 '성과'가 빛나는 일정이다. 야마타와 히데야키의 가슴은 공명심으로 부풀어 있다.

그렇다. 인생에서 간발의 차이로 놓치고 얻는 경우가 수없이 많다. 본인이 의식하지 못할 뿐이다.

야마타와 히데야키가 그렇다. 물론 6시에 세관에서 고대형의 입국 사실을 확인하고 바로 보고를 하려던 찰나에 출국장으로 들어서는 고대형을 발견한 것이다. '신의 도움'이 없었다면 일어날 수 없는 일이다. 이것도 간발의 차이로 행운을 얻은 셈인가?

둘은 부랴부랴 한국행 티켓을 끊느라 보고할 기회를 놓쳤다. 그러나 보고쯤은 30분 후에 해도 상관없다. 고대형을 놓치지만 않으면 되는 것이다.

"화장실에서 아직 안 나왔나?"

난간에 기대서서 밤바다를 내려다보던 야마타가 히데야키에게 물었다.

"냐 뒤. 어디 가겠냐?"

히데야키가 힐끗 뒤쪽에 시선을 주고 나서 말을 이었다.

"내가 뒤로 한 바퀴 돌아올게."

가끔씩 파도가 뿌리는 바닷물이 난간까지 넘어왔기 때문에 승객들은 거의 안으로 들어가 있다. 젊은이 서너 명만 앞쪽에 서 있을 뿐 난간은 비었다. 화장실은 선미 양쪽에 배치되었는데 입구는 안과 밖 두 개씩이다.

히데야키가 왼쪽 화장실의 바깥쪽 입구로 들어가려고 모퉁이를 돌았을 때다.

고대형이 바짝 앞에서 다가왔기 때문에 히데야키가 숨을 들이켰다.

소가 히데야키. 32세. 미국 이민 3세인 미국 시민권자로 CIA 경력 5년. 일본 주재원으로 파견된 후에 코왈스키 라인이 되어서 마약 관계 업무를 맡아왔다. 주로 정보수집, 가끔 야쿠자와의 연락, 운송업무.

고대형과의 거리는 50센티 정도.

이쪽은 폭이 1미터 정도의 통로여서 서로 비켜서서 지나가야 한다.

시선이 마주쳤을 때 고대형이 빙그레 웃었다.

"실례합니다. 지나가겠습니다."

유창한 일본말.

그때 히데야키가 따라 웃으면서 먼저 몸을 비켰다.

"하. 실례하겠습니다."

조금 큰 목소리가 나왔기 때문에 히데야키의 심장박동이 빨라졌다.

고대형과 50센티 거리로 부딪칠 줄이야. 통로의 벽에 먼저 등을 붙인 히데야키가 양보하는 자세를 보였을 때 고대형이 앞을 지나갔다.

앞을 지나는 그 짧은 순간.

고대형이 숨을 들이켰다.

히데야키와 시선이 마주쳤을 때 1초의 3분의 1쯤 되는 순간에 눈동자가 흔들렸고 숨을 들이켠 반응이 빈틈없이 포착되었다.

이놈들은 정보원이다. 마피아, 야쿠자, 삼합회 끄나풀일 수도 있고 CIA 정보원일 가능성도. 어쨌든 적이다. 나를 미행하고 있다.

이미 마음을 굳히고 있던 고대형이다. 사내의 앞을 지나는 그 짧은 순간.

고대형이 손을 뻗어 사내의 어깨를 밀면서 다른 한 손으로 턱을 올려쳤다. 정통으로 맞았다.

사내의 두 눈이 풀린 순간 사내의 몸을 몸으로 밀고 1미터쯤 끌고 나왔다. 사내가 두 발로 바닥을 딛으면서 끌려오지 않으려고 두 팔을 허우적거렸을 때 고대형이 재빠르게 몸을 돌리면서 두 손으로 사내의 머리통을 감싸 쥐었다.

다음 순간 몸을 반대로 비틀면서 사내의 머리통을 돌렸다.

"뚜뚝!"

뼈 부러지는 소리.

사내의 머리통이 돌려지면서 얼굴이 등 쪽에 붙었다.

다시 한 걸음 사내를 끌고 간 고대형이 사타구니에 손을 넣고 이미 늘어진 시체를 번쩍 들었다. 다음 순간 사내의 몸이 난간을 넘어 어두운 바다

속으로 사라졌다.

만나 인사를 나누고 나서 3초밖에 걸리지 않았기 때문에 본 사람은 없다.

난간에 기대서서 기다리던 야마타는 파도 끝자락에 몸이 많이 젖었다. 그러나 히데야키가 돌아오기를 기다리느라고 버티고 있다.

쾌속선 안은 승객이 꽉 차 있었지만 이제 밖으로 나다니는 사람은 없다. 화장실 쪽으로 간 히데야키가 고대형이 안으로 들어갔는지 알아보고 올 것이다.

그때 위쪽으로 사내 하나가 다가왔다. 바로 위쪽 출입구에서 나온 사내는 불빛을 등으로 받고 있어서 얼굴은 보이지 않았다. 그러나 흰 바탕에 검정무늬 등산복을 입어서 눈에 띈다. 거침없이 다가온 사내가 바로 앞에 섰을 때 야마타는 숨을 멈췄다.

고대형이다. 조금 전에는 연녹색 바탕의 등산복을 입었는데?

그때 고대형이 주머니에서 담배를 꺼내면서 바로 앞에 멈춰 섰다. 그러더니 영어로 묻는다.

"라이터 있습니까?"

"없는데요."

야마타는 자신의 목소리가 굳어 있는 것을 듣고는 어금니를 물었다.

야마타 도시이에. 34세. 역시 일본계 미국인. CIA 경력 6년. 정보 분석 파트에서 두각을 나타내어 도쿄 지부에서 조장급으로 인정받고 있다. 역시 코왈스키 라인. 야마타에게는 코왈스키 라인이 직장 안에서 뒤를 봐주는 후원자 역할인 것이다.

고대형이 고개를 끄덕이더니 야마타의 옆에 붙어 섰다.

배가 속력을 내면서 파도가 휘몰려온다.

그때 고대형이 고개를 돌려 야마타를 보았다.

"한국은 자주 가십니까?"

"아뇨, 일 년에 한두 번 정도."

"내가 좋은 곳 소개시켜 드릴까요?"

"아니, 괜찮습니다."

"물속 용궁 말입니다."

"네?"

그 순간 고대형이 팔꿈치로 야마타의 턱을 찍었다. 바로 옆에 붙어 있었기 때문에 피할 수가 없다. 턱이 아니면 목이라도 맞아야 한다.

"퍽!"

그대로 턱에 맞아서 부서지는 소리가 그렇게 났다. 야마타가 몸을 비틀면서 저절로 상반신이 숙여졌을 때다. 고대형이 뒤쪽에서 야마타의 두 다리를 번쩍 안아 들었다가 앞으로 내던졌다.

야마타의 몸이 허공을 날아 바다로 떨어졌다.

그렇다, 간발의 차이다.

출국장에서 고대형을 발견하지 않았던 것이 나았다. 차라리 따라오지 않고 이즈하라에서 전화로 보고만 했어도 살아남아서 공적을 쌓았을 텐데. 아니, 입국자 명단 조사를 조금 늦춰서 했더라도 이런 일이 안 일어났을 텐데.

밤 8시 반, 전남 영광군 묵정리 어항에 나가 있던 홍근태가 전화를 받는다.

출동 중에 걸려왔기 때문에 서둘러 근처 상점의 전화를 이용했다. 본부에서 연결시켜 주었기 때문이다.

"여보세요."

홍근태가 소리쳐 응답했을 때 곧 고대형의 목소리가 울렸다.

"지금 작전 중입니까?"

본부 상황실에서 들었을 것이다, 남아 있는 팀원이 연결시켜 주었으니까.

"예, 작전 중입니다."

홍근태가 즉시 대답했다. 고대형이 누구인가? 바로 이곳 거점을 알려준 사람인 것이다.

그때 인사도 하기 전에 고대형이 서두르듯 말했다.

"지금 운반선과 거점을 털어 봐도 득이 되지 않습니다. 그리고 놈들이 함정을 파고 지난번처럼 역습을 할 가능성이 있어요."

"우리도 대비하고 있습니다."

홍근태가 말했을 때 고대형의 목소리가 굵어졌다.

"놈들은 저격병까지 고용했어요. 놈들의 목표는 경찰 수뇌부입니다. 저격병이 수뇌부를 쏘고 그것을 삼합회 소행으로 돌릴 겁니다."

"……"

"미국에서 암살자가 파견되었다는 정보를 받았어요. 기다리고 있을 겁니다."

"이런, 시……"

체면상 '욕'을 잇지 못한 홍근태가 주춤거렸을 때 고대형이 말을 이었다.

"부장한테 보고해서 지금 즉시 철수시키세요. 곧 저하고 만납시다."

"알았습니다."

무력감을 느꼈지만 따를 수밖에 없다. 오기로 밀고 나갔다가 '경'을 치게 되면 끝장이기 때문이다.

민간 전화를 이용한 이 통화는 오히려 비상 채널을 설치하고 최신형 무전기를 갖추고 있던 경찰 지휘부, 그리고 CIA 탐지반에 포착되지 않았다. 둘의 통화는 첨단장비로 무장한 CIA에게 '비둘기' 연락 수준이었기 때문이다.

비둘기를 잡지 못하면 '소식'이 간다.

바다에 빠진 야마타와 히데야키는 발견되지 않았다.

이쪽 바다는 조류가 세어서 일본 규슈 쪽으로 흘러간다. 흘러가다가 암초 사이에 묻힐 수도 있지.

"할 수 없지."

일반전화로 보고를 들은 강기준이 어깨를 늘어뜨리면서 말했다.

강기준에게도 고대형의 발언은 신(神)의 전언만큼이나 가치가 있는 것이다.

"다 철수시켜."

강기준의 결단은 빠르다.

상황실 벽시계를 본 강기준이 말을 이었다.

"현지 경찰에게는 내가 말할 테니까."

현지 경찰은 싱겁다고 하겠지만 속으로는 좋아할 것이다, 고생만 하고 공(功)은 마약부가 가져가니까.

벨소리에 지미 우들턴이 눈을 떴다. 전화벨 소리가 크다.

밤 11시, 고개를 돌렸더니 산드라는 잠에서 깨어나지 않은 것 같다.

지미가 팔을 뻗어 전화기를 쥐었다. 이곳은 산드라의 전셋집 안.

"여보세요."

"짐."

단 한마디였지만 지미는 고대형의 목소리를 알아들었다. 침대에서 상반신을 일으킨 지미가 목소리를 낮췄다.

"어디냐?"

"한국."

"왔군."

"필요한 것이 있어."

"주지."

바로 대답한 지미가 다시 한 번 벽시계를 보고 나서 말했다.

"내가 연락을 해놓을게."

"갓댐."

방으로 들어선 주반한테서 이야기를 들은 케니스가 욕부터 했다.

오후 11시 반, 호텔방 안이다.

"정보가 샌 거야?"

케니스가 묻자 주반이 고개를 비틀었다.

"그건 모르겠어. 경찰 병력도 다 해산되었다니까."

주반은 밖에 나가서 타라스 측과 연락을 한 것이다.

"3곳, 모두 경찰 병력을 해산시켰어. 작전이 중지된 거야."

"놈들이 눈치를 챘나?"

"그렇다고 봐야지."

주반이 창밖을 보았다.

방의 불을 꺼놓았기 때문에 밖에서는 보이지 않을 것이다.

"우리도 철수해야겠다."

케니스가 드라구노프의 스코프를 떼면서 말하자 주반이 고개를 저었다.

"아니, 켄, 그럼 우리가 당할지도 몰라."

"그렇군."

금방 알아차린 케니스가 쓴웃음을 지었다.

"그럼 오늘 밤에는 늦었지만 술이나 마시기로 하지."

케니스가 드라구노프를 분해하면서 말을 이었다.

"호텔 지하층에 클럽이 있던데. 주반, 이번에는 클럽 정찰을 하고 와."

방으로 들어선 장무혁이 숨을 들이켰다.

창가의 의자에 고대형이 앉아 있었기 때문이다.

더구나 이곳은 특수팀의 저택이다. 고대형이 한때 특수팀 팀장으로 이곳에 거주했지만 지금은 적이 되어 있는 상황 아닌가?

그때 고대형이 말했다.

"20분이나 기다렸다."

"당직이 지금 끝났습니다."

1층 응접실에서 당직 근무를 하는 것이다. 장무혁은 김인식과 당직 교대하고 돌아왔다.

고대형이 고개를 끄덕였다.

"근무 시간은 그대로군."

"예, 정유미가 빠져서 교대가 빨라졌지요."

"정유미가 놈들 타깃이 되는 바람에 내가 숨겼어."

"알고 있습니다, 팀장님."

"난 이제 팀장 아니다."

"선배님."

"넌 감시 안 받나?"

"저하고 김인식이가 감시 대상입니다."

몸을 돌려 문을 안에서 잠근 장무혁이 목소리를 낮췄다.

"그런데 무슨 일로 오셨습니까? 저하고 김인식은 정보에 접근하지 못하고 회의에도 제외되는 상황이라……."

"알고 있어."

"사직서를 내려고 해도 마리안 짝이 될지도 몰라서요."

"내가 그것 때문에 왔다."

고대형의 얼굴에 쓴웃음이 번졌다.

"서울로 돌아왔을 때 가장 먼저 너희들이 떠오르더구나. 너희들은 걸어 놓은 표적판이나 같은 입장이야."

창가로 다가간 고대형이 어둠에 덮인 뒷마당을 보았다.

저택 구조를 잘 아는 데다 팀원의 방도 머릿속에 넣고 있었던 것이다. 그래서 담을 넘어 장무혁의 방에 잠입할 수가 있었다.

고대형이 말을 이었다.

"김인식한테 내 말을 전하고 내일 이곳을 떠나."

용산 도로변에 위치한 보석상 '할리옷'은 미군과 그 가족 손님들이 많다.

오전 10시 반, 보석상 주인 김삼수가 가게로 들어오는 손님을 맞는다.

"어서 오십시오."

가게 안에는 미군 가족으로 보이는 서양 여자 셋이서 목걸이를 고르는 중이었다.

그때 다가선 사내가 김삼수를 보았다. 등산복 차림의 건장한 사내다.

"지미 우들턴의 연락을 받으셨지요?"

"아, 그럼요."

40대의 김삼수가 자연스럽게 고개를 끄덕이더니 종업원에게 여자들을 맡기고는 안으로 들어가면서 말했다.

"따라오시지요."

가게 안을 둘러본 고대형이 김삼수의 뒤를 따라 안쪽 방으로 들어섰다.

이곳은 보석 작업실 같다. 작업대가 놓여 있고 유리상자 안에는 하다 만 보석, 기구들이 어수선하게 들어차 있다.

김삼수는 작업실을 지나 다시 안쪽의 문 앞에 서더니 번호판의 버튼을 눌렀다. 비밀번호 같다. 그러고는 문을 열면서 고대형에게 말했다.

"여깁니다."

안으로 들어선 고대형의 얼굴에 웃음이 떠올랐다. 오랜 친구를 만난 것 같은 표정이다.

안에는 온갖 무기가 진열되어 있는 것이다.

"어디 갔다 온 거야?"

장무혁이 묻자 오태준이 주위부터 둘러보았다. 이곳은 저택 마당. 저녁을 먹고 둘이 담배를 피우려고 나온 참이다.

"케인이 빅쬬한테 서류를 갖다 주라고 해서."

"이젠 네가 케인 심부름하는 신세가 되었구나."

"먹고 살려면 할 수 없지."

입맛을 다신 오태준이 담배 연기를 길게 뿜었다.

비록 장무혁은 김인식과 함께 '찍혀서' 소외되었지만 오태준과는 사이가 나빠지지 않았고 그럴 이유도 없다. 오태준은 이른바 회색분자다. 좋게 말해서 중립이고 나쁘게 말하면 항상 강자 편에 붙는 변절자다.

오태준이 말을 이었다.

"지사에 갔더니 타라스의 부하들이 와 있더군. 이제는 그곳이 마약부 행동대의 휴게실이 된 것 같다."

"여기는 마약부 행동대의 정보반이 되었고."

장무혁이 말을 받았을 때 오태준이 마당을 둘러보았다.

"야, 말조심해."

"타라스가 이곳을 차지할 수도 있어. 이 층이 다 비었잖아."

"타라스는 성북동 안가에 있어. 내가 그 자식들이 이야기 하는 걸 들었거든."

오태준이 담배 연기를 내뿜고 나서 말을 이었다.

"그곳을 행동대 숙소로 사용하고 있는 거야. 지부에서도 모르고 있어."

"눈치를 챘다면 아예 정면에서 해치우는 거야."

타라스가 케니스에게 말했다.

이곳은 신촌 로터리 근처의 커피숍 안, 손님들이 많아서 소음이 컸고 수선스러운 분위기였지만 둘은 그 속에 묻힌 듯 차분한 표정이다.

타라스가 말을 이었다.

"이번에 20킬로 빼앗긴 것까지 포함해서 50킬로를 들여올 거야. 엄청난 양이지."

"부자 되겠군."

케니스가 눈을 좁혀 뜨고 웃었다.

"나도 이 짓 그만두고 마약 장사나 할까 보다."

"갓댐. 농담하지 마라."

쓴웃음을 지은 타라스가 말을 이었다.

"경찰 마약부 놈들이 예상을 건너뛰고 있는 건 뒤에서 조종하는 놈이 있기 때문이야. 그것이 고대형인지 또는 그 위쪽인지 아직 알 수가 없어."

"지부장 지미 우들턴이 아닐까?"

"그놈일 가능성도 있지만 독자적으로 나서지는 못해. 게다가 감시를 하고 있으니까."

"고대형이 가장 선명한 타깃이군."

"네 동족이지."

"난 그런 거 연연하는 사람이 아냐."

케니스가 천천히 고개를 흔들었다.

"난 이민 3세로 한국에는 인연이 없어. 그리고 내 할아버지는 한국에서 쫓겨난 사람이야."

"그렇군."

주위를 둘러본 타라스가 케니스 쪽으로 상반신을 기울였다.

"이봐, 켄, 네가 고대형이 역할을 해줘야겠어."

"……."

"삼합회 서울 지부를 알려줄 테니깐 네가 그곳에서 간부급 서너 명만 쏴 죽여. 고대형이가 한 짓으로 하란 말야."

"그럼 보너스를 줄 건가?"

"10만 불을 주지."

"좋아."

케니스가 얼굴을 펴고 웃었다.

"해주지."

오후 9시 반, 겨우 자리를 잡은 고대형이 길게 숨을 뱉었다.

이곳은 성북동의 작은 야산, 주민들의 산책로로 사용되는 해발 1백 미터 정도의 언덕이나 같다. 그러나 숲도 제대로 조성되었고 군데군데 보안등이 켜져 있어서 밤에 산책하는 사람도 가끔씩 지나고 있다.

가방을 바위 위에 내려놓은 고대형이 다시 야광 스코프로 앞쪽을 보았다.

곧 푸른 바탕에 드러난 건물과의 거리가 아래쪽에 찍혀 있다, 814m. 건물들 사이로 드러난 저택은 바로 타라스의 행동대가 투숙하고 있는 2층 저택이다. 오후에 장무혁한테서 위치를 받고 나서 2시간 동안이나 주변을 헤매다가 이곳으로 정한 것이다.

스코프의 초점을 맞췄더니 응접실에 앉아 있는 두 사내가 보였다. 머리통이 성냥 알갱이만했는데 TV를 보고 있다. 서양인. 스코프를 조금 돌렸더니 옆쪽 방의 창가에 앉아 있는 사내가 보였다.

그리고 그 옆쪽은 식당인 것 같다. 식탁에 앉아서 뭘 먹고 있는 두 사내.

이곳은 아래층이다. 2층은 불이 꺼져 있었기 때문에 보이지 않았다.

고대형은 곧 가방을 열고 드라구노프를 꺼내 조립하기 시작했다.

사정거리 1200미터짜리 총이지만 유효사거리는 750미터 정도. 이 거리에서는 유효거리가 60미터 이상 넘었다.

지금까지 '저격'을 한 가장 먼 거리가 역시 드라구노프로 1050미터. 이라크에서였다. 그것이 5년 전인가?

생각하는 사이에 드라구노프는 조립되었고 고대형은 자리를 잡았다.

이곳은 야산 왼쪽의 바위 위여서 사람이 올라올 리는 없다, 산책로에서 멀찍이 벗어난 데다 위험하고 볼 것도 없는 장소니까.

"실종되었어?"

전화기를 귀에 붙인 코왈스키가 이맛살을 찌푸렸다.

상대는 도쿄 지부장인 유리 커트슨, 코왈스키 라인에 속한다.

유리가 대답했다.

"예, 출장을 간다고 했는데 업무 내용은 밝히지 않았습니다."

"근데 그걸 왜 나한테 보고해?"

코왈스키가 짜증을 냈다.

오후 9시 45분, 유리는 도쿄지부 정보반 야마타와 히데야키가 이틀째 실종되었다고 보고한 것이다.

그때 유리가 말했다.

"국장님, 야마타가 핸드릭슨을 추적하고 있었습니다."

코왈스키가 입을 다물었고 유리의 말이 이어졌다.

"저한테 핸드릭슨이 쓰시마로 간 흔적을 찾았다고 보고를 한 후에 실종된 겁니다."

"……."

"둘이 쓰시마에 간 것도 확인되었습니다."

"쓰시마에서 실종된 거야?"

"그런 것 같습니다. 그래서 추적반을 보냈습니다만."

유리가 목소리를 낮췄다.

"핸드릭슨이 쓰시마에서 고대형을 만났을 가능성도 있지 않겠습니까?"

"갓댐."

코왈스키가 이 사이로 욕을 했다.

CIA의 정보수립, 추적 기능은 세계 최고다. 그리고 엄청난 훈련을 받은 정예요원의 두뇌 게임도 최고급이다. 그런데 내부에서 쫓고 쫓기는 게임에서는 과연 누가 승자가 될 것인가?

코왈스키가 결론을 냈다.

"빨리 찾아서 지우는 수밖에 없어. 다 동원해, 유리."

"예, 국장님."

"우리 미래가 걸려 있다는 것을 명심해."

이제 노골적이다.

10시 35분, 바위처럼 꼼짝하지 않고 엎드려 있던 고대형은 이 층의 불이 켜지는 것을 보았다.

이 층 응접실이다. 곧 사내 하나의 모습이 드러났다. 백인. 그러나 얼굴 확인은 안 된다.

2층 저택의 2층 방은 지휘자가 들어간다. 이태원의 저택 이 층도 마찬가지였지 않은가?

문득 마리안의 얼굴이 스코프 안에 선명하게 떠올랐다.

중국에서부터 같이 왔지만 서로 이해한 시간은 얼마 되지 않았다. 그러나 부드럽고 따뜻한 여자였다. 그런데 나는 왜 내 주변의 여자들을 죽이게 될까?

그렇다. 내가 죽인 것이나 같다. 내가 끌고 들어갔다. 사일라, 마리안, 다 총에 맞아 비참하게 죽었다.

스코프 안에서 사내가 잠깐 모습을 감추더니 셔츠 차림이 되어서 나타났다.

스코프 밑의 거리계에는 쉴 새 없이 거리가 바뀌어 진다. 지금은 809미터가 되었다. 3, 4미터 차이가 난다.

고대형이 심호흡을 했다. 마리안, 네 복수다. 저놈들이 고용한 용병이 너를 죽였다.

이제는 응접실 소파에 앉아있는 사내의 가슴을 겨눈 고대형이 심호흡을 했다.

철갑탄은 두께 2센티의 철판도 관통한다. 사내하고의 사이에는 베란다 쪽 유리창 하나뿐이다.

바람 세기와 편차까지 조절해 놓은 고대형이 방아쇠에 손을 걸었다.

그러고 나서 부드럽게 1단, 다시 2단을 당겼다.

그 순간 묵직한 격발음이 바로 귓등에 울리면서 소음기를 통과한 발사음이 굵고 묵직하게 울렸다.

"퍽!"

구경 7.62밀리 탄의 초속은 830미터. 거리 810미터.

'똑딱' 1초 만에 유리창을 뚫고 들어간 총탄이 사내 가슴 복판에 맞았다. 사내가 소파에 등을 부딪치면서 벌떡 넘어졌다. 사내의 가슴에서 금방 피가 손바닥 넓이로 번졌다. 흰 셔츠여서 선명하게 드러났다.

고대형은 총구를 아래층으로 내렸다.

그리고 스코프 안에 왼쪽 방, 혼자 앉아 있는 사내를 넣었다. 이제는 침대 끝에 걸터앉아 있다. 거리는 808미터.

이번에는 머리를 겨누고 숨을 고른다. 그리고 숨을 딱 멈추고 나서 1단, 2단. '철컥' 방아쇠를 당겼다.

"퍽!"

숨을 들이켰을 때 사내의 머리가 박살이 났다. 머리통에 맞은 것이다. 머리 절반이 부서지면서 사내가 두 손을 번쩍 들었다가 침대 위로 넘어졌다.

고대형의 두 눈이 번들거렸고 이가 악물려졌다.

고대형의 총구가 이번에는 응접실 오른쪽 방으로 옮겨졌다.

그때 창가에 사내의 전신이 드러났다. 밖을 내다보는 자세다. 아마 응접실 왼쪽 유리창이 깨지는 소리를 들은 것 같다. 백인, 금발.

고대형은 사내의 가슴을 겨누고는 당겨 쏘았다. 811미터.

"퍽!"

총탄이 사내의 어깨를 관통했다.

사내가 어깨를 움켜쥐고 몸을 구부렸을 때, 다시 한 발.

"퍽!"

이번에는 배를 관통했다. 사내가 뒤로 벌떡 넘어졌다.

고대형은 상반신이 드러난 사내를 향해 다시 한 발을 쏘았다.

"퍽!"

숨 돌릴 사이도 없이 고대형이 응접실을 향해 총구를 겨눴다. 응접실에는 셋이 모여 있다. 그 중앙에 있는 사내를 향해 다시 발사.

"퍽!"

이제는 확인도 하기 전에 그 왼쪽으로.

"퍽!"

"퍽! 퍽! 퍽!"

11번째 방아쇠를 당겼더니 '철컥' 빈 공이 치는 소리가 났다. 탄창이 든 10발을 다 쏜 것이다.

응접실의 사내 셋도 다 맞혔다. 맨 마지막의 오른쪽 사내가 도망치다가 구석에서 등에 두 발을 맞았다.

고대형은 몸을 일으켰다. 안에 또 있겠지만 몰살할 필요는 없다.

타라스가 살아 있다면 더 좋다. 복수를 하려면 당사자가 뼈저리게 느낄 시간을 갖도록 하는 게 낫지, 그다음에 죽여도 되니까.

밤 11시 10분, 헨리 코왈스키가 침실 문 두드리는 소리에 욕실에서 나왔다. 이를 닦고 있었던 것이다.

"누구야?"

"접니다."

현관방에 있던 경호대장 쟈크다.

문을 연 코왈스키에게 쟈크가 무전전화기를 내밀었다.

"타라스입니다."

잠자코 전화기를 귀에 붙인 코왈스키가 응답했을 때 타라스가 말했다.

"보스, 저격을 받았습니다."

"뭐? 네가?"

"저는 밖에 있었는데 숙소가 저격을 받아서 소니를 포함해서 여섯 명이 사살되었습니다."

코왈스키가 숨을 들이켰다.

소니 그린우드는 마약부 회계 담당자로 이번에 코왈스키와 함께 한국에 온 것이다. 타라스의 행동대 숙소에 있다가 당했다.

그때 타라스가 말을 이었다.

"고대형입니다. 고대형이 돌아온 겁니다."

"그놈이……."

말을 잇지 못한 코왈스키가 어금니를 물었다.

문득 온몸에 찬 기운이 흘러나는 느낌을 받은 것이다. 지금까지 뱀을 우리에 가둬놓았다가 풀어놓은 상황이다. 아니, 빠져나갔는가?

이윽고 심호흡을 하고 난 코왈스키가 이 사이로 말했다.

"좋아. 케니스는?"

"작전 중입니다."

"현장 수습시키고 넌 나한테 와."

고대형이 선수를 친 셈이다.

오전 2시 반, 잠이 들었던 고대형은 장무혁이 깨우는 바람에 눈을 떴다.

"김인식이 왔습니다."

자리에서 일어선 고대형이 방으로 들어서는 김인식을 보았다. 김인식은 등산복 차림이다.

"주무셨어요?"

고대형을 본 김인식이 쓴웃음을 지었다.

"이제 빠져나왔으니까 우리도 그놈들 타깃이 되겠는데요."

"곧 끝날 테니까 여기서 지내라."

따라 웃은 고대형이 말을 이었다.

"어젯밤 내가 시작을 했으니까 코왈스키가 가만있지는 않을 거다."

주위는 조용하다. 바람에 나뭇가지 흔들리는 소리만 난다.

이곳은 북한산 중턱의 암자다. 암자 주인인 스님은 마당 건너편 본채에서 부처님을 모신 본당 옆에서 자고 이곳은 부속채다. 창고와 부엌이 딸린 방 한 칸을 쓰고 있는 것이다.

고대형이 벽에 기대 세워놓은 골프 가방을 눈으로 가리키며 웃었다.

"내가 이렇게 아늑한 은신처는 처음이다. 누우니까 금방 잠이 들었어."

이 암자는 산길을 4킬로쯤 걸어 올라와야 하는 것이다.

그때 김인식이 따라 웃었다.

"제가 10년 전에 고시 공부한다고 반년쯤 이 방에서 살았지요. 지금 본당 스님하고 둘이 살았다니까요."

김인식이 고시 공부하던 곳이다.

세상에는 10년이 지났어도 변하지 않은 곳이 있다. 바로 이런 곳이다.

이제 고대형은 CIA 특수팀의 남은 인원을 이곳에 모아놓은 셈이다.

영등포 시장 건너편의 '풍진상가'는 4층 건물로 의류전문 상가다.

1층에서 2층까지는 도소매점이고 3, 4층은 공장인데 유동인구가 많다.

4층의 '88 상사' 안, 이곳은 근로자 10명 정도의 운동복 공장이다. 오늘도 10여 대의 재봉기 돌아가는 소리가 요란했는데 안쪽 사무실에는 네 사내가 둘러앉아 있다. 상석에 앉은 사내는 40대쯤으로 둥근 얼굴, 머리가 이마 위쪽까지 벗겨졌고 비대한 체격이다. 삼합회 한국지부장 양성춘.

이곳이 삼합회의 한국 본부였고 바깥쪽 공장의 재단사, 아이롱사, 시다 등 사내 5명은 경호원이다. 2개 직업을 갖고 있는 셈이다.

양성춘이 앞쪽에 앉은 셋을 둘러보았다.

"우리 정보는 다 새나갔다고 봐야 돼. 그러니까 이번 작업은 새 라인을 이용하도록 하지."

"어느 쪽으로 할까요?"

운송책임자 하준이 묻자 양성춘이 테이블 위에 놓은 지도를 손가락으로 짚었다. 서해안 바닷가의 어항이다.

"요즘은 조기 철이라 이쪽에 어선들이 많아."

모두의 시선이 양성춘의 손가락 끝으로 모였다. 전남 영광군 아래쪽의 어항이다. 지금까지 이곳은 한 번도 이용하지 않았다.

양성춘이 말을 이었다.

"준비해. 이번 물량은 커서 트렁크 3개 분량이다."

그때 옆쪽에 앉아 있던 조경만이 고개를 들었다.

"특수반이 경호를 해줍니까?"

"내가 곽청한테 이야기 했어."

양성춘이 말을 이었다.

"지난번 20킬로 빼앗긴 건 우리 책임이 아니지만 긴장하고 있겠지."

"제가 듣기로는 CIA가 자중지란에 빠져있다고 하던데요."

조경만은 조선족 출신의 국적취득자다. 삼합회의 연락원으로 마피아 측 사무실에 자주 출입했기 때문에 얻어들은 정보다.

"고대형과 코왈스키가 전쟁을 하고 있다는 것입니다."

"잘된 일이지."

양성춘이 웃음 띤 얼굴로 말을 이었다.

"서로 죽여야 돼. 그럴수록 우리한테 이득이야."

그때 하준이 말을 받는다.

"한국 경찰을 우리가 죽인 것으로 알고 있는데 사실을 밝혀야 됩니다."

"그건 특수반이 할 일이야."

양성춘이 벽시계를 보았다. 오전 9시 반이다.

"마약부 행동반 소속입니다."

윌슨이 말을 이었다.

"6명이 저격당했습니다."

오후 6시, 뉴욕 브루클린의 안가 안.

소파에 앉은 후버가 물끄러미 윌슨을 보았다. 응접실 안은 여전히 어둡다.

"고대형이가 손이 안 닿는 내 등을 긁어주는 것 같군."

후버의 얼굴에 쓴웃음이 번졌다.

"코왈스키가 한국을 마약 통과의 거점으로 삼은 건 실책이었어."

"제 생각도 그렇습니다."

윌슨이 대답을 했지만 외면했다.

그것은 중국산 헤로인의 통과 장소로 한국을 결정한 것은 후버나 윌슨도 승인을 했기 때문이다. 모두 한국을 만만하게 본 것이다.

후버가 고개를 들고 윌슨을 보았다.

"6명이라고?

"예, 코왈스키가 직접 보고를 했습니다."

"그놈도 놀랐겠지?"

"범인은 곧 찾을 것이라고 했는데 고대형의 짓인 줄 알겠지요."

"오후에 비트만의 전화를 받았어."

불쑥 후버가 말했을 때 윌슨은 긴장했다.

비트만은 대통령의 안보보좌관이다. 그리고 차기 CIA 부장으로 부상하고 있는 상원의원 조나산 다글라스 인맥이다.

후버가 말을 이었다.

"그 자식이 뜬금없이 한국 정세가 어떠냐고 묻는 거야, 나한테."

"......"

"코왈스키가 다글라스 그놈한테 상황 보고를 한 것 같아. CIA 부장이 마약 사업을 뒤집고 있다고 했을 거야. 이대로 두면 제 놈이 위험하다면서 말야."

"......"

"그래서 다글라스가 비트만을 통해 나한테 압력을 넣은 거지."

"코왈스키가 행동대를 6명이나 잃었으니까 그 보복을 할 것입니다."

윌슨이 말을 이었다.

"핸드릭슨의 연락을 받았는데 도쿄 지부에서 두 명이 실종되었다는데요. 핸드릭슨이 쓰시마에서 고대형을 만난 것을 추적하려고 둘이 갔다가 실종되었다는 것입니다."

"......"

"고대형이 처리한 것 같습니다."

"갓댐. 이제는 도쿄 지부까지 일이 번지고 있군."

고개를 저은 후버가 윌슨을 보았다.

"이러다가 CIA가 코왈스키 대 후버 양쪽으로 갈라지겠다. 빨리 끝내야 돼."

윌슨의 얼굴에 쓴웃음이 번졌다.

코왈스키는 국장으로 윌슨보다 한참 서열이 낮은 것이다.

후버는 지금 윌슨의 '화'를 북돋고 있다.

"어디서 오셨습니까?"

88 상사 안, 오후 2시 반.

점심시간이 끝나고 다시 작업이 시작되어서 공장은 기계 돌리는 소리가 울리고 있다.

아이롱 보조 이남국은 문지기 역할이다.

요즘 상황이 심각해서 작업복 안에 항상 리볼버를 차고 있었는데 전시(戰時)였기 때문이다.

이남국은 공장 안에 들어선 사내 앞을 가로막듯 서 있다.

사내는 장신에 어깨가 둥글고 허름한 점퍼를 입었다. 사내가 주머니에서 신분증을 꺼내 내밀었다.

"영등포 경찰서 강력반 조 형사요."

순간 주위의 미싱 소리가 뚝 그쳤다.

뒤쪽의 아이롱사 강주봉이 다가와 이남국 옆에 섰다. 34세. 조선족으로 한국 국적취득자. 경비 조장이다.

"무슨 일이신데요?"

"신고가 들어와서요."

공장 안을 둘러본 사내의 시선이 안쪽 사무실도 스치고 지나갔다. 사내의 시선이 다시 강주봉에게 옮겨졌다.

"불법 체류자 단속 중이거든요."

"아, 그러세요."

입맛을 다신 강주봉이 고개를 절레절레 흔들었다.

"지금 보시다시피 바쁘게 일하는 중입니다. 일하다가 주민증 찾으려고 법석을 떨어야 되겠습니까?"

"하긴 그렇긴 한데."

형사가 힐끗 문 쪽을 보았다. 반쯤 열린 문 밖에 서 있는 사내가 보였다. 동료 형사다.

그때 강주봉이 말했다.

"여기서 잠깐만 기다리시지요. 제가 사무실에 보고하고 오겠습니다."

형사가 고개만 끄덕이자 강주봉이 서둘러 사무실로 다가갔다.

사무실에는 서울지부장 양성춘과 비서 오윤, 마침 특별기동반장 곽청의 보좌관 장만호까지 셋이 모여 있었는데 바깥 상황은 다 들었다. 방음 장치도 안 되어 있는 데다 기계 소음까지 딱 그쳤기 때문이다. 그래서 강주봉이 들어섰을 때 바로 양성춘이 말했다.

"내가 봉투 준비할 테니까 5분 후에 데리고 들어와."

"예, 사장님."

"혼자냐?"

"문 밖에 하나 더 있습니다."

형사들은 둘씩 다니는 것을 알고 있었기 때문에 양성춘이 고개를 끄덕이자 강주봉은 방을 나갔다.

5분 후, 강주봉의 안내로 형사가 들어섰다.

자리에서 일어선 양성춘이 형사를 맞는다.

"어서 오십쇼. 기다리게 해서 죄송합니다."

"아닙니다. 일하시는데 오히려 제가. 하지만 위에서 시켜서 할 수 없이 이렇게 돌아다닙니다."

형사가 중언부언 말을 이었기 때문에 양성춘은 쓴웃음을 지었다. 장만호도 입술 끝을 비틀고 웃었고 오윤은 외면하고 있다.

이들 셋은 모두 중국 국적이다.

그때 양성춘이 준비해 놓은 봉투를 탁자 밑에서 꺼내 형사에게 내밀었다.

"이거, 받으시지요."

"뭡니까?"

형사의 시선이 봉투로 옮겨졌다.

"약소하지만 교통비라도 하시라고."

"아이구, 이런."

형사의 얼굴에 웃음이 떠올랐다.

"제가 이걸 바라고 온 것이 아닌데……."

"그냥 넣으시지요."

"아, 이것 참."

입맛을 다신 형사가 봉투를 집더니 점퍼 가슴 주머니에 넣는다.

모두 형사한테서 시선을 피해주었다, 봉투를 넣는데 똑바로 쳐다보는 것은 실례니까.

봉투를 가슴 주머니에 넣은 형사가 손을 뺐었다. 그런데 빈손이 아니다. 소음기까지 낀 긴 권총이 손에 쥐어져 있다.

"틱, 틱, 틱, 틱, 틱."

사무실 안에서의 소음은 그렇게 울렸다. 다시 작업을 시작했기 때문에 미싱 소리에 묻혀 그렇게 들린 것이다.

아이롱 보조 이남국은 셔츠를 다림질하다가 힐끗 사무실 쪽을 보았다.

누가 바깥쪽 창문을 두드린 것 같다. 하긴 그쪽 창문이 위쪽으로 잘 안 올라간다.

다시 이남국이 아이롱을 시작했을 때 사무실 문이 열리면서 형사가 나왔다.

점퍼 밑을 두 손으로 잡아당기는 시늉을 하면서 문을 닫은 형사의 시선이 이남국과 마주쳤다. 형사가 한쪽 손을 들어 보이더니 윙크를 했다. 한쪽 눈을 감아 보인 것이다.

그것을 본 이남국이 이를 드러내고 웃었다.

사장님이, 아니 지부장이 약을 먹인 것이다. 저 형사 놈 약 먹고 좋아하는 것 봐라.

형사는 건들거리는 걸음으로 미싱사 사이를 빠져 반쯤 열린 문 밖으로 사라졌다.

오후 3시, 곽청이 부하한테서 보고를 받는다.

이곳은 대림동 안가. 수시로 안가를 바꾸는 터라 오늘은 2층 연립주택의 2층에 머물고 있다.

"지부가 기습을 받았답니다."

부하가 숨을 헐떡이면서 말했다. 방금 전화 연락을 받은 것이다.

"공장 아이롱 보조한테서, 그러니까 지부 경비원한테서 연락이 왔는데 지부장하고 사무실에 갔던 보좌관까지 포함해서 넷이 피살되었다고 합니다!"

곽청의 표정을 본 부하가 심호흡을 했다. 차가운 표정으로 쳐다보고만 있었기 때문이다. 부하의 목소리가 조금 가라앉았다.

"형사라면서 사무실에 들어왔다고 합니다. 불법 체류자 단속을 하겠다고요. 그래서 사무실로 안내되었는데 잠시 후에 그놈이 떠나고 나서 사무실로 가봤더니 모두 총을 맞고 죽었다고 합니다."

"……."

"소리는 바깥 공장에서 들었다는데 약해서 마치 창문이……."

"그만."

곽청이 손바닥을 펴 부하의 말을 막았다.

고대형이다. 이런 짓을 할 놈은 고대형뿐인 것이다.

마리안의 복수인가? 그 복수를 왜 우리한테?

15분 후.

홍근태가 팀원한테서 보고를 받는다.

"영등포에서 4명이 피살되었습니다. 모두 조선족으로 권총으로 당한 겁니다."

백주의 피살. 그것도 4명이다. 지난번 경찰 피살 사건에 이은 참사다.

숨을 들이켠 홍근태에게 팀원이 보고를 마쳤다.

이곳은 서울경찰청 마약부 사무실 안.

사건을 접수한 영등포 경찰서는 바로 상부에 보고를 한 것이다.

그때 홍근태가 인터폰을 들더니 버튼을 눌렀다.

그러자 곧 강력부 팀장 고치성이 전화를 받는다. 둘은 동기로 절친이다.

"야, 영등포 사건, 조선족이야? 거기, 신원 파악했어?"

"중국 대사관에서 나와 있어."

고치성의 입맛 다시는 소리가 났다.

"우리가 신고를 받고 갔더니 벌써 대사관에서 나와 싹 정리하고 있더라."

"누가 신고를 했는데?"

"아직 확인 안 되었지만 정확하게 신고를 했어. 4명. 사무실 안에서 총으로 피살. 위치까지 상세히 알려줬고. 그래서 신고자 확인 안 하고 들어가 보았더니 벌써 대사관 직원이 깔린 거야."

"……."

"시체를 치우지 못했더군. 사진 찍었는데 사무실이 피바다야."

"……."

"경찰이 가지 않았다면 대사관 측에서 싹 치웠을 것 같다는군. 그런 분위기였다는 거야."

"……."

"88 상사 미싱공들은 다 도망갔는데 모두 불법 체류자인 것 같다는 거야."

"고맙다."

인터폰을 내려놓은 홍근태가 앞에 선 팀원을 보았다.

"삼합회 사무실이 당한 거야."

홍근태의 두 눈이 번들거렸다.

"고 팀장일까?"

팀원은 대답하지 않았다.

곽청은 범인이 고대형이라고 확신한 반면, 홍근태는 반신반의한 것이 다르다.

술잔을 든 타라스가 흐려진 눈으로 케니스를 보았다.

"잘했어. 그놈들은 네 얼굴하고 고대형이를 비교할 정신도 없을 거다."

"주반이 현장 처리하는 것을 보았다는데 경찰보다 빨리 중국 대사관에서 달려왔다는군."

케니스의 얼굴에 쓴웃음이 번졌다.

"주반이 경찰에 먼저 신고를 했는데도 신고자 확인한다고 시간을 끌었던 모양이야."

"어쨌든 현장을 경찰이 다 목격했으니까 다행이다."

"내가 고대형이 역할을 잘한 셈인가?"

"그 새끼가 곧 알게 될 테니까 반응을 기다려 보자고."

어깨를 늘어뜨린 타라스에게 케니스가 물었다.

"CIA 역사상 저격을 받고 6명이 피살당한 건 처음이지?"

타라스는 외면한 채 대답하지 않았다.

이 일은 아직 내부 비밀로 되어 있지만 곧 터질 것이다. 그것으로 유탄이 날아가 누구를 죽일지 모르는 상황이다. 잘못되면 코왈스키도 하루아침이다.

"지미하고는 연락을 끊었어."

고대형이 장무혁에게 말했다.

"나한테 정보를 주던 라인은 다 폐쇄한 상황이야."

이곳은 소공동 지하상가의 카페 안, 밤 10시.

고대형과 장무혁이 맥주병을 앞에 놓고 이야기 중이다.

그때 장무혁이 말했다.

"경찰 라인 하나뿐이군요."

"그런 셈이지."

고대형의 얼굴에 쓴웃음이 번졌다.

방금 고대형은 마약부의 홍근태와 통화를 마친 참이다. 홍근태가 고대형에게 영등포의 88 상사 참사를 알려준 것이다.

카페 안은 20대 남녀로 차 있어서 소란했다.

맥주병을 두 손으로 감싼 고대형이 상반신을 장무혁에게 기울였다.

"시간을 길게 끌수록 내가 불리하다."

고대형이 말을 이었다.

"지금 서울에 마약국장 코왈스키와 행동대장 타라스, 그리고 아직 정체를 모르는 암살자까지 와 있는 상황이야."

장무혁이 고개만 끄덕였다.

그리고 삼합회는 특별기동반장이 와 있다.

이번에 영등포 '88 상사' 사건은 코왈스키 측이 저지른 것이다. 그것을 고대형만 확신하는 상황이다. 조금 전 홍근태와의 통화에서도 느꼈던 것이다.

홍근태도 그것이 고대형의 짓인지 반신반의하는 눈치였다. 그래서 아니라고 해명을 했지만 고대형은 코왈스키의 양동 작전을 확인한 셈이다.

고대형이 말을 이었다.

"차라리 잘되었어."

어깨를 편 고대형이 맥주병을 들어 두 모금을 삼켰다.

"내가 판단해서 해결할 수 있게 되었으니까 말야."

"무슨 말입니까?"

여전히 긴장한 장무혁이 묻자 고대형이 입술 끝만 비틀고 웃었다.

"감시가 철저해서 다른 곳과 연락하는 건 위험하다. 한국 경찰 외에는 말야."

장무혁이 고개만 끄덕였고 고대형이 말을 이었다.

"놈들이 한국 경찰을 도청할 수는 있겠지만 대놓고 공격은 못 하겠지."

"경찰이 이제는 유일한 원군이군요."

"그렇다. 홍 팀장도 그것을 인정하고 날 도와준다고 했어."

고대형이 번들거리는 눈으로 장무혁을 보았다.

"작전 우선순위를 정했다. 첫 번째가 코왈스키를 찾는 거야."

이곳은 파주의 안가, 산 중턱에 세워진 2층 시멘트 건물이다. 주변에 외국인 주택이 많아서 '외국인 마을'이라고 불리는 곳이다. 외국인은 대개 사업가나 외교관, 미군 고급장교다.

안가 이 층 응접실에서 코왈스키가 타라스하고 마주 앉아 있다.

밤 10시 반.

짙은 색 커튼으로 닫힌 창밖은 보이지 않는다.

"고대형이 네 부하들을 쏘고 나서 삼합회 지부를 친 것으로 알고 있지?"

코왈스키가 묻자 타라스가 고개부터 끄덕였다.

"지부에 있던 놈들은 다 도망가서 경찰 조사를 받지 않았지만 삼합회 자체 내부에서는 인상착의를 맞춰볼 겁니다."

"케니스, 그놈의 용모가 고대형하고 좀 다른가?"

"삼합회에서 고대형에 대한 자료가 있는지 모르겠어요."

"그렇군."

어깨를 부풀렸다가 내린 코왈스키가 타라스를 보았다.

"헤로인 일정은 언제냐?"

"5일 후에 들어옵니다. 장소는 아직 알려주지 않았습니다."

"그래야지. 미리 알려줄 필요 없어."

한숨을 쉰 코왈스키가 말을 이었다.

"이번 50킬로 들어오면 귀국하겠다."

"빅죠가 이번 기회에 15킬로를 더 달라고 합니다."

"갓댐."

버럭 소리친 코왈스키가 타라스를 노려보았다.

빅죠는 마피아 측 거점이 풍비박산되고 나서 대리인 역할을 하고 있다.

"이 새끼들이 이 와중에 제 뱃속만 채우고 있어."

"삼합회가 박살이 나는 걸 보고 곧 거래가 끊어질 것 같으니까 한꺼번에 받는 것이지요."

그러자 코왈스키가 어깨를 늘어뜨렸다.

"좋아. 그럼 이번 추가분에서는 20퍼센트를 뗀다."

"예, 그것도 받아들일 겁니다."

타라스가 고개를 끄덕였다.

지금까지 마피아분을 받아 건네주면서 수수료로 10퍼센트 물량을 뗐던 것이다. 공짜로 전달해주는 것이 아니다.

"누구세요?"

오민숙이 묻자 사내의 목소리가 수화구에서 울렸다.

"나, 고대형이라고 하는데. 거기, 곽청이란 사람하고 연락이 되지?"

순간 오민숙이 숨을 들이켰다. 그러나 덜렁 전화기를 내려놓지 않았다.

숨을 들이켰다가 뱉으면서 오민숙이 다시 물었다.

"지금 어디다 전화하신 거죠?"

긍정도 부정도 아닌 애매한 물음이다.

밤 11시 10분. 대림동의 단독주택 안.

이곳은 조선족 거주자가 많아서 '조선족 타운'이라고도 불린다.

오민숙은 대림동에서 조그만 식당을 하지만 삼합회 간부 백명수의 내연녀다. 물론 오민숙도 조선족으로 국적 취득자다.

그때 사내가 대답했다.

"나는 삼합회 간부 백명수의 내연녀 오민숙한테 전화한 거야."

"……."

"개소리 그만하고 내 말을 백명수한테 전해. 곽청한테 내가 할 이야기가 있다고 말야."

"……."

"지금 녹음하고 있지? 안 한다면 지금부터라도 녹음해서 전해."

그러더니 녹음 장치를 하라는 것처럼 3초쯤 뜸을 들이더니 물었다.

"했어?"

"말씀해보세요."

"내가 곽청한테 할 이야기가 있으니까 10분 후에 이 번호로 전화하라고 해."

"10분 후에요?"

"그래."

그러고는 사내가 말을 이었다.

"내가 약속하지. 너는 건드리지 않겠다고. 그러니까 마음 놓고 전해."

"……."

"고대형은 약속을 지키는 사람이야."

그러고는 사내가 번호를 불러주었다.

20분 후에 고대형은 전화를 받았다.

밤 11시 30분.

늦은 시간이어서 식당 안은 손님이 서너 명뿐이다.

"여보세요."

고대형이 응답했을 때 저쪽은 잠깐 동안 침묵하더니 물었다.

"고대형이야?"

"그래. 곽청인가?"

"맞아."

사내가 웃음 띤 목소리로 말을 잇는다.

"내 목소리를 모를 테니까 대역을 시키려다가 내가 직접 한 거다."

"중국 놈은 체면을 중요하게 여긴다니까, 네 말을 믿지."

"믿어도 된다. 그런데 무슨 할 말이 있다는 거냐?"

"근데 한족이라고 들었는데 한국말을 잘하는구나."

"주변이 온통 조선족 출신들이어서 금방 배웠다."

"너 '88 상회'에서 당한 것, 내가 한 짓이 아니야. 그 말 해주려고 널 찾은
거야."

"예상은 했다."

곽청의 목소리가 딱딱해졌다.

"갑자기 네가 날 찾는다고 해서 말야."

"코왈스키가 용병을 샀어. 마피아 쪽 용병인데 아마 한국계일 거다. 난 그
것까지만 알고 있어."

"그래서 이이제이인가? 그 말이 무슨 뜻인지 알지?"

"무식한 조폭 놈이 누굴 가르치려고 들어? 오랑캐로 오랑캐를 견제한다
는 너희들이 오래전부터 써먹는 방식 아니냐?"

"옳지, 유식하군."

"이놈아, 내가 역사 선생 출신이야."

"네 자료에는 그것까지 나오지 않던데."

"닥치고 잘 들어라, 곽청."

고대형이 한마디씩 말을 이었다.

"내가 코왈스키의 행동대 6명을 쏴 죽였다. 저격한 것이지."

"……."

"성북동 안가에 있던 타라스의 부하들이야."

"……."

"시신은 미대사관 측에서 인수해갔는데 한국 측에 부탁해서 극비로 처리되었어. 그렇지만 이건 시한폭탄이야. 터지면 CIA가 뒤집힌다. 그러니 코왈스키가 지금 눈에 불을 켜고 있지, 저도 죽으니까."

"……."

"빨리 처리하고 이곳을 떠나는 거야. 놈들이 이번에 너희들 지부를 기습시킨 건, 너희들을 통해 날 잡으려는 의도도 있어."

"너, 내가 마리안을 죽이지 않은 거 알고 있어?"

불쑥 곽청이 물었기 때문에 고대형이 입맛부터 다셨다.

"알고 있어. 그 여자는 마피아 쪽 암살자였다. 신분을 은폐했지만 찾아내었어."

"좋아. 그럼 너하고 나하고는 은원 관계를 씻기로 하자. 나도 다 잊겠다. 어때?"

먼저 곽청이 제의했기 때문에 고대형이 심호흡부터 했다.

"좋아."

"그럼 너하고 내가 손을 잡아도 된다고 믿어도 되지?"

"그러려고 연락한 것이니까."

고대형이 바로 대답했다. 바라던 바다.

전화기를 내려놓은 고대형이 안쪽에 선 식당 주인에게 목례를 했다.

이곳은 서울경찰청 앞 구내식당이다.

백악관 소회의실 안.

대통령 집무실인 오벌룸에서 가깝기 때문에 이곳을 대기실이라고도 부른다. 정식 대기실은 현관 옆쪽에 있지만 이 대기실은 오벌룸으로 들어가기 전이나 후에 고위급들이 모이는 곳이다.

오늘, 소회의실에 CIA 부장 후버와 제1부장보 윌슨, 그리고 상원 외교분과 위원장 다글라스와 대통령 안보보좌관 비트만까지 넷이 둘러앉아있다.

클린턴과의 안보 회의를 끝내고 넷만 이곳으로 모인 것이다. 이야기 좀 하자고 말한 쪽이 다글라스다. 59세로 74세인 후버보다는 턱도 없이 어리지만 의회나 정부 쪽에서나 시니어 행세를 하는 데는 전혀 지장이 없다. 관록도 있고.

다글라스가 반백의 머리칼을 손가락으로 긁어 올리면서 후버를 보았다.

매부리코, 갈색 눈, 엷은 입술이 다부지게 닫혀졌다. 유태계.

"우리끼리 이야기라 까놓고 말합시다."

조금 높은 목소리로 다글라스가 말을 잇는다.

"코왈스키한테서 연락을 받았는데 지금 생명의 위협을 느낀다는 거요. 서울에서 CIA를 죽이려는 암살자가 횡행하고 있다는 겁니다."

지금 후버와 윌슨을 향해 쏟아내고 있다.

방 안은 조용해졌고 다글라스의 목소리가 다시 울렸다.

"CIA 유사 이래 저격을 받고 6명이 피살된 건 처음 아닙니까? 이걸, 언론에서 알면 어떻게 될 것 같습니까?"

후버는 반쯤 눈을 감은 채 천정을 보는 자세였고 윌슨은 아예 외면하고 있다. 비트만은 슬쩍슬쩍 양쪽의 눈치만 보았고 다글라스가 말을 잇는다.

"이대로 두면 대통령까지 연루될 가능성이 있어요. CIA 마약국장과 행동대가 서울에서 무슨 일을 벌이고 있느냐고 당장 언론이 추적하지 않겠습니까?"

"……."

"그럼 지금 우리한테 비협조적이고 비우호적인 한국 경찰 놈들이 이때다, 하고 불지 않겠어요? 거기에다 CIA 내부 고발이라도 나와 봐요. CIA 해체설까지 등장할 겁니다."

"……."

"공화당에서 대통령 탄핵을 들고 나올 수도 있어요. 그럼 정권이 끝나는 거요."

그때 후버가 고개를 들고 윌슨에게 물었다.

"윌슨, 코왈스키 계좌에 얼마나 있지?"

"일주일 전 금액이 4천2백만 불이 되어 있었습니다."

"늘어났군."

"예, 각 은행에 비밀 통고를 했습니다. 즉각 회수할 수가 있습니다."

고개를 끄덕인 후버가 다시 물었다.

"다글라스는?"

그 순간 앞에 앉은 다글라스가 숨을 들이켰다.

그때 윌슨이 외면한 채 말했다.

"코왈스키가 지난 3년 동안 보낸 금액이 2,750만 불, 모두 32회에 걸쳐서 지급했습니다."

"현재 잔고는?"

"1,470만 불. 6개 계좌에 비밀 입금되어 있습니다."

"여기 있는 비트만은?"

후버가 턱으로 비트만을 가리켰다.

이제는 비트만이 얼굴이 하얗게 굳어졌다.

윌슨이 주머니에서 쪽지를 꺼내더니 읽는다.

"440만 불이군요. 백악관 안보보좌관이 되고 나서 입금된 금액입니다. 이 것도 은행에 비밀 동결 통고를 해놓았습니다. 전화 한 통이면 동결됩니다."

그때 후버의 시선이 다글라스에게로 옮겨졌다.

"내가 40년 가깝게 CIA 부장을 하면서 대통령 6명을 겪었어, 다글라스."

후버의 목소리가 부드럽다.

"그동안 내가 포커만 친 것 같나?"

"……"

"대부 보았지? 거기서처럼 난 네가 자는 동안에 네 이불 밑에 말 대가리 를 넣어 줄 수도 있어."

"……"

"아니면 네가 한 달에 5만 불씩 주는 네 정부 에일라의 다리 한 짝을 잘 라서 보내줄 수도 있어."

"잠깐만, 후버 씨."

다글라스가 손까지 휘저었다. 땀이 밴 이마가 번들거렸고 목소리가 떨 렸다.

그때 후버가 자리에서 일어섰다.

"그래. 국익을 위해 말하는데, 서울 일은 서울에서 끝내도록 하지."

그러고는 후버가 똑바로 다글라스를 보았다.

"경고하는데 이 시간부터 코왈스키하고 연락을 단절하도록 해."

상황실에 앉아 있던 지미가 고개를 들었다.

안으로 도널드가 들어섰다.

도널드 에릭슨은 서울 지부의 정보 분석관으로 정보부서 책임자다. 금발에 푸른 눈, 38세, CIA 경력 12년. 내성적이나 업무 능력은 상위권이고 희망은 '작전반원'이다. 지미가 18년 동안 작전 전문가로 활동했으니 도널드에게 모델이 될 것이다.

도널드가 잠자코 앞쪽에 앉더니 말했다.

"짐, 시신은 9시 반에 출발했습니다."

현재 시간이 오전 9시 40분이니 10분 전에 출발했다.

성북동 안가에서 저격을 당한 마약부 행동반 6명의 시신이 오산 공군 기지에서 공군기에 실려 한국을 떠난 것이다. 이제 한국에서는 사건을 덮었다.

도널드가 길게 숨을 뱉었다.

"본부에서는 시신을 각각 6개 지역으로 분산시켜 사고사로 처리할 것 같습니다."

"갓댐."

지미가 외면한 채 투덜거렸다.

CIA 요원은 현지 요원까지 수만 명이다. 본국에서 세계 각 지역으로 재배치 시켜서 사고사로 처리한다면 눈에 띄지 않는다.

그때 도널드가 말했다.

"짐, 함구를 시켰지만 지부 요원 대부분이 압니다. 서부 마약국이 고대형하고 전쟁이 일어났다는 걸 말입니다."

"알겠지."

"한국 경찰과 삼합회, 마피아까지 관련되어 있다는 것도 압니다."

그때 고개를 든 지미가 쓴웃음을 지었다.

"그게 CIA야. 우리가 언제 복선을 깔지 않고 일한 적 있었나?"

도널드의 시선을 받은 채 지미가 말을 이었다.

"이것 봐. 경력 12년의 정보 분석관이면 알 만큼 알잖아? 우리 목적은 국익이야, 자선단체가 아니라고. 국익을 위해서는 동지를 죽이고 적을 끌어들일 수도 있는 거야, 도널드."

"도쿄의 핸드릭슨이 연락을 해왔어요."

불쑥 도널드가 말했기 때문에 지미가 고개를 들었다.

핸드릭슨은 도쿄 지부 자문관, 윌슨의 측근인 것이다.

도널드가 말을 이었다.

"고대형을 만나려고 핸드릭슨이 쓰시마에 갔었는데 지부장 유리 커트슨이 요원들을 쓰시마로 보냈다는군요."

"……."

"핸드릭슨을 추적했던 일본계 요원 둘이 실종되었기 때문이라네요."

"……."

"그것은 핑계고 쓰시마에서 고대형을 찾으려는 것 같습니다."

"미친놈들. 뒷북치기는."

"유리 커트슨이 코왈스키 라인에 붙은 것이지요. 코왈스키는 차기 CIA 부장을 바라보고 있는 다글라스 라인이니까요."

"개새끼들."

"짐, 이 소동이 빨리 가라앉아야 됩니다. 부장이 결단을 해야 돼요."

"갓댐. 도널드, 공개적으로 떠들지 마, 위험해."

지미가 충고했다.

서울지부도 코왈스키 인맥과 후버, 윌슨의 인맥으로 양분되어 있다. 그러나 주류는 역시 후버 인맥이다. 지미 우들턴은 낙하산 인사였지만 후버의 인맥이었고 도널드도 마찬가지다. 코왈스키의 마약 거래에 의구심을 품고 있다가 이 소동이 일어나자 거부감이 증폭된 것이다.

그때 도널드가 말을 이었다.

"짐, 특수반에 들어간 빅죠가 마피아 메신저 아닙니까? 그놈이 특수반 정보를 다 빼어갈 수도 있지 않습니까?"

"마약 정보야. 그건 우리가 상관하지 않도록 되어 있어."

"갓댐. 태평양 함대까지 이용해서 모은 정보인데 그래도 됩니까?"

지미는 대답하지 않았다.

빅죠는 코왈스키가 고대형을 견제하기 위해서 보낸 감시역이었지만 고대형이 나가버린 이상 할 일이 없어졌다. 이제 특수반은 정유미와 장무혁, 김인식까지 탈출해 나와서 반원이 셋 남았다. 빅죠까지 포함하면 넷.

지미가 혼잣소리처럼 대답했다.

"어쨌든 고대형의 꼬리가 길어져 있군."

"아니, 후사코 상, 여기 웬일?"

정유미가 웃음 띤 얼굴로 묻자 후사코는 들고 온 바구니부터 내밀었다.

"이거, 내가 만든 김밥인데 먹으라고."

"아유, 고마워라."

두 손으로 바구니를 받은 정유미가 활짝 웃었다.

오후 9시 반, 정유미는 저녁으로 라면을 먹고 TV를 보던 중이다.

응접실에 마주 앉은 정유미가 물었다.

"오늘 일찍 끝났네요?"

"응."

정유미는 오후 1시쯤 후사코 가게에 들러 일본 정종을 먹고 4시가 넘어서 돌아온 것이다. 세 시간 동안 가게에 있을 때 손님 둘이 다녀갔다.

후사코가 말을 이었다.

"손님이 없어서 일찍 문 닫고 왔어."

"잘했어, 후사코 상."

고개를 끄덕인 정유미가 물었다.

"술 마실까? 위스키가 있는데."

"아니, 그보다도."

후사코가 정색하고 정유미를 보았다.

"오후 6시쯤 남자 둘이 찾아왔어."

정유미의 시선을 받은 후사코가 말을 이었다.

"유미 상하고 고 상의 사진을 들고 있었는데 둘을 본 적이 있느냐는 거야."

정유미는 숨만 쉬었고 후사코가 고개를 절레절레 흔들었다.

"놀랐지만 시치미를 뚝 떼었지. 절대 눈치 채지 못했을 테니까 걱정 마."

"……."

"그놈들보다는 내가 한 수 위니까, 표정 관리는 말야."

"뭐라고 그래?"

"경찰은 아닌데 회사 문제로 찾는다면서 본 적이 있느냐고, 아주 부드럽게 물었어. 보기만 해도 10만 엔을 사례비로 주겠다는군."

"……."

"본 적이 있다고 하는 사람들이 많을 거야."

"……."

"거취를 알려주면 1백만 엔을 주겠대, 비밀 보장하고."

"……."

"경찰도 아니지만 보통내기들이 아니었어. 아마 이즈하라 전체를 돌아다니게 되면 본 사람이 나올지도 몰라, 원체 바닥이 좁으니까 말야."

"그럼 어떻게 하지?"

정유미의 말이 저절로 그렇게 나왔다.

그때 후사코가 집 안을 둘러보는 시늉을 했다.

"짐은 없지? 여길 떠나야 돼."

"10분이면 짐 꾸려. 냉장고 안에 든 음식은 두고 갈 거야."

"그건 놔 둬. 그래서 김밥 싸온 거야."

후사코가 자리에서 일어서며 말했다.

"지금 짐 꾸려서 히타카츠로 가자. 밖에 내 차가 있어."

따라 일어선 정유미를 향해 후사코가 말을 이었다.

"오늘 밤, 히타카츠에서 나하고 같이 자고 내일 아침에 떠나는 하카타행 배를 타자. 하카타에 가면 숨을 곳이 많아."

"후사코 상."

"저 김밥은 내일 아침에 먹고. 어서 가방 챙겨."

후사코가 서둘렀다.

하카타는 후쿠오카다. 규슈(九州)의 제일가는 도시 후쿠오카로 간다.

"타라스를 찾았어."

오후 10시. 고대형이 서울경찰청 구내매점에서 곽청의 전화를 받는다.

곽청이 말을 이었다.

"이틀에 한 번씩 부하들하고 숙소를 바꾸는데 오늘은 테헤란로의 남강 호텔이야."

곽청의 목소리에 웃음기가 섞였다.

"아무리 철저한 인간이라도 습성을 버리지 못하지. 그놈은 KTT 내복만을 입는 습성이 있어. 그 내복 매장은 서울에 2곳뿐인데, 한 곳에서 타라스 사이즈의 내복 5세트를 남강호텔 1201호실로 배달해 달라는 주문이 왔어."

"갓댐."

고대형의 얼굴에 웃음이 떠올랐다.

타라스의 내복까지 탐지해놓은 삼합회의 정보력이 놀랍다.

"연락이 안 됩니다."

타라스가 고개를 기울이며 말했다. 파주의 안가에서 타라스가 보고하고 있다.

오후 10시 반, 응접실에는 여전히 짙은 색 커튼이 쳐졌고 불을 켜놓았다.

"젠슨도, 패커드한테도 연락해 보았지만 3시간째 통화가 안 됩니다."

젠슨과 패커드는 코왈스키의 보좌관들이다.

그때 코왈스키가 쓴웃음을 짓고 말했다.

"개새끼들이 몸 사리는 거다. 기다려. 이번 거래가 끝나면 다 묻고 떠나는 거다."

코왈스키도 분위기를 아는 것이다.

"아, 봤어."

나까무라가 사진을 들고 말했다.

고개를 든 나까무라가 앞에 선 두 사내를 보았다.

"왼쪽 두 번째 카페 있지? 그 카페에 자주 갔어. 이 남자 말야."

나까무라가 고대형의 사진을 손으로 짚었다.

기념품 가게 안, 나까무라의 기념품 가게는 후사코의 가게에서 5미터밖에 떨어지지 않았다. 사이에 오타쿠 영감의 가방 가게가 있을 뿐. 나까무라는 후사코를 훔쳐보는 것이 낙이어서 자세히 안다.

그러고 나서 나까무라가 입을 딱 다물고 숨만 쉬었기 때문에 사내 하나가 주머니에서 지갑을 꺼내더니 만 엔 지폐 10장을 꺼내 나까무라 앞에 놓았다.

나까무라가 재빠르게 돈을 움켜쥐더니 다른 손으로 정유미의 사진을 짚었다.

"이 여자도 안다면 10만 엔 줄 거요?"

"아, 당연하죠."

사내 하나가 고개까지 끄덕이며 말했을 때 나까무라가 말했다.

"그럼 돈부터 내시오."

손을 벌린 나까무라가 번들거리는 눈으로 둘을 번갈아 보았다.

"내가 이 여자 이야기도 해줄 테니까."

남쪽 이즈하라에서 북쪽의 히타카츠까지는 찻길로 70여 킬로 정도여서 한 시간밖에 걸리지 않는다.

깊은 밤, 차량 통행이 드문 도로를 후사코의 소형차는 속력을 내어 달려갔다. 어둠에 덮인 창밖을 보던 정유미가 문득 고개를 돌려 후사코를 보았다.

"후사코 상, 고마워요."

"또 그러네."

후사코가 앞을 보면서 웃었다.

"지금 고맙다는 인사만 백 번이야."

"히타카츠에서 자고 아침에는 이즈하라로 돌아갈 거죠?"

"내가?"

"응, 나는 하카타로 가고."

"하카타에 가 봤어?"

"아니."

"거긴, 후쿠오카라고 부르지? 한국 사람들은."

"그렇지."

"내가 하카타에서 어렸을 때 자라서 잘 알아."

"그랬구나."

"내일 아침 하카타로 같이 가자. 내가 숨어 살 곳까지 찾아줄게."

"······."

"그러려고 나도 짐 싸갖고 왔어. 뒤에 내 짐도 실려 있어."

"후사코 상."

정유미가 후사코의 옆얼굴을 보았다.

"왜 그래?"

"장사도 안 되는데 좀 쉬려고. 가게 문도 다 잠그고 가스도 다 껐으니까 괜찮아. 옆쪽 가게 나까무라 상이 가게 문 잠겨 있으면 앞쪽 청소까지 해줘."

후사코가 이를 드러내고 웃었다.

"내가 고 상하고 친해지니까 좀 언짢았을 거야. 그 후로 내 가게에 안 들어 왔어."

"후사코 상, 고 상 좋아했어?"

마침내 정유미가 묻자 후사코가 고개를 돌려 쳐다보았다.

"그래, 며칠 동안이었지만 행복했어."

다시 앞쪽을 보며 후사코가 말을 이었다.

"말은 안 했지만 눈치는 챘어, 도쿄에서 온 서양인하고 내 가게에서 밀담을 나누기도 했으니까. 집에서 고 상한테 잠깐 들었는데, 고 상이 CIA고, 내부 문제인데 목숨이 걸린 일이니까 알 필요는 없다고 했어.”

“…….”

“그러고 나서 유미 상이 온 거야.”

“미안해.”

“뭐가?”

고개를 돌린 후사코가 눈을 크게 떠 보이고는 앞쪽을 보았다.

“뭐가, 미안해?”

“내가 와서.”

“웃기지 마, 유미 상.”

후사코가 말을 이었다.

“난 보답하는 거야, 유미 상.”

“뭘?”

“고 상이 떠나기 전에 나한테 왔어.”

후사코의 목소리가 가라앉았다.

“떠난다고 하면서 다시 못 볼 것 같다고 하더니 나한테 10만 불을 주고 갔어.”

“…….”

“그 돈도 뒤쪽 트렁크에 넣어 놨어.”

“…….”

“그날 밤, 집에서 그 돈뭉치를 끌어안고 밤새도록 울었어.”

“…….”

“돈이 좋아서 그런 거 아냐, 많아서 그런 것도 아니고. 하긴 10만 불이면 내가 일본에서 5년은 먹고 살지.”

그때 후사코가 한 손으로 눈을 닦았다.

"감동했거든, 고 상이라는 남자한테."

정유미가 손가방에서 손수건을 꺼내 후사코에게 건네주었다. 그러고는 입을 열었다가 닫았다. 말문이 막힌 것이 아니다. 자신도 똑같이 당했기 때문이다.

10만 불 준 것도 같네. 여자마다 10만 불씩 뿌리고 다니나 봐.

"이봐, 고 형, 호텔 안에 10명이 넘어. 현재까지 파악한 숫자만 12명이야."

곽청이 앞에 앉은 고대형을 보았다. 이맛살을 찌푸린 표정이다.

오전 12시 반, 이곳은 남강호텔에서 150미터 떨어진 태화장여관.

방 안에는 고대형과 곽청, 그리고 곽청의 간부급 부하 넷까지 6명이 둘러앉아 있다.

곽청이 말을 이었다.

"타라스가 다시 행동대를 모은 모양이지만 병력 숫자로는 우리도 밀리지 않아, 지금 15명이 있으니까."

그러고는 곽청이 지그시 고대형을 보았다.

"고 형은 몇이야?"

"나 하나야."

고대형이 옆에 놓인 골프 가방을 눈으로 가리켰다.

"저 가방하고."

고대형이 곽청을 보았다.

"곽 형, 내가 혼자 들어갈게."

순간 방 안이 조용해졌다.

"무슨 소리야?"

이맛살을 찌푸린 곽청의 목소리가 높아졌다.

"이봐, 고 형, 만용 부리지 마, 주윤발이 영화 찍는 것도 아니고."

곽청의 얼굴에 쓴웃음이 번졌다.

"그 자식은 탄창에 15발 들어 있는 권총으로 20발까지 쏘는 귀신이니까 가능하지만 말야."

"농담 아냐, 곽 형."

고대형이 골프 가방을 꺼내 내용물을 꺼내었다.

순간 방 안이 조용해졌다. 무기가 쏟아져 나온 것이다.

먼저 소음기가 끼워진 베레타 92F, 총 길이가 짧은 헤클러, 코흐제 P7 1정, 우지 기관총 1정, 그리고 탄창이 10여 개. 주머니에서 꺼낸 것은 수류탄 6발이다. 그리고 안에 또 있다.

"어쩌겠다는 거야?"

무기에서 시선을 뗀 곽청이 정색하고 물었다.

"이 정도면 호텔 한쪽은 무너뜨릴 만하지만 말야."

"내가 옥상으로 가서 1201호실로 뛰어들겠어."

고대형이 번들거리는 눈으로 곽청을 보았다.

"남강호텔 옥상까지는 옆쪽 메리트호텔 옥상에서 건너갈 거야."

그때 뒤쪽 간부 하나가 나섰다.

"메리트는 16층 건물로 남강보다 3층 높지만 거리가 20미터 정도 떨어져 있어요. 어떻게 건너간단 말입니까?"

"로프."

그때 곽청이 입맛을 다셨다.

"고 형은 '미션 임파서블'을 너무 본 것 같군. 그거, 순 가짜야."

"글쎄. 농담 아니라니까."

고대형이 골프 가방 안에서 로프를 꺼냈다.

낚싯줄만큼 가는 줄 끝에 조금 굵은 줄이 연결되었고 끝에는 지름 3센티 정도의 굵은 나일론 줄이 뭉쳐 있다.

고대형이 곧 가방 안쪽에서 유탄 발사기와 비슷한 구조의 총을 꺼냈다. 자꾸 나온다.

"이것으로 로프를 발사해서 굵은 끈으로 연결시킬 수 있어."

고대형이 갈고리가 끼워진 발사체를 꺼내 보였다. 강철로 만든 고리다.

"이것이 저쪽 시멘트벽에 박히면 허물어뜨리기 전에는 빠지지 않아."

그때 곽청이 고개를 저었다.

"이 무기까지 다 싣고 줄타기를 하겠단 말이지? 차라리 스턴트맨이 되는 게 낫겠다."

30분 후.

고대형과 곽청, 그리고 곽청 부하 10여 명까지 메리트호텔의 옥상에 올라와 있다.

메리트호텔은 특급 호텔이지만 오래되어서 옥상에는 폐자재가 쌓여 있는 데다 환풍구도 한쪽이 부서져서 덜그럭거렸다. 곽청은 바람까지 세다면서 투덜거렸다. 어깨를 움츠린 곽청이 이맛살을 찌푸리고 고대형을 보았다.

"이봐, 고 형, 무리하지 마. 왜 이렇게 서두르는 거야?"

"빨리 끝내야 돼."

눈을 가늘게 뜨고 남강호텔과의 거리를 재면서 고대형이 말했다.

"곽 형도 이 전쟁을 길게 끄는 것을 원하지 않겠지?"

"그야 물론이지."

다가선 곽청이 말을 이었다.

"그런데 누구하고 누구의 전쟁이야?"

고대형이 이제는 로프를 박을 위치를 정하려고 시선을 이쪽저쪽으로 돌렸고 곽청의 말이 이어졌다.

"우리하고 CIA 마약부, 고 형과의 3각 전쟁인가?"

"……."

"아니면 CIA의 마약부와 마피아, 우리하고 고 형까지 낀 4각 구도야?"

"……."

"아니면 우리, 마약부, 마피아, 고 형과 CIA 지휘부까지 낀 5각 구도인가?"

고대형이 힐끗 시선을 주었을 때 곽청이 이를 드러내고 웃었다.

"이제 우리하고 고 형, CIA 지휘부는 동맹 관계가 된 거지?"

"……."

"거기에다 한국경찰까지 말야."

그러고는 곽청이 손을 들어 남강호텔 옥상에 설치된 용수 탱크를 가리켰다.

"고 형, 저기에다 박아."

2장 합동작전

타라스가 술잔을 들고 말했다.

"내일 CIA에서 증원팀이 오면 특수팀도 보강시켜서 이제는 작업 지원팀으로 활용하게 될 거야."

앞에 앉은 케인이 고개를 끄덕였다. 케인은 마리안까지 죽은 상황에서 특수팀장 대리를 맡고 있다. 호텔방 안, 응접실에는 타라스와 부하 둘, 그리고 케인까지 넷이 둘러앉아 술을 마시는 중이다. 창의 커튼을 다 내렸기 때문에 창밖은 보이지 않는다.

그때 부하 하나가 입을 열었다.

"이번에 삼합회 지부장이 피살되는 바람에 곽청이 지부장 대행을 맡게 되었다고 합니다."

"그래야지."

한 모금에 술을 삼킨 타라스가 입술 끝을 올리고 웃었다.

"그놈들이야 인구가 많으니까 얼마든지 보충이 될 거야."

"삼합회에서 고대형을 찾는다고 조선족까지 수천 명을 동원했다고 합니다."

"곧 찾을 거다."

기분이 좋아진 타라스가 잔에 술을 채우면서 말했다.

"빨리 끝내야 돼."

이이제이란 말이 입 밖으로 나오려다 말았다. 오랑캐로 오랑캐를 제거한다는 중국 전술. 고대형이나 삼합회나 다 오랑캐다.

"좀 높은 층으로 줘요."

김상수가 말하자 데스크 직원이 컴퓨터를 두드리고 나서 물었다.

"11층 어떻습니까?"

직원이 묻자 김상수가 고개를 기울였다.

"12층은 없습니까?"

"거긴 스위트룸인데요."

"어이구, 그만둡시다. 11층 주시죠."

김상수가 손을 내밀었다.

김상수가 뒤에서 기다리는 여자와 함께 엘리베이터로 다가갔을 때 직원이 혼잣소리를 했다.

"오늘은 밤늦게 손님이 많군."

오전 1시.

박정철이 곽청에게 보고했다.

"모두 투숙했습니다."

곽청이 고개만 끄덕였다.

현재 2층 객실부터 11층까지 각 층에 2명에서 3명까지 삼합회원을 투숙시킨 것이다. 적진에 침투시킨 공격조다.

총구를 용수 탱크에 겨눈 고대형이 방아쇠를 당겼다.

"퍽!"

둔한 발사음이 울리더니 고래잡이 작살 같은 창이 검은 줄을 끌고 날아갔다.

"명중."

옆에 서 있던 곽청이 탄성 같은 외침을 낮게 뱉었다.

이곳은 남강호텔 측면을 바라보고 있었는데 측면에는 창이 없다. 밖의 비상계단만 나 있었고 10여 개의 비상구는 굳게 닫혀 있다.

고대형이 곧 박힌 창날을 확인하려고 줄을 당겼다. 단단하다.

곧 줄 끝의 고리를 푼 고대형이 줄을 당기기 시작했다. 그러자 끝에 달렸던 가는 실이 당겨오면서 점점 굵은 줄로 교체되기 시작했다. 이윽고 지름 3센티 정도의 굵은 나일론 줄이 2겹으로 창살과 연결되었다. 고대형이 나일론 줄을 이쪽 환기통에 단단히 매었을 때 20분쯤이 걸렸다.

그동안 홀린 듯한 표정으로 고대형의 움직임을 보던 곽청이 감탄했다.

"이거, 어디서 배운 거야?"

"한국 해병대에서."

"정말이야?"

고대형은 대답하지 않고 줄에 도르래 장치를 매달았다. 그러고는 배낭을 둘러메었을 때 곽청이 손을 내밀었다.

이제는 곽청의 얼굴도 굳어 있다.

"좋아. 첫 총성이 울리면 우리도 시작하지, 고 형."

곽청이 고대형의 손을 힘주어 흔들었다.

"살아서 만나자고, 대형(大兄)."

도르래를 매단 고대형이 양쪽 손잡이를 잡고 섰다.

16층에서 13층으로 내려가는 것이어서 난간에서 발을 떼기만 해도 미끄러져 내려갈 것이다.

고대형이 고개를 들어 손목에 찬 시계를 보았다. 야광시계가 오전 1시 37분을 가리키고 있다.

이윽고 고대형이 발을 떼었다.

그 순간 몸이 허공에 떴고 바람처럼 날아가기 시작했다. 아니, 떨어지는 것 같다. 로프가 중량에 눌려 밑으로 휘청 가라앉았기 때문이다.

고대형은 어금니를 물었다.

용수 탱크가 빠르게 다가오고 있다. 주위는 어두웠지만 몸이 사방에 노출된 것 같다. 그 순간 몸이 남강호텔 옥상 위로 떴다.

고대형은 도르래를 쥔 손을 놓으면서 옥상 위로 떨어졌다. 옥상에 발을 딛는 순간 고대형은 몸을 굴렸다.

발, 등, 어깨에 충격이 왔지만 땅에 몸이 닿았다는 안도감에 저절로 숨이 뱉어졌다. 20미터를 날아온 것이다.

"자, 넘어갔다!"

옥상 구석에 자리 잡은 곽청이 무전기에 대고 말했다.

"대기!"

곽청이 지시했다.

지금 남강호텔에 투숙하고 있는 부하들에게 지시한 것이다.

옆쪽에는 난간에 자동소총을 거치해 놓은 부하 3명이 남강호텔의 비상계단과 비상구를 겨누고 있다. 비상구로 나오는 타라스의 부하들을 저격하려는 것이다.

이쪽에서는 표적이 탁 트인 데다 거리가 20미터인 것이다. 얼씬만 해도 맞힌다.

그때 곽청은 고대형이 이쪽에 손을 흔들더니 용수 탱크 뒤쪽으로 사라지는 것을 보았다. 어둠 속이지만 선명하게 보인다.

고대형은 배낭에서 꺼낸 우지를 두 손에 쥐고 용수 탱크 앞쪽의 옥상 난간으로 다가갔다.

이쪽은 호텔 정면이다. 그래서 네온사인에 눈이 부셨다.

정면에서는 화려하고 깔끔하게 보이겠지만 뒤쪽은 나무와 쇠기둥을 얼기설기 엮었고 전선이 어지럽게 깔려 있다.

고대형은 간판 뒤쪽 난간으로 다가가 밑을 내려다보았다. 이곳이 1201호실의 뒤쪽 베란다 바로 윗부분인 것이다.

베란다의 난간까지는 2.5미터 정도. 12층 바닥까지는 4미터가 조금 안된다.

아래쪽 베란다는 어둡다.

오전 2시가 되어가고 있었기 때문에 불을 끄고 잠이 들었는지 모른다.

고대형은 옥상의 환기통에 로프를 단단히 묶고 반대쪽을 자신의 허리에 둘러 감았다. 그러고는 우지 기관총을 목에 건 채로 난간 위에 섰다. 베란다로 내려가려는 것이다.

왼쪽 발을 든 고대형이 로프를 한쪽 팔에 감고 나서 오른쪽 발을 떼었다.

그 순간 몸이 허공에 떴다.

몸이 허공에 뜬 순간 고대형이 팔에 감았던 로프를 풀자 몸이 스르르 내려가더니 난간 끝에 발이 닿았다. 그 순간 고대형이 난간을 한 손으로 잡고는 오른팔에 감은 로프를 풀면서 베란다 바닥으로 소리 없이 발을 디뎠다.

로프에서 팔을 빼고 목에 멘 우지를 두 손으로 움켜쥔 고대형이 베란다의 닫힌 유리문 앞으로 다가갔다. 안에서 커튼을 내렸기 때문에 빛은 흘러나오지 않는다.

고대형은 심호흡을 하고 나서 유리문을 노려보았다. 1201호실이다. 특실이어서 이곳은 중앙 응접실에 해당된다. 중앙 응접실 왼쪽이 대기실, 오른쪽이 VIP 응접실이고 그 왼쪽이 침실인 것이다.

수행원의 침실은 대기실 옆. 방이 4개, 응접실 2개, 회의실과 식당까지 갖춰진 특실이다.

머릿속에서 다시 방 구조를 확인한 고대형이 주머니에서 도넛 모양의 물체를 꺼내 유리문 중앙에 붙이고는 밖으로 삐져나온 줄을 뽑았다. 그러고는 옆쪽 벽에 붙어 섰다.

"퍽!"

마치 물이 가득 든 풍선이 땅바닥에서 터지는 소리가 났다.

막 잠이 들었던 타라스가 눈을 떴다가 다시 감았다. 옆쪽 목욕탕에서 뭔가 넘어지는 소리 같았다.

타라스는 다시 잠이 들었다. 이제는 깜빡 잠이 들었다고 해야 되나?

그다음 순간이다.

"두두두두두두."

갑자기 오토바이 엔진 음이 울렸기 때문에 타라스가 다시 눈을 떴다.

그 순간.

"타앙! 탕."

총 소리.

타라스는 시트를 걷어차고 일어났다가 한쪽 발이 허공에 뜨면서 침대 밑으로 떨어졌다.

"두두두두두두."

다시 소리가 울렸는데 오토바이 소리가 아니다. 기관총 발사음이다.

유리문이 박살나면서 부서진 순간 고대형이 커튼을 젖히면서 응접실로 뛰어들었다.

소형 플라스틱 폭탄은 유리문 전용으로 소음을 줄여준다. 사방 5미터 넓이에 3센티 두께의 유리문을 산산조각 내면서 내는 소음이 자동차가 달리는 소음보다 작도록 만들었다.

응접실은 비었다. 그러나 고대형은 바로 오른쪽 VIP 코너로 뛰어들지 않았다. 왼쪽 대기실 문을 열었더니 경호원 둘이 막 이쪽으로 오는 참이었다. 그래서 둘을 그대로 사살하고 나서 옆문을 열었더니 침실 두 곳에서 뛰쳐나오는 경호원 셋을 보았다.

두 번째로 우지를 발사해서 셋을 사살했는데 그중 하나가 이쪽에다 응사했다. 그러나 맞지 않았다.

경호원 다섯을 해치웠다. 그때서야 몸을 돌린 고대형이 대기실, 중앙 응접실을 거쳐 VIP 응접실로 뛰어들었다.

"탕, 탕, 탕!"

총성이 울렸다. VIP 응접실 왼쪽 문 앞에서 경호원 하나가 쏜 것이다.

세 발. 사내가 보인 순간 고대형이 몸을 날렸지만 가슴에 격심한 충격이 왔다. 맞았다! 과연 마약부 행동대답. 엘리트 해외 공작원이고 명사수.

바닥에 쓰러지면서 고대형이 다시 우지를 갈겼다.

"두르르르르륵"

이번에는 7, 8발이 발사되었다. 32발 탄창이 거의 비워진 것 같다.

빗발치듯 쏟아진 총탄이 경호원의 얼굴에 맞았다. 절명.

고대형이 몸을 비틀면서 일어섰다. 이쪽은 방탄조끼를 입고 있었던 것이다.

놈이 쏜 베레타는 강력해서 조끼에 박혀 있겠지. 배는 벌겋게 달아올랐을 것이다. 재빠르게 탄창을 갈아 끼운 고대형이 몸을 날려 침실의 문짝을 발로 찼다.

"우지끈!"

문이 5센티쯤 열렸다가 닫혔다.

그사이에 사슬고리를 걸친 것 같다. 그렇다면 안에 있다는 증거다.

이곳은 12층으로 출구는 여기뿐이다. 방에 창이 있지만 비상용 로프로 뛰어내릴 가능성은 없다.

고대형은 우지를 목에 걸어놓고 베레타를 꺼냈다. 그러고는 사슬 부분에 대고 쏘았다.

"퍽! 퍽!"

두 발에 문이 열렸다.

고대형이 발로 문을 차서 연 순간.

"탕. 탕. 탕. 탕."

방에서 총성이 울렸다. 방의 불은 꺼 놓아서 어둡다.

고대형은 주머니에서 수류탄을 꺼내 안전핀을 뽑았다. 그러고는 손가락을 벌려 숫자를 세었다. 하나, 둘, 셋, 넷, 다섯이 되었을 때 방 안으로 던지자마자 수류탄이 폭발했다.

"꽈꽝!"

파편이 문 밖으로 쏟아졌고 다음 순간 고대형이 안으로 몸을 굴리면서 뛰어 들어갔다. 어둡지만 방 안 윤곽은 보인다.

침대 옆쪽, 화장실 입구에 웅크리고 앉은 인간. 방 안은 난장판이 되어 있었지만 물체와 사람 구별은 된다.

그때 사내가 팔을 들어 올렸다.

"퍽! 퍽!"

고대형이 그쪽에 대고 발사했다.

거리는 5미터 정도. 사내의 손이 내려갔다.

몸을 일으킨 고대형이 벽에 있는 전등 스위치를 찾아 불을 켰다.

타라스다.

그런데 다리 한쪽이 허벅지에서부터 잘렸고 팔 하나는 어깨뼈가 보일 정도로 뒤틀려 있었지만 얼굴은 멀쩡했다. 그러나 방금 고대형이 쏜 총탄이 가슴에 두 발 맞았다.

시선이 마주쳤을 때 타라스가 눈을 치켜뜨며 말했다.

"고대형."

고개를 끄덕인 고대형이 주머니에서 소형 카메라를 꺼내 얼굴을 찍었다.

"퍽!"

다음 순간 고대형이 쏜 총탄이 타라스의 이마에 구멍을 내었다. 고대형이 타라스의 얼굴을 다시 한 번 찍고 나서 몸을 돌렸다.

영화 같은 걸 보면 이 장면에서 서로 이야기를 많이 하던데 미친놈들이다.

11층, 총성이 울렸을 때 방에서 뛰어나온 요원은 셋.

복도를 내달려 비상구로 들어선 셋은 놀라 입을 쩍 벌렸다.

세 사내가 계단 위에 서 있었기 때문이다.

"타타탕. 탕탕. 탕탕."

요원들은 사지를 뒤흔들며 쓰러졌다.

12층, 펜트하우스 옆쪽 1203호실은 준프레지던트 급으로 방이 4개짜리다.

펜트하우스에서 폭음이 울렸을 때에야 방에서 요원들이 뛰쳐나왔다.

방음 장치가 잘 돼 있어서 타라스의 방 안에 수류탄이 폭발했을 때 사건을 알아챈 것이다.

그때다.

"투르르르르르. 타타타타탕."

복도에서 기다리고 있던 동양인 4명이 기관총과 권총을 냅다 갈겼다.

고대형이 펜트하우스 응접실의 유리창을 폭발시킨 소음을 건너편의 곽청이 듣고 남강호텔에 투숙한 대원들을 모두 출동시켰기 때문이다.

각 층에서 뛰쳐나온 삼합회 대원들이 기다리고 있다가 쏘아 죽이고는 모두 12층으로 올라온다. 12층으로.

15분 후, 고대형이 타라스의 사진을 찍은 15분 후다.

이제는 모두 호텔에서 뛰쳐나온다, 후문으로. 고대형도 그 속에 끼었다.

호텔 직원들은 모두 뛰어나와 있었지만 폭음과 총성에 놀라 도망치는 투숙객들을 막지 못한다.

호텔 12층에서는 화재가 일어나고 있는 것이다. 화재 벨이 계속 울렸고 천정에서는 물이 쏟아지는 중이다.

30분 후.

곽청이 보고를 받는다.

보고자는 11층에 투숙했다가 작전이 시작되자마자 12층으로 달려 올라간 진평. 이번 작전의 지휘를 맡았다. 해방군 특공대 상위 출신.

"12층 펜트하우스에서는 7명이 사살되었는데 타라스가 안쪽 침실에서 사살된 것을 확인했습니다."

진평이 번들거리는 눈으로 곽청을 보았다.

"12층 1203호실에서 6명, 12층으로 올라가는 비상계단에서 3명, 10층에서 2명, 로비 엘리베이터에서 2명, 모두 13명은 우리 대원들이 사살했습니다."

"……."

"우리 대원 피해는 부상 3명, 모두 경상입니다."

"고대형은 보았나?"

"우리하고 같이 호텔을 나왔는데 사라졌습니다."

"가자."

곽청이 운전사에게 말하자 차가 바로 출발했다.

남강호텔이 멀리 보이는 길가 주차장이다.

호텔은 12층 전체가 불길에 싸여 있어서 형체가 뚜렷하게 드러났다.

힐끗 호텔을 본 곽청이 말했다.

"화장까지 시켜주는군."

남강호텔에서 살아남은 CIA 행동대가 있다. 호텔 밖으로 나갔던 5년 차 헨리 모건이다.

음료수와 간식을 사러 나가는 바람에 11층 숙소를 비웠던 헨리는 투숙객들이 쏟아져 나왔을 때 안으로 뛰어들었다. 그러고는 CIA 지부에 보고를 했다. 코왈스키의 직통 전화를 몰랐기 때문이다.

헨리의 보고를 받은 CIA 지부 당직 요원이 지미 우들턴에게 보고를 했다.

오전 3시, 사건 발생 1시간 후.

"행동대 헨리 모건이라고 합니다."

당직 요원은 당황해서 목소리가 높다.

"전멸했다는데요. 12층에 투숙한 요원들은 다 당한 것 같답니다! 12층에

74

타라스도 있었다는데요."

지미가 듣기만 했더니 당직의 목소리가 차츰 가라앉았다.

"11층과 10층에서도 요원 시체를 확인했답니다. 엘리베이터 앞에서도 2명, 12층은 불길에 덮여서 확인 못 했는데 모두 죽은 것 같답니다. 12층에 열대여섯 명이 있었다는데요."

"갓댐."

마침내 지미의 입에서 욕이 터졌다.

어쨌든 대형 사고다. 보고를 해야 된다.

10분 후, 뉴욕은 오후 1시가 조금 넘은 시간이다.

후버가 윌슨의 전화를 받는다.

이곳은 브루클린의 안가.

위통으로 점심을 거른 후버가 응접실에서 물 잔을 내려놓고 응답했다.

"무슨 일이야?"

"서울에서 또 사건이 일어났습니다."

"글쎄. 일어날 때가 되었다니까."

한 모금 물을 삼킨 후버가 잔을 내려놓고 물었다.

"이번에는 뭐야?"

"타라스가 죽었습니다."

"갓댐."

욕을 했지만 목소리가 밝다. 기뻐서 뱉는 욕인 것이 뻔히 드러났다.

그때 윌슨이 말을 이었다.

"호텔에 요원들하고 투숙했는데 몰살을 당했습니다."

이제는 후버가 숨을 죽이고 듣는다.

"서울 지부장 지미 우들턴의 보고를 받았는데 20명 가까운 사망자가 발생했다는 것입니다."

"……."

"습격자는 한둘이 아닌 것 같습니다. 12층, 11층, 10층과 로비에서도 사살되었는데 적어도 7, 8명이 되는 것 같습니다."

"누구야?"

"삼합회 같습니다."

"삼합회?"

"이번 삼합회 지부장과 요원들이 피살된 것에 대한 복수겠지요."

"그건 고대형의 짓이라고 코왈스키가 말했지 않아?"

"그렇게 보이도록 했지만 타라스가 시킨 작전이라는 것입니다."

"누가 그래?"

"지미 우들턴이 그랬습니다."

"갓댐."

그때 윌슨이 목소리를 낮췄다.

"코왈스키한테서 아직 연락이 없는데요. 기다렸다가 다시 보고 드리지요."

코왈스키는 윌슨에게 보고할 의무가 있는 것이다.

"선오버비치."

서울 사건은 도쿄 지부에도 보고가 되었다.

시간은 조금 늦다, 오전 4시 반.

침대에서 일어난 지부장 유리 커트슨이 보고를 듣고 나서 입을 떡 벌렸다. 그러나 당장 입을 열지는 않는다. 숨을 세 번쯤 쉬고 나서 정보담당 보좌관 프린스에게 물었다.

"다 죽었어?"

"예, 타라스의 행동대가 전멸했다고 합니다."

"……."

"지금 서울 지사 요원은 총출동해서 시신 수습을 하고 있습니다. 대사관 직원들, 8군에서도 지원을 나왔다고 하는데요."

"……."

"호텔의 화재는 진압되었고 12층에서 시체를 꺼냈는데 현재까지 10구가 확인되었습니다."

"……."

"아래층에서 8명을 확인했고요."

"……."

"또 나올 것 같습니다."

"누구야?"

"총성이 여러 곳에서 났다니까 삼합회가 틀림없습니다."

"고대형은?"

"아직 고대형 이야기가 없는데요."

"……."

"며칠 전 영등포에서 삼합회 지부를 습격한 보복이라고 합니다."

"……."

"습격자 인상착의가 고대형이 아니라고 서울 경찰이 확인해주었답니다."

그때 유리가 물었다.

"쓰시마에 간 조(組)는 어떻게 되었어?"

"지금 히타카츠에서 추적하고 있습니다."

프린스의 목소리가 밝아졌다.

"일본 여자 후사코의 차를 찾아냈거든요. 둘이 함께 있으니까 곧 결과가 나올 것 같습니다."

"연락해서 철수시켜."

"뭐라고 하셨습니까?"

"못 들었어? 지금 바로 철수시키란 말야."

"곧 잡는다고 했는데요."

"작전 취소야."

"취소란 말입니까?"

"왜 같은 말을 되풀이하는 거야!"

유리가 버럭 소리쳤다.

"철수시켜! 눈앞에 있더라도 놔 둬!"

유리가 전화기를 부숴버릴 기세로 내려놓았다.

정유미를 잡았다가 이번에는 자신이 당할 수가 있는 것이다.

코왈스키를 따라다니는 것은 이 시점에서 끝이다. 돌아가는 분위기를 보면 코왈스키는 막다른 골목에 들어갔다. 삼합회가 저 정도로 나오는 배경에는 뭐가 있는 것이다.

유리도 포커 게임으로 도쿄 지부장이 된 것이 아니다.

"마커스, 그럼 내가 오산으로 가지요."

코왈스키가 전화기를 귀에 붙이면서 말을 이었다.

"오늘 밤 9시에 도착하겠습니다."

"알겠습니다."

마커스의 목소리에 웃음기가 섞였다.

"위스키 좋은 걸로 한 병만 가져와요."

"오케, 이따 봅시다."

전화기를 내려놓은 코왈스키가 앞에 선 쟈크를 보았다.

"경호팀은 너하고 넷만 날 따라와라."

"나머지는 어떻게 합니까?"

쟈크가 묻자 코왈스키는 짜증을 냈다.

"잠깐 다녀오는 것이니까 다 데려갈 필요는 없어. 여기서 기다리라고 해."

"예, 국장님."

"그럼 몇 명 남는 거냐?"

"14명이 남습니다. 버트 랭슨에게 지휘를 맡기도록 하지요."

고개를 끄덕인 코왈스키가 힐끗 벽시계를 보았다.

오전 10시 반이다.

오늘 오전에 남강호텔의 사건이 일어난 지 7시간이 지났을 뿐이지만 코왈스키에게는 7일도 더 된 것 같았다.

그동안 파주의 안가에서 한 발자국도 밖으로 나가지 않았는데, 오늘 밤 10시에 한국을 떠날 예정이다. 그래서 오산 미 공군 기지의 마커스 대령에게 수송기를 대기시킨 것이다.

경호대장 쟈크가 방을 나갔을 때 코왈스키는 어금니를 물었다.

심복 타라스가 형체도 알아볼 수 없을 정도의 시신이 되었지만 미 8군 기지에 안치된 유해를 확인하지도 못했다. 그리고 경호대 10여 명도 남겨 놓은 채 한국을 떠나려고 하는 것이다.

이것은 탈출도 아니다. 도망이다.

그러나 이번 사건은 그냥 넘어가지 못했다.

지난번 성북동 안가에서 6명이 저격당했을 때는 손을 써서 재빠르게 시신을 미국으로 공수하고 한국 언론의 입을 막았지만, 이번은 호텔에서 총격전이 일어났고 각 층에 시체가 놓인 데다 12층이 전소된 상황이다. 총성에 놀라 대피한 투숙객이 수백 명인 것이다.

미국 언론은 물론이고 세계 토픽 뉴스가 되었다. 유럽의 몇 개 국가는 서울에서 테러가 일어났다고 보도했을 정도였으니 클린턴이 깜짝 놀라 안보 회의를 소집했다.

사건 발생 8시간 후, 워싱턴은 오후 9시다.

오벌룸 옆쪽 상황실에서 클린턴이 회의를 주재하고 있다.

참석자는 안보보좌관 비트만, 합참의장 스테판, 국무장관 맥킨지, CIA 부장 후버, 부장보 윌슨, 그리고 비서실장 제이크다.

피해자가 CIA 요원인 것이 밝혀졌기 때문에 윌슨까지 참석시킨 것이다. 그러나 테러일 가능성 때문에 합참의장도 불렀다. 7함대도 비상사태로 돌입시켰다.

클린턴이 먼저 후버에게 물었다.

"범인은 아직도 추정 중이오?"

"예, 하지만 테러 단체는 아닙니다."

후버가 똑바로 클린턴을 보았다.

"현재는 삼합회와의 충돌로 보고 있습니다."

"삼합회?"

"예, CIA 마약부가 삼합회의 마약 운송을 저지하려다가 마찰이 일어난 것입니다."

"그래서 삼합회가 공격을 했단 말이오?"

"며칠 전에 삼합회원 몇 명이 피살된 것에 대한 보복입니다. 물론 그것과 CIA는 관계가 없습니다."

입맛을 다신 클린턴이 후버를 보았다.

"21명의 미국인이 살해된 거요, 부장. 이건 전쟁이 일어날 만한 사건이오."

"삼합회란 폭력 단체하고 연관이 되었지만 테러 단체는 아닙니다."

고개를 저은 후버가 말을 이었다.

"마약부하고 삼합회와의 관계입니다. 잘 아시겠지만 말입니다."

잘 아시겠지만, 하고 말꼬리를 잡은 것이 문제다.

클린턴이 고개를 기울였다.

방 안이 조용해지면서 잠깐 동안 숨소리도 들리지 않았다. 그러나 면면은 제각기 계산기를 돌리고 있다.

비트만이 지난번 다글라스와의 회동에 참석한 후부터 완전히 후버에게 코를 '꿴' 상태. 비트만의 '생사여탈권'은 후버가 쥐고 있다고 봐도 된다.

스테판은 엄청난 힘을 소지한 군의 실세지만 클린턴의 명령만 듣는다. 후버에게 흔들리지 않는 유일한 인물이지만, 정치력은 전무(全無)한 상태.

그리고 국무장관 맥킨지와 비서실장 제이크는 제각기 후버에게 선거 자금과 공금 유용 문제로 비밀 경고를 받은 상태.

이러니 클린턴을 응원할 인물은 없다.

그때 클린턴이 고개를 들고 제이크를 보았다.

"다글라스 위원장은 언제 오나?"

다글라스를 부른 것이다.

클린턴의 시선을 받은 제이크가 바로 대답했다.

"곧 도착할 것입니다."

노련한 클린턴이 원군을 부른 것이다.

잠시 후에 들어온 다글라스가 분주하게 늦게 들어온 사과를 늘어놓았다.

다글라스가 자리 잡고 앉았을 때 클린턴이 물었다.

"이번 사건을 의회에서는 어떻게 처리하고 있습니까?"

"민주당에서 떠들기 시작했는데 국익을 위해서 설득하는 중입니다."

다글라스가 말을 이었다.

"21명 그대로 오픈했다가는 수습하기 힘듭니다."

"언론은 이미 떠들고 있어요."

클린턴이 짜증난 표정으로 말했다.

"이건 국가 위기로 규정하고 삼합회의 배후인 중국과 국교를 단절해야 된다는 의견도 나오고 있어요."

"중국 정부는 그전에 중국인들이 CIA에 의해 사살됐다고 폭로할 겁니다."

다글라스가 고개를 저었다.

"이건 비공식으로 비밀리에 처리해야지 노출시킬수록 우리가 불리합니다, 각하."

"갓댐."

마침내 클린턴이 이 사이로 말했다.

비공식, 비밀리에 처리하려면 CIA에 맡겨야 되는 것이다.

클린턴의 의도와는 정반대가 되었다.

30분쯤 후.

다글라스와 비트만, 그리고 후버와 윌슨이 대기실에서 마주 앉았다.

후버가 쓴웃음을 띤 얼굴로 다글라스의 옆얼굴에 대고 말했다. 다글라스가 외면하고 있었기 때문이다.

"수고했어, 다글라스. 클린턴이 이젠 발을 빼고 싶은 모양인데, 참 약삭빠르다는 생각이 안 들어?"

다글라스는 고개를 돌리지 않았고 후버가 말을 이었다.

"그 돈으로 선거 자금을 치러놓고 입을 씻다니, 물론 부시도 먹었지만 말야."

"……."

"이번 사건으로 연루자를 싹 정리하고 싶었던 모양인데 그랬다가는 진짜 전쟁이 일어난다고."

그때 다글라스가 고개를 들어 후버를 보았다.

"이봐요, 후버 씨, 당신이 시킨 대로 했으니까 수습은 당신이 해."

"그러지."

후버가 웃음 띤 얼굴로 다글라스를 보았다.

"다글라스, 날 도와주면 차기 대통령이 되도록 돕겠네. 자네는 대통령감이야."

코왈스키가 고개를 돌려 옆쪽에 앉은 보좌관 젠슨을 보았다.

"젠슨, 상품을 받으면 바로 출발해."

"알겠습니다."

젠슨이 자리에서 일어서며 말했다.

상품이란 헤로인 50킬로다. '88 상사' 사건에 이어서 남강호텔 사건이 터졌기 때문에 삼합회와 CIA 마약부는 제각기 치명타를 입었다. 그러나 오더는 계속 진행되고 있는 것이다.

지부장이 죽었기 때문에 대행이 된 곽청이 프랭클린 대신이 된 빅죠에게 인수 장소를 통보한 것이다.

코왈스키가 손목시계를 보았다. 오후 6시 반이다.

이곳에서 오산 공군 기지까지는 2시간 정도 걸릴 테니 출발할 시간이 되어간다.

고대형이 물 잔을 내려놓고 앞에 앉은 홍근태를 보았다.

"내가 남강호텔을 습격한 거야."

순간 홍근태가 숨을 들이켰다.

예상은 하고 있었지만 실제로 듣고 나서 충격을 받은 것이다. 그만큼 큰 사건이기 때문이다.

서울경찰청의 간부 식당 안이다. 간부 식당이라고 해서 메뉴가 다른 건 아니다. 똑같은 메뉴지만 칸막이로 구분되어 있을 뿐이다.

홍근태가 고대형에게로 상반신을 기울였다. 얼굴이 굳어 있다.

"아니, 거긴 여럿이 습격했다던데요?"

"내가 12층을 맡았어요. 12층에 타라스가 투숙하고 있었기 때문에……."

"그렇다면……."

"삼합회와 합동 작전이었어요."

고대형이 말을 이었다.

"내가 옆쪽 메리트호텔 옥상에서 남강호텔로 줄을 타고 넘어간 겁니다."

"……."

"그래서 12층 특실로 들어갔지요."

"……."

"나머지 층은 삼합회가 맡았습니다."

그때 한숨을 쉰 홍근태가 고대형을 보았다.

"성북동 저격까지 합쳐서 고 팀장은 CIA 킬러시군요."

"그놈들은 CIA가 아닙니다."

고대형이 고개를 저었다.

"CIA의 반역자들입니다."

쓴웃음을 지은 고대형이 손목시계를 보았다. 오후 7시가 되어가고 있다.

그때 전화벨이 울렸고 카운터의 종업원이 전화를 받았다. 그러더니 고개를 들고 이쪽을 본다. 고대형이 기다리던 전화다.

"여보세요."

수화구에서 고대형의 목소리가 울렸을 때 지미가 쓴웃음을 지었다.

"형, 나야."

"기다리고 있었어."

"거기 경찰청 안이라면서? 벙커 안에 들어가 있는 셈이군."

"경찰 간부하고 같이 있어."

"정보가 있어, 형."

지미가 숨을 쉬고 나서 말을 이었다.

"코왈스키가 오늘 밤 10시 비행기로 한국을 떠나려고 해."

고대형은 대답하지 않았지만 지미가 목소리를 줄였다.

"이건 위쪽에서 내려온 정보야, 형."

자리로 돌아온 고대형에게 홍근태가 물었다.

"누구 전화지요?"

"지미 우들턴."

홍근태가 시선만 주었고 고대형이 말을 이었다.

"코왈스키의 이용 가치가 다 없어진 모양입니다."

입맛을 다신 고대형이 말을 이었다.

"윗선에서 코왈스키의 동선을 알려주었다는군요."

"……."

"그놈이 오늘 밤 한국을 떠난다는 겁니다."

"……."

"오산에서 10시에 공군기로 출발한다는데요."

고대형이 번들거리는 눈으로 홍근태를 보았다.

"그놈이 이번 한국에서 일어나는 사건의 원흉이죠. 그런데 윗선에서도 그놈이 거북하게 느껴진 것 같네요."

"사라져야지."

술잔을 든 케니스가 웃음 띤 얼굴로 주반을 보았다.

"내일 도쿄로 가자. 거기가 놀기 좋아."

"내일은 안 돼. 조금 기다리다가 떠나자."

주반이 말을 이었다.

"우린 할 일 다 했어. 돈도 받았겠다. 우리한테 연락해 올 놈도 없다고."

"젠장, 타라스가 불고기가 돼 버리다니."

말은 그렇게 했지만 케니스의 얼굴에는 웃음이 떠올랐다.

"내가 그랬지? 타라스 그 새끼 언젠가는 골로 간다고 말야."

"그랬나?"

이태원의 외국인 전용 클럽 안이다. 홀 안은 어두웠지만 그것이 케니스와 주반에게 안정감을 느끼게 한다. 거기에다 소음까지 가득차서 둘은 소리치듯 말을 잇는다.

케니스가 말을 이었다.

"이번에 남강호텔 사건은 고대형이 작품이야. 그놈이 옆쪽 호텔에서 넘어간 거야."

어둠 속에서 케니스의 두 눈이 번들거렸다.

사건이 보도되었을 때 케니스는 바로 남강호텔에 달려갔던 것이다. 누구를 구하러 간 것이 아니다. 누가 어떻게 한 것인가를 확인하려고 간 것이다. 다녀와서 주반한테 말해 주었는데 오늘 또 이야기를 한다.

"그 자식 마음껏 사냥을 하고 있어. 난 그놈이 부럽다."

"그 자식이 CIA를 상대로 전쟁을 벌이고 있는 건가?"

주반이 고개를 비틀고 혼잣말처럼 묻는다.

"그렇게 무모한 놈이야?"

그때 케니스가 지나가는 웨이터를 불러 세우고는 위스키 한 병을 더 시켰다. 자주 왔기 때문에 이제는 '마시던 술'이라고만 하면 된다.

웨이터의 뒷모습을 보던 주반이 케니스에게 물었다.

"케니스, 우리가 여기 몇 번째 왔지?"

"대여섯 번 됐나? 왜?"

"88 상사 일 하고 나서 여기 몇 번 온 거야?"

"오늘까지 세 번."

"조선족 놈들이 우리 인상착의를 그린 그림을 갖고 찾아다닌다는 거야."

"그럴 리가. 그날 난 마우스피스까지 끼고 고대형이 시늉을 했는데."

빈 술잔을 쥔 케니스가 얼굴을 펴고 웃었다.

그때 웨이터가 쟁반에 위스키 병을 받쳐 들고 다가왔다.

"고마워, 김."

케니스가 주머니에서 5달라 지폐를 꺼내 쟁반 위에 놓았다.

웨이터가 고개를 숙여 보이더니 지폐를 집어 바지 주머니에 넣었다. 그러고는 주머니에서 소음기가 끼워진 권총을 꺼내 바로 앞에 앉아 있는 케니스의 얼굴에 붙이고 쏘았다.

"퍽!"

총구가 케니스의 눈에 닿았기 때문에 소음기까지 끼어서 옆쪽에도 들리지 않았다.

케니스가 뒤로 머리를 젖히면서 쓰러졌는데 머리만 젖혀졌다.

다시 웨이터가 총구를 주반한테 돌렸다.

주반은 놀라 막 몸을 일으키는 중이다.

"퍽. 퍽."

이번에는 총성이 두 번 울렸다.

콧등과 목에 두 발을 맞은 주반이 의자와 함께 넘어졌다.

그때서야 옆쪽 테이블에서 외침이 울렸다. 그러나 소음에 금방 묻혔고 웨이터는 사람들을 헤치고 어둠 속으로 사라졌다.

용산 경찰서 강력계 지영철 경위가 전화를 받았을 때는 그로부터 10분 후다.

"살인사건 신고합니다. 총으로 쐈어요."

전화를 받자마자 수화구에서 사내의 목소리가 울렸다.

"지금 이태원의 젠슨호텔 옆 '미카' 카페에서 둘이 죽었습니다. 아마 그곳에서도 경찰에 신고를 할 겁니다."

"미카 카페요?"

다급해진 지영철이 물었다.

경찰에 신고를 할 것이란 말에 '와락' 끌렸다. 장난 전화가 아니다. 그리고 이 신고자는 사건을 알고 있는 것 같다. 여기서 '단서'를 건지면 '대박' 난다.

"예, 미카 카페. 그런데 살해된 사람은 미국 국적의 동양인 남자 둘입니다."

"아, 그래요?"

"그리고 이번에 일어난 사건들하고 관계가 있는 사람들입니다."

예상이 맞았기 때문에 지영철은 전화기의 녹음 상태를 확인했다. 녹음되고 있다. 그래서 흥분을 억누르고 물었다.

"어떤 사건들입니까?"

"엊그제 일어난 영등포의 88 상사 살인사건의 범인들입니다. 그놈들이 조금 전에 살해된 겁니다."

"누, 누가 죽였는데요?"

"그건 나중에 따지고 얼른 현장에 가서 시체를 수습해요. 그렇지 않으면 미국 국적이 발견되어서 성북동 사건처럼 시신을 빼앗겨 조사도 제대로 못할 테니까……."

"고맙습니다."

말을 마치기도 전에 전화기를 내려놓은 지영철이 뛰어나갔다. 맞는 말이다.

오산 톨게이트로 빠지는 샛길로 들어섰을 때 차가 밀렸기 때문에 코왈스키가 짜증을 냈다.

오후 8시 25분, 늦지는 않았다. 아직도 1시간 반이나 남았다.

"무슨 일이야?"

코왈스키가 묻자 앞자리에 탄 쟈크가 말했다.

"검문을 하거나 사고가 났거나 둘 중 하나인데요."

그러더니 차에서 내려 뒤쪽 차로 다가갔다. 뒤쪽 밴에는 경호원 넷이 타고 있다.

곧 쟈크가 돌아왔고 뒤쪽 차에 탔던 경호원 하나가 앞쪽 톨게이트로 달려갔다.

차들이 가다가 서다가 했기 때문에 경호원은 금방 모퉁이를 돌아 사라졌다.

"갓댐, 코리아."

자리에 등을 붙이고 앉은 코왈스키가 투덜거렸다.

"아주 기분이 더러운 나라야."

옆자리의 패커드는 대답하지 않았고 차 안 분위기가 가라앉았다.

그때 톨게이트로 확인하러 갔던 경호원이 다시 뛰어왔다.

쟈크가 창문을 열자 경호원이 가쁜 숨을 뱉으며 말했다.

"한국군 한 명이 무기를 갖고 탈영했다고 합니다. 그래서 탈영병을 찾고 있다는데요."

"갓댐, 한국군 놈들."

그 말을 들은 코왈스키가 다시 소리쳤지만 얼굴에 쓴웃음이 떠올라 있다. 무슨 일인가 하고 불안했다가 긴장이 풀렸기 때문이다.

모퉁이를 돌자 톨게이트가 앞쪽에 보였고 차들은 천천히 앞으로 나아갔다.

코왈스키가 손목시계를 보더니 말했다.

"적당한 시간에 도착하겠군. 가서 기다리는 것도 지루해."

고대형이 드라구노프 스코프에 잡힌 코왈스키의 옆모습을 보았다.

뒷좌석 오른쪽, VIP석이다. 차에는 넷이 탔고 얼굴 윤곽도 선명했다.

거리는 155미터. 이곳은 톨게이트로 향하는 샛길 오른쪽의 언덕이다. 어두웠지만 스코프에는 붉은색을 띤 얼굴 윤곽이 선명했다.

차가 다시 멈췄을 때 고대형이 숨을 들이켰다.

그러고는 1단, 2단, 철컥!

"퍽."

총탄이 발사되자마자 코왈스키의 머리통이 부서졌다.

오후 10시 10분.

곽청이 대림동 은신처에서 부하가 건네주는 전화를 받는다. 고대형의 전화다.

"고 형, 지금 어디요?"

곽청이 반갑게 물었을 때 고대형의 목소리가 울렸다.

"일 끝내고 지금 서울로 돌아온 참이오."

"무슨 일을 끝냈다는 거요?"

곽청이 건성으로 물었을 때 고대형도 지나가는 말처럼 대답했다.

"미국으로 도망치던 코왈스키를 오산 톨게이트에서 사살했소."

"……"

"머리통 반을 날렸지. 드라구노프로 155미터 거리면 그렇게 돼, 곽 형."

"마무리를 한 셈인가?"

"내가 알기로는 이번에 엄청난 양이 들어온다던데, 곽 형이 주선해서 말야."

"고 형, 그것도 막을 계획이야?"

곽청이 불쑥 묻고는 소리죽여 숨을 들이켰다. 주위에 둘러선 부하들도 긴장했다. 방 안에 수화구에서 흘러나온 고대형의 목소리가 다 들렸기 때문이다.

그때 고대형이 말했다.

"지금은 나한테 지시하는 놈이 없어. 내가 판단해서 움직이는 거야,

곽 형."

"그러니까 고 형 판단을 말해 봐."

"그 물량이 모두 미국으로 가는 거지?"

"맞아."

"그럼 난 이번에는 모른 척할게."

"그런데 고 형, 문제가 있어."

"말해."

"이왕 말 나온 김에 고 형한테 부탁하는 거야."

"갓댐. 잠깐."

고대형이 서두르듯 곽청의 말을 막았다.

"나 그 말 안 듣겠어."

"들어줘야 해, 고 형."

"전화 끊겠어."

"경찰을 막아줘야 돼."

전화를 끊기 전에 바로 말을 이었기 때문인지 고대형은 가만있었다.

그때 곽청이 말을 이었다.

"고 형, 덕분에 경찰은 우리 운반선, 거점을 다 파악하고 있어. 이번에 우리가 움직이면 CIA의 도움을 받지 않더라도 다 파악이 될 거야."

"……."

"그래. 이번은 미국으로 바로 연결되는 것이니까 건드리지 말아 달라고 해줘."

"……."

"그다음에는 어떻게 해도 상관하지 않겠어."

"다음번에는 내가 없을 테니까."

고대형이 말을 이었다.

"내가 부탁해보지."

"갓댐."

후버가 윌슨의 보고를 듣고 나서 말했다. 눈동자가 흐려져 있다.

오전 9시, 한국은 밤 11시다.

후버가 전화기를 고쳐 쥐고 물었다.

"그래. 언제 죽은 거야?"

"한 시간쯤 전입니다."

"말해봐."

"오산 공군기지로 들어가는 톨게이트 앞에서 저격을 당했습니다."

"옳지."

"한국 경찰이 톨게이트를 막고 검문을 하느라고 차들이 정차되어 있을 때 쏘았습니다."

"이번에도 한국 경찰을 이용했군."

"예, 부장님."

"코왈스키 하나만 디진 건가?"

"예, 머리통 절반을 없앴습니다."

"갓댐."

"다시 보고 드리겠습니다."

윌슨과의 통화를 끝낸 후버가 길게 숨을 뱉었다.

후버 입장에서는 작전 끝이다. 남은 고대형, 지미 우들턴, 그리고 코왈스키 아류는 저절로 도태되거나 알아서 기어나간다. 그것은 윌슨이 관리하면 되는 것이다.

젠슨에게 코왈스키의 죽음은 마치 끈 떨어진 연 같은 입장이 된 것이나 같다. 첫째 보고 라인이 없어진 것이다. 이번 '한국통과', '마약 사업'의 최고 위직이었기 때문이다.

젠슨은 코왈스키가 묵던 파주 안가에 머물고 있었는데 안가에는 경호원 14명이 남아 있다.

오전 2시 반, 사건 발생 6시간이 되어가고 있었지만 저택에서 잠이 든 사람은 아무도 없다.

그때 경호원 하나가 젠슨에게 다가왔다.

"패커드 씨한테서 전화가 왔습니다."

젠슨이 벌떡 일어났다.

패커드는 코왈스키 옆에 앉았다가 날벼락을 맞았다. 코왈스키의 머리 반쪽이 무릎 위로 떨어졌기 때문이다.

지금 패커드와 쟈크가 인솔하는 경호원 넷은 오산의 미 공군 기지에 들어가 있다. 어쨌든 시신을 싣고 들어가 버린 것이다.

전화기를 받은 젠슨이 응답했을 때 패커드가 말했다. 사건이 발생하고 나서 통화를 했고 지금은 두 번째다.

"조금 전 윌슨 부장보한테서 전화를 받았어."

젠슨이 숨을 들이켰을 때 패커드가 말을 이었다.

"마무리 작업을 하고 귀국하라는 지시야. 내가 공군 기지에서 기다리고 있겠어."

"패커드, 네가?"

"그래. 물건을 갖고 공군 기지로 와."

"그렇다면 됐어."

젠슨이 어깨를 늘어뜨렸다. 이틀 남았다.

오전 10시 반, 이제는 상황실이 된 서울경찰청 구내식당 안에서 고대형과 강기준, 홍근태가 둘러앉아 있다. 식당에서도 커피를 팔기 때문에 셋 앞에는 커피 잔이 놓였다. 고대형이 경찰청 건물 안 상황실로 들어가기 싫다고 했기 때문이다.

커피 잔을 든 고대형이 둘을 훑어보았다.

"어젯밤, 오산 톨게이트에서 제가 CIA 마약부장 헨리 코왈스키를 사살했습니다."

"어제 사살했다고요?"

홍근태가 고개를 기울였다.

"외국인이 탄 차량 2대는 그냥 통과시켰다는데요."

"내가 지켜보았더니 시신을 바닥에 놓고 검문을 받더군요. 경찰이 차 밖에서 얼굴만 들여다보고 보냈습니다."

"……"

"어두워서 안은 보이지 않았을 테니까요."

"그렇군요."

강기준이 고개를 끄덕였다.

"그럼 CIA 마약부는 치명상을 입은 것 아닙니까?"

"아마 개편되겠지요. 그런데……"

고대형이 강기준을 보았다.

"부탁드릴 말씀이 있습니다."

"말씀하시지요."

강기준의 시선은 부드럽다.

"얼마든지 돕겠습니다."

고대형이 방으로 들어서자 지미 우들턴이 웃음 띤 얼굴로 일어섰다.

오후 2시 반, 이곳은 CIA 서울지부 지부장실 안.

고대형이 지미에게 온 것이다.

"앉아. 한 잔 할래?"

선반에서 위스키 병을 꺼내면서 지미가 묻더니 잔까지 갖고 왔다. 대답을 기다리지도 않았고 고대형도 웃음만 띠었다. 고대형은 이곳을 처음 방문한 것이다.

고대형의 잔에 술을 따르면서 지미가 말했다.

"이번 코왈스키까지 포함해서 남강호텔 사망 사건은 기간과 지역을 나눠서 처리하기로 했어."

제 잔에도 술을 따른 지미가 술잔을 들어올렸다.

"1년 동안 중동에서 요원들이 수십 명씩 사망하니까 그쪽으로 보낼 거야."

한 모금에 술을 삼킨 지미가 말을 이었다.

"6개월쯤 기간을 두고 나눠서 사망 신고를 하는 거지. 서울에서는 6명이 총격전 중에 사망한 것으로 처리할 거다."

"갓댐."

"그쯤 조작하는 건 일도 아냐."

"미리 발표한 언론은?"

"오보를 낸 거지. 발표한 군 간부, 대사관 직원은 그런 적 없었다고 항의할 거야."

"……."

"그건 그렇고."

지미가 눈썹을 모으고 고대형을 보았다.

"자, 용건을 말해."

96

"난 떠날 거야. 떠나기 전에 얼굴 보고 인사나 하려고 왔어."

"갓댐."

고개를 끄덕인 지미가 길게 숨을 뱉었다.

"네가 떠날 때가 되었지."

"우리 관계가 꽤 오래간 거지?"

"그럼. 파키스탄에서 중동을 한 바퀴 돌고 우즈베크, 중국을 거쳐 이곳까지 왔으니까."

흐려진 눈으로 말한 지미가 눈의 초점을 잡고 고대형을 보았다.

"우즈베크로 갈 거냐?"

"아니."

고대형이 고개를 저었다.

"난 흐르는 물이야. 지나간 곳으로 돌아가지는 않아."

"갓댐."

지미가 눈을 찌푸렸다.

"미친놈. 술도 안 먹고 헛소리를 하는군."

"난 시간을 타고 다닌다고, 이 멍청아. 멈춰 섰을 때는 내가 죽었을 때다."

"죽기 전에 네가 만날 사람이 있다."

"갓댐."

"정유미가 널 찾아. 나한테 전화를 했는데 지금 후쿠오카에 있다는군."

"……."

"후사코란 여자가 거기까지 피신을 시켜주었다는 거다. 넌 여복이 많아."

"……."

"내가 들은 정보로는 도쿄 지부장이 코왈스키 라인이라 널 적극적으로 추적했고 정유미의 흔적을 찾은 거야. 그래서 지금도 추적 중인데."

97

"……."

"코왈스키가 죽었으니 그놈도 손을 떼었으면 좋겠는데……."

"연락처는?"

마침내 고대형이 물었다.

지미가 잠자코 주머니에서 쪽지를 꺼내 건네주었을 때 고대형이 자리에서 일어섰다.

"지미, 잘 있어."

고대형이 손을 내밀었을 때 따라 일어선 지미가 두 팔을 벌려 어깨를 감싸 안았다.

30분 후.

CIA 도쿄 지부장 유리 커트슨에게 정보실 요원이 다가와 말했다.

"지부장님, 고대형이라는 사람한테 전화가 왔는데요."

지부장실 안.

정보실 요원은 잔뜩 긴장하고 있다. 고대형이 누군가를 알기 때문이다.

유리가 이맛살을 찌푸렸다.

"나한테?"

"예, 지부장님."

"어디로 전화가 왔는데?"

"지부장님을 찾기에 제가 받은 겁니다."

"뭐래?"

"저한테 말하라고 했더니 웃으면서 지부장님을 바꿔달라는데요."

"……."

"바꿔주지 않으면 하루 안에 지부장님을……."

"전화 돌려."

참다못한 유리가 지시했다.

"녹음 장치, 추적 장치 가동시키고."

잠시 후에 고대형이 다른 사내의 응답소리를 듣는다.

"여보세요. 전화 바꿨습니다."

"유리 커트슨?"

고대형이 묻자 상대가 되물었다.

"고대형인가?"

"너 코왈스키 따라갈래?"

"무슨 말이야?"

"이 개아들 놈아. 녹음하고 있을 테니 통화 끝나고 테이프를 CIA 본부로
보내라. 그러지 않으면 내가 보낼 테니까."

고대형이 쏟아붓듯 말을 이었다.

"당장에 추적을 중지시키지 않으면 이번 작전의 마지막 타깃은 너야."

"협박이냐?"

"하루 안에 넌 코왈스키처럼 머리통이 두 조각이 나."

그때 유리가 이 사이로 말했다.

"벌써 철수시켰다, 이 선오버비치."

분이 풀리지 않은 유리가 다시 말을 이었다.

"확인해봐, 이 더러운 코리안."

사흘 후, 뉴욕 브루클린의 안가.

후버가 윌슨으로부터 보고를 받는다.

"65킬로가 LA에 도착했습니다."

후버는 시선만 주었고 윌슨의 말이 이어졌다.

"15킬로는 마피아가 가져갔고 50킬로가 우리 몫입니다."

"……"

"마약 통제는 이제 궤도에 오른 것 같습니다."

윌슨이 지친 표정으로 의자에 등을 붙였다.

CIA에서 이렇게 조정하지 않았다면 사방에서 수십, 수백 개의 루트를 타고 수십 배의 마약이 유통될 것이다. 마약은 무를 토막 내듯이 '딱' 단절시키기는 불가능하다.

중독자가 수백만이어서 며칠만 중단시켜도 폭동이 일어난다. 그러니 점점 수량을 줄이면서 조절하는 방법밖에 없는 것이다. 그것을 시행하다가 중국과의 주도권 전쟁이 일어났고 그 틈을 탄 부정행위가 발생했다.

그때 후버가 물었다.

"고대형은?"

"도쿄 지부장 유리 커트슨한테 죽인다고 협박을 하더니 이틀 전에 파리로 갔습니다."

"파리에?"

"예, 부장님."

"그곳에 연고가 있나?"

"파악해봤는데 아직 없습니다."

"리스타하고는 관계를 끊은 건가?"

"피해를 주지 않으려는 것 같습니다."

"갓댐."

"언젠가는 돌아가겠지요."

후버가 천천히 고개를 끄덕였다.

파리, 몽마르트르의 카페 안, 고대형은 안쪽 테이블에 앉아 위스키를 마시고 있다. 고급 카페다. 실내 장식이 고급스럽고 첫째 가격이 턱도 없이 비싸다. 비싼 만큼 서비스나 환경이 다르기도 하지만 이곳은 입장료까지 받는다. 입장료도 1인당 50불. 알고 보니 안쪽 홀에서 '유명한' 가수가 노래를 부르고 있다.

오후 8시 반.

고대형은 세련된 캐주얼 차림으로 싹 변신했다. 돈만 있으면 변신이 가능한 세상이다.

지나가다 우연히 들른 곳이라 아는 사람도 없어서 홀가분하다.

지미 우들턴한테서 말도 안 되는 소리라고 구박을 받았지만 이렇게 흘러 다니는 것이 편하다. 무책임의 극치라고 해도 상관없다, 그랬다가는 '일'도 제대로 못했을 테니까.

그때 앞쪽 시야를 가로막고 선 여자가 있다. 흑발의 미녀, 물론 서양 여자다. 날씬한 몸매, 갸름한 얼굴에 웃음을 띠고 있다. 숨이 막힐 것 같은 미모. 물론 처음 보는 여자.

그때 여자가 영어로 말했다.

"잠깐 여기 앉아도 돼요?"

여자가 웃음 띤 얼굴로 앞쪽 의자를 힐끗 보았다. 그 자리에 앉겠다는 것이지.

"노."

고대형이 정색하고 여자를 보면서 한마디 덧붙였다.

"싫어."

여자의 얼굴에서 웃음기가 지워졌다. 짧은 머리, 귀고리가 반짝이고 있다. 그때 여자가 다시 말했다. 여자도 정색한 얼굴.

"내 뒤쪽에 여자 둘 있죠? 걔들하고 내기 했어요. 당신하고 술 마시는 데 1백 불을 걸었다고요."

"……."

"내가 10분 안에 당신하고 위스키 2잔을 마시게 되면 1백 불을 받는다고요."

그때 고대형이 입술 끝을 올리고 웃었다.

"넌 1백 불 잃었네. 돌아가."

고대형이 똑바로 여자를 보았다.

"나 같은 놈한테 온전한 여자가 걸릴 가능성은 제로야. 넌 몸 파는 년이거나 작전 중인 년이야. 어쨌든 작전 실패야."

그때 여자가 몸을 돌렸고 고대형은 술잔을 들었다.

10분 후에 지배인이 다가와 고대형의 옆에 서더니 허리를 조금 꺾으면서 말했다.

"잘하셨습니다. 그 여자는 콜걸입니다."

고대형은 고개도 돌리지 않았고 지배인이 말을 이었다.

"그 여자가 여기 나타난 지 1년쯤 되었습니다만 한 번도 실패한 적이 없었는데, 오늘 처음 당하는 꼴을 보았습니다."

고대형이 고개를 돌려 지배인을 보았다.

50대쯤으로 흰 머리가 반쯤 섞였지만 영화배우 같은 용모.

시선이 마주치자 지배인이 눈인사를 했다.

"존경합니다, 선생님."

"퍽큐."

"네? 뭐라고 하셨습니까?"

"그년이 나한테 오기 전에 너하고 눈을 맞추고 왔어. 그년은 네가 보낸 거야."

고대형이 웃음 띤 얼굴로 말을 이었다.

"네 의도는 뭐냐? 돈이냐?"

"아닙니다, 선생님."

여전히 정색한 지배인이 고대형을 똑바로 보았다.

"우리 카페의 영업 전술 중의 하나입니다. 그것으로 엄청난 광고 효과를 낼 수가 있거든요."

"갓댐."

"고급 손님에 한해서만 그런 서비스를 제공하고 있습니다."

"물론 돈을 줘야 하는 것 아닌가?"

"당연하지요."

"저년들은 끝까지 요조숙녀 행세를 하고 말이야, 그렇지?"

"예, 선생님."

고개를 끄덕인 고대형이 주머니에서 1백 불 지폐를 꺼내 지배인의 재킷 주머니에 찔러 넣었다.

10분 후에 짧은 머리가 또 왔다.

안쪽 홀의 가수가 샹송을 부르는 감성적인 분위기 속.

이번에는 새침한 얼굴로 다가와 그냥 옆쪽 의자에 앉는다.

술잔을 든 고대형이 이맛살을 찌푸렸다.

"이번 레퍼토리는 뭐냐?"

여자가 눈만 깜박였기 때문에 고대형이 한 모금에 위스키를 삼켰다.

혼자서 위스키를 사분의 삼쯤 마신 상태.

"시시하게 까불지 마. 난 너 같은 건 흥미가 없어. 그렇게 똥마려운 표정으로 내 눈을 더럽히지 말고 꺼져."

"스리시즌호텔에 투숙하고 계시죠?"

불쑥 여자가 물었기 때문에 고대형이 숨을 들이켰다.

맞다. 특급 호텔이다. 그것도 로얄룸. 방값이 보통 특급 호텔의 5배쯤 된다. 응접실, 거실, 작은 풀장까지 딸린 호화판 특실.

그때 여자가 탁자 위에 카드키를 내놓았다.

"입장하실 때 웨이터가 키를 빼냈다고요. 그러고는 호텔에다 신분을 확인했죠."

"……."

"그러고 나서 작전을 시작한 거죠. 그냥 얼굴이나 씀씀이를 보고 타깃을 고를 수는 없으니까요."

잠자코 카드키를 집어 주머니에 넣은 고대형이 어깨를 늘어뜨렸다.

이건 또 무슨 일인가? 서울에서 날아와 대번에 똥통에 들어온 느낌이다.

여자가 말을 이었다.

"지배인이 카드 돌려드리고 사과하라고 해서요."

"마더퍼커."

어깨를 치켰다가 내린 고대형이 술병을 들고 물었다.

"한잔할래?"

여자 이름은 이자벨, 28세, 알제리 태생의 혼혈. 혼혈 미인이 진짜 예쁘다. 파리에 온 건 18살 때. 오빠와 함께 유학을 온 것인데 오빠 알리는 25살 때 자동차 사고로 죽고 이자벨은 대학 졸업 후에 이곳저곳에서 4년 동안 직장 생활을 하다가 작년부터 이곳에서 일하게 되었다고 했다.

한 달 월급은 5백 불 정도. 한 달에 3번쯤 '작전'의 주인공이 되어서 남자를 만나는데 작전 중 받은 수익금은 모두 주인공의 몫이라고 했다.

이 수익금이 한 번에 5백 불이 될 수도 있고 1천 불이 될 때도 있어서 그것으로 살아간다는 것이다.

"옷이나 액세서리에 돈이 많이 들어가서 저축은 못 해요."

이자벨이 술기운으로 붉어진 얼굴을 손바닥으로 누르며 말했다.

"그리고 한 곳에 오래 있으면 소문이 나기 때문에 1년 이상 있기가 힘들고."

위스키 한 병을 더 시켰기 때문에 고대형도 술기운이 올랐다.

고개를 끄덕인 고대형이 물었다.

"네가 이렇게 마지막 작전까지 간 적이 몇 번이나 돼?"

그러자 이자벨이 쓴웃음을 지었다.

"이번까지 세 번요."

"지난 두 번은 다 성공했겠군."

"그렇죠."

"넌 내가 뭐하는 사람처럼 보이나?"

"동양인."

"그거야 맞고."

술잔을 든 고대형이 빙그레 웃었다.

"직업을 맞춰봐라."

"사업가."

"무슨 사업."

"통이 큰 걸 보니까 주식이나 기업체 경영자, 자동차 레이서일지도."

"레이서가 작전에 넘어간 것 같군."

"빨랐어요."

이자벨이 이를 드러내고 웃었다.

"코너링은 능숙했지만."

고개를 끄덕인 고대형이 주머니에서 지폐를 한 움큼을 꺼내 이자벨 앞에 놓았다.

"이천 불쯤 될 거다."

이자벨이 돈만 쳐다보았고 고대형이 말을 이었다.

"갖고 꺼져. 그리고 계산서 가져오라고 해."

밤 12시 40분.

'레오니드' 카페를 나온 이자벨은 택시를 타고 마레지구의 퐁피두 센터 근처에서 내렸다.

늦은 시간이어서 행인이 드문드문했고 주택가 골목 계단을 내려가자 보안등이 담장에 가려 어둡다.

이자벨은 서둘러 발을 떼었다. 연립주택은 바로 30미터쯤 앞이다.

그때 뒤에서 발자국 소리가 났기 때문에 이자벨의 걸음이 빨라졌다. 낮에는 익숙한 산책길인데 밤에는 음침하다.

그때 뒤에서 부르는 소리가 났다.

"이자벨."

소스라치게 놀랐던 이자벨이 두 발짝을 더 떼었다가 멈춰 섰다. 귀에 익은 목소리다. 몸을 돌린 이자벨이 다가오는 고대형을 보았다.

다가선 고대형이 이를 드러내고 웃었다.

106

"작전 성공이야."

이자벨은 눈만 크게 떴고 고대형은 두 손을 어깨 위에 올려놓았다.

"물론 네 방은 비워놓았겠지?"

이자벨의 방은 4층 건물의 3층으로 거실과 침실, 주방과 욕실로 구분되어 있다. 침실 1개짜리 구조였지만 면적이 커서 주방에는 식탁까지 놓였고 거실도 넉넉했다.

방으로 들어선 이자벨이 고대형의 코트를 받으면서 어색하게 웃었다.

"난 집으로 누구 데려온 적 없어요."

"다 처음이 있는 법이다."

"언제부터 날 따라오려고 마음먹었어요?"

그때 몸을 돌린 고대형이 이자벨의 허리를 두 손으로 감아 안았다.

"처음 널 본 순간부터."

"나 참."

빠져 나가려고 이자벨이 몸을 비틀면서 눈을 흘겼다.

"그쪽도 작전인가요?"

"아니. 본능이지, 내 직업상."

억센 힘으로 이자벨을 당겨 안은 고대형이 입을 맞췄다.

얼굴을 흔들던 이자벨이 곧 힘을 풀었고 두 손을 들어 고대형의 목을 감아 안았다. 그러나 입술은 열리지 않았다. 그러자 고대형이 손을 풀고는 떨어졌다. 무안해진 이자벨이 상기된 얼굴로 고대형을 보았다.

"누구세요?"

"사업가."

"무슨 사업?"

"인력관리."

"인력관리?"

"사람을 처리하는 업무야."

"아, 헤드헌터."

이자벨이 고개를 끄덕여 아는 체했다.

"들었어요. 유망한 직종이라고 하던데."

밤이 깊어가고 있다.

눈을 떴더니 벽시계가 오전 9시 반을 가리키고 있다.

상반신을 일으킨 고대형이 주위를 둘러보았다. 이자벨이 보이지 않는다. 욕실도 문이 열린 채 기척이 없다. 오전 4시까지 이자벨과 침대에서 뒹굴었고 포도주까지 더 마시고 잤던 것이다.

말도 없이 이자벨이 사라졌기 때문에 고대형이 씻고 옷까지 대충 입었을 때 현관문이 열리면서 이자벨이 들어섰다. 오전 10시다.

이자벨은 커다란 종이봉투를 2개나 들고 있었는데 시장에 다녀온 것 같다.

"깼어요?"

이자벨이 웃음 띤 얼굴로 물었다. 맑은 얼굴, 화장기가 전혀 없는 맨 얼굴이 우윳빛이다. 창으로 들어온 아침 햇살이 이자벨의 모습을 천사처럼 비췄다.

종이봉투를 주방 식탁에 올려놓은 이자벨이 물었다.

"배고파요?"

"굶어 죽을 것 같다."

"한 시간 기다릴 수 있어요?"

"그 안에 죽을 거야."

"그럼 이 크루아상이나 먼저 먹어요."

이자벨이 크루아상 한 조각을 떼어 고대형에게 던졌다. 한 손으로 빵 조각을 받은 고대형이 창가로 다가가 아래를 내려다보았다. 아래쪽은 작은 정원이다. 할머니 둘이 벤치에 앉아 앞만 쳐다보고 있다. 말을 안 하는 것이 더 다정하고 평화롭게 보인다.

그때 이자벨이 뒤에서 물었다.

"고, 오늘 뭐해요?"

"할 일 없어."

"호텔에서 며칠 묵을 건데요?"

"그냥 5일 투숙한다고 했어."

"호텔 하루 방값이 얼만데?"

"1천 불 정도."

"그럼 오늘 체크아웃하고 여기로 옮겨요, 고."

"……."

"그리고 그 방값 나한테 주고."

"……."

"내가 카페 안 나가고 옆에 있을게. 어때요?"

"기가 막힌 제안인데."

감동한 고대형이 고개를 끄덕이면서 이자벨을 보았다.

"밥 먹고 갔다 올게."

"아니. 체크아웃 시간이 12시니까 지금 가요. 1천 불 손해 보지 말고."

"그런가?"

"1시간이면 다녀올 수 있어요, 저기 계단만 올라가면 택시정류장이니까.

거기서 스리시즌호텔까지는 30분밖에 안 걸려."

"오케이."

고개를 끄덕인 고대형이 자리에서 일어서더니 문득 주머니에서 지갑을 꺼냈다. 지갑에서 지폐 뭉치를 꺼낸 고대형이 대충 세더니 이자벨에게 내밀었다.

"받아."

고대형이 지폐를 꺼낼 때부터 물끄러미 시선을 주던 이자벨이 두 눈썹을 모았다.

"왜?"

"내가 호텔비 찾아서 너한테 주는 게 좀 거북해서 그런다. 그래서 미리 주는 거야. 여기가 무슨 호텔방도 아니고."

"그러네."

이자벨이 쓴웃음을 짓고 돈을 받았다.

"내가 하룻밤 사이에 부자가 되었어. 허니, 이게 얼마야?"

"5천 불쯤 돼."

"너무 많아. 2천 불만 줘."

"나 헤드헌터라 돈 많아."

고대형이 벽에 걸린 코트를 집어 든다.

이자벨이 옷깃을 여미어 주더니 목에 두 팔을 감아 안았다. 이자벨의 얼굴에서 레몬 냄새가 났다. 곧 이자벨의 혀가 고대형의 입 안으로 들어왔는데 그것은 오렌지 맛이다.

오전 11시 45분.

스테이크에 딸기잼을 바른 크루아상. 후식으로는 애플파이와 아이스크

림, 채소 절임까지 준비해놓은 이자벨이 다시 벽시계를 보았을 때 전화벨이
울렸다.

서둘러 전화기를 든 이자벨이 응답했을 때 고대형의 목소리가 울렸다.

"나야, 이자벨."

"허니, 나 오늘부터 5일간 휴가 냈어."

이자벨이 앞질러 말했다.

"그러니까 천천히 와, 허니."

"오, 그래."

고대형이 입맛 다시는 소리를 냈다.

"이자벨."

"체크아웃했어?"

"응, 했는데 갑자기 일이 생겼어."

"무슨 일?"

"헤드헌터에 관한 일."

"언제 끝나는데?"

"지금 떠나야 돼. 좀 시간이 걸릴 거야, 이자벨."

"……."

"네가 차린 점심을 못 먹고 가는 것이 가장 안타깝다."

"언제 오는데?"

이자벨이 그렇게 물었을 때 문득 고대형의 머릿속에 지미의 목소리가 울
렸다.

"미친놈. 네가 시간하고 같이 흘러간다고?"

그래서 고대형이 대답했다.

"곧 갈 거야, 너한테."

그래서 고대형은 3시에 출발하는 로마행 비행기 티켓을 구입했다.

알리탈리아 1등석. 로마행 티켓을 구입한 것은 여행사 안으로 들어섰을 때 로마관광 포스터가 눈에 띄었기 때문이다.

티켓을 구입하고 나서 옆쪽에 더 근사한 아테네 포스터가 있었기 때문에 마음이 흔들렸지만 번복하지는 않았다.

떠나는 건 매일반이다.

'고대형' 여권을 사용하고 있었지만 CIA는 물론 '인터폴'도 건드리지 않는다.

이러니 자꾸 떠나고 싶은 것이다.

알리탈리아 1등석, 비행기는 이륙한 지 30분쯤이 지났다.

비행기 사고 시간은 이륙 후 5분, 이륙 전 5분 사이에 가장 많다는 이야기를 들은 적이 있다. 그래서 고대형은 비행기가 활주로를 굴러가기 시작했을 때부터 5분을 세는 습관이 들었다.

어떻게 세냐고?

시계를 들여다보는 '겁먹은' 행동을 할 수는 없다. 눈을 감고 숫자를 센다. 천천히. 하나, 둘, 셋. 그래서 300까지 세고 나면 어느덧 비행기는 그냥 서 있는 것처럼 순항고도에 올라가 있는 것이다.

"마실 것 드릴까요?"

고대형은 귓가에서 나긋나긋한 목소리가 울리는 바람에 눈을 떴다.

1등석은 독립된 공간이다. 호텔의 싱글 베드보다 약간 작은 의자가 펼쳐졌고 칸막이가 되어 있다.

커튼을 젖히고 들어온 1등석 스튜어디스가 웃음 띤 얼굴로 바라보고 있다.

"아, 위스키, 얼음하고."

"그러죠. '캔트'가 있는데 괜찮으세요?"

"좋지."

"그럼 병으로 갖다 드릴게요. 안주는 소시지와 소고기 육포, 피넛을 가져 오겠습니다."

사근사근 말하는 스튜어디스의 가슴에 '베르체'라는 이름표가 붙어 있다.

눈웃음을 치는 베르체의 얼굴을 홀린 듯이 바라보던 고대형이 고개를 끄덕였다. 미인이다. 당연히 스튜어디스는 미모지만 1등석 담당은 그중 가 장 숙련되고 최고 미인을 선발하는 것 같다.

곧 술과 안주를 가져온 베르체가 식탁 위에 놓으면서 물었다.

"로마는 사업 때문에 가세요?"

"쉬러 가는 거요, 베르체."

고대형이 베르체의 눈을 보았다. 검은 눈동자, 머리도 검다. 그러나 흰 피 부에 곧은 콧날. 로마 신화에 나오는 여신 같다.

고대형이 눈을 떼지 않고 말을 이었다.

"당신처럼 아름다운 여자를 어디서 만날 수 있지?"

로마 착륙 1시간 전이라는 기내 방송이 끝났을 때 커튼이 열리더니 베르 체가 들어섰다. 베르체의 얼굴이 조금 상기된 것처럼 느껴졌다.

"여기 제 전화번호예요."

베르체가 접힌 쪽지를 고대형에게 내밀었다. 두 눈이 반짝였지만 굳은 얼굴.

"시간 나면 전화하세요, 미스터 고."

고대형이 웃음 띤 얼굴로 고개를 끄덕였다.

스튜어디스는 1등석 손님 이름을 다 외우고 있다. 그러나 이것까지 서비스에 포함된 것은 아니다.

"로마로 떠났습니다."

정보관 게리슨이 말하자 지미가 고개를 저었다.

"한 곳에 머물지를 않는군. 이놈이 정서가 부족해서 그래."

게리슨의 표정 없는 얼굴을 본 지미가 말을 이었다.

"넌 뜬금없이 무슨 정서 타령이냐고 하는 얼굴이군."

"아닙니다."

여전히 게리슨의 표정에는 변화가 없다. 흑인인 게리슨은 입술만 조금 두꺼울 뿐 잘생긴 미남이다. 콧날도 곧아서 아랍인 같다.

그때 지미가 물었다.

"게리슨, 고대형의 추적을 나한테 맡긴 이유가 뭘까?"

"모르겠습니다."

게리슨이 바로 대답했다.

"생각해본 적이 없습니다."

"넌 네가 내 보좌관 겸 정보팀에 배속된 이유도 생각 안 해봤나?"

"안 했습니다."

앞쪽 자리에 앉은 게리슨이 여전히 바로 대답했다.

게리슨이 본부 정보국에서 서울 지사로 전출된 지 오늘로 나흘째다.

입사 8년 차. 지사의 팀장급으로 영전이 된 셈이지만 서울은 환경이 좋지 않다. 요즘 무더기로 죽어 나가는 판에 다 기피하는 지역이다.

지미가 지그시 게리슨을 보았다.

"심상치가 않다."

"뭐가 말입니까?"

"고대형 말야."

"또 사고를 친다는 말씀입니까?"

"네가 이곳에 오기 전에 본부에서 들었던 고대형에 대해서 말해봐."

"CIA 역사상 가장 많이 죽인 암살자라고 하더군요."

"누가 그러더냐?"

"정보국원 대부분입니다. 실제로도 그렇더군요."

"넌 한국어와 러시아어에 유창하다고 기록되어 있더군. 그것이 나는 심상치가 않아."

지미가 의자에 등을 붙였다.

오후 6시, 서울 지부의 지사장실 안.

지미가 말을 이었다.

"내 짐작인데 본부에서 고대형을 내버려둘 것 같지가 않아."

"……."

"그래서 널 시켜서 고대형의 동향을 감시하도록 하는 거야. 더구나 널 내 보좌관으로 보내놓고 말야."

"전 그런 것까지 신경 쓸 직책이 못 됩니다. 그저 시키는 대로만……."

"정보국장 해롤드가 떠나기 전에 아무 말 안더냐?"

"국장은 만나지도 못했습니다."

"그럼 부국장이나 과장은?"

"팀장한테 인사만 하고 온 겁니다."

"갓뎀."

지미의 얼굴이 어두워졌다.

"이거 슬슬 불안해지는군. 내가 해외작전국에서만 20년이야. 인연을 끊은 임시 요원에게 이런 대응을 한다는 건 지금도 작전 중이라는 이야기야. 게다가 나도 개입시키고 있다고."

"……."

"널 내 보좌관으로 붙이면서 너한테 본부에서 고대형 동향 보고를 시킨 것이 바로 그 증거지. 윌슨의 버릇이 그래."

"……."

"갓뎀잇. 또 죽일 놈이 있단 말인가?"

지미가 번들거리는 눈으로 게리슨을 보았다.

"보고서에 지금 내가 한 말도 써라."

"베르체?"

고대형이 묻자 곧 밝은 대답 소리.

"네, 미스터 고?"

오후 2시 반, 로마에 도착한 지 4시간 후다.

고대형이 피칼리호텔에서 전화를 한다.

이곳은 베네치아 광장 근처. 피칼리호텔은 최고급 호텔로 고대형은 그중 특실에 투숙하고 있다. 고색창연한 호텔이지만 각종 부대시설이 완벽하게 갖춰진 데다 시내 중심부에 위치하고 있다.

"베르체, 오늘 저녁 식사나 할까?"

"지금 어디 계신데요?"

"피칼리호텔."

"그럼 7시까지 갈게요."

"여기 2층 식당에 예약해놓을까? '레오나르도' 식당인데."

"좋아요. 그럼 로비에서 만나요."

"기다릴게."

일사불란하게 데이트가 결정되었다.

정상적인 경우라면 이것은 분위기와 시간과 환경이 맞았다고 해도 된다. 즉 서로 호감을 느끼고, 시간 여유가 있는 데다 한쪽이 끌리는 재력이 있었기 때문.

전화기를 내려놓은 고대형이 모처럼 긴장을 풀고 방심을 한 쾌감까지 느꼈다. 암살자에서 해방된 느낌.

만일 자신을 노리는 암살자가 있다면 백발백중 성공을 할 테니까.

7시, 로비의 소파에 앉아 있던 고대형이 곧장 이쪽으로 다가오는 베르체를 보았다. 베르체는 브라운 색상의 투피스 정장 차림이었는데 날씬한 몸매와 미모로 주위의 시선을 모았다. 남자들은 고개를 꺾어가면서 베르체의 뒷모습까지 보았고 어떤 사내는 가다가 멈춰 서서 보았다. 로비에 수십 명의 여자가 있었지만 단연 시선이 집중되었다.

자리에서 일어선 고대형이 다가선 베르체에게 말했다.

"베르체, 넌 왕자나 장관, 백만장자의 부인으로 어울리는 여자야."

그때 베르체가 활짝 웃었다. 웃는 모습이 꽃의 봉오리가 활짝 펴지는 것 같다.

"난 당신으로 만족해요, 고."

순간 고대형의 심장에 7.62밀리 소총탄이 박히는 것 같은 충격이 왔다. 물론 방탄조끼는 입었다. 고대형이 베르체의 어깨를 가볍게 껴안고 발을 떼었다.

베르체가 고대형의 팔짱을 낀다.

3장 로마

식당에서 거위 간과 송아지 다리, 지중해에서 잡은 게에다 50년 된 포도주를 마셨다.

베르체는 26세, 스튜어디스 생활 2년. 로마 대학을 나와 기업체에 취업했지만 1년 만에 그만두고 스튜어디스가 되었다고 했다.

물론 미혼. 옷가게를 하는 애인 마리오가 있지만 결혼은 생각하지 않는다고 했다. 부모는 내륙지방인 테르니 근처에서 농사를 짓고, 로마에서는 나보나 광장 근처의 셋집에서 산다는 것이다.

저녁을 먹고 2층의 카페로 올라왔을 때는 오후 9시 40분.

이 카페도 고급스럽고 분위기가 좋았다. 안쪽 밀실로 안내된 베르체의 표정은 더 밝아졌다.

"고, 로마에만 계실 건가요? 휴가를 어떻게 지내시려고?"

고대형이 일주일간 쉬려고 로마에 왔다고 했기 때문이다.

술잔을 든 베르체의 두 눈이 반짝였다.

"물론 이곳 피칼리 안에서만 지내도 되죠, 최고급 호텔이니까."

"베르체, 다음 비행 스케줄이 언젠데?"

"이틀 후에 싱가포르 스케줄이 있어요."

"그럼 내일 하루 시간이 있군."

술잔을 든 고대형이 베르체를 보았다.

"오늘부터 나하고 같이 휴가 보내는 게 어때? 내가 프러포즈하는 거야."

베르체는 시선만 주었고 고대형이 말을 이었다.

"싱가포르 일정은 휴가를 내고 말야. 그리고 나서 내 가이드를 하는 거지."

"……."

"5일간, 수당 1만 불을 줄게, 베르체."

고대형의 얼굴에 웃음이 떠올랐다.

이자벨에 이어서 베르체다. 이자벨에게 처음 했던 말을 다시 할 필요는 없다.

그때 뭐라고 했던가? '나 같은 놈한테 온전한 여자가 걸릴 가능성은 제로야.' 그다음은 상황에 맞춰 말하면 되겠지.

그때 베르체가 대답했다.

"좋아요. 휴가 낼게요."

고대형이 고개를 끄덕였다.

감동이 없는 대신 떠나갈 때 뒤가 개운하다.

방으로 들어선 베르체가 두 팔을 벌려 고대형의 목을 껴안더니 키스를 했다.

능숙한 키스. 몸을 딱 붙이더니 다리 한 쪽을 고대형의 두 다리 사이에 넣는 안정된 자세. 짙은 향수 냄새가 맡아지더니 곧 삭은 치즈 맛이 났다.

술과 향이 섞이면 이렇게 되는가? 그러나 차라리 이것이 이자벨보다는 덜 위선적이다, 딱 흥정을 하고 들어왔으니까.

더 이상 욕심 부리면 안 된다. 그랬다가는 다음 날 눈을 뜨지 못할 수가 있다.

그리고 다음 날 아침, 고대형은 수선스러운 인기척에 눈을 떴다.

베르체가 왔다 갔다 하는 바람에 깬 것이다.

오전 8시 반.

오전 3시쯤 잠이 들었지만 숙면은 했다. 하긴 암살자 역할로 마구간이나 동굴, 바위틈에 박혀서도 숙면은 했다.

고대형의 기척에 옷을 입던 베르체가 웃었다.

"허니, 깼어요?"

"응, 어디가?"

"집에 가서 차 가져오려고. 그냥 누워 있어요."

베르체가 차로 이곳저곳을 안내해주겠다고 한 것이다.

"오케, 기다리지. 천천히 와. 휴가는 시간 위를 타고 노는 거야."

침대에서 몸을 일으킨 고대형이 말을 이었다.

"시간에 쫓기면 피곤해져."

"그러네요."

베르체가 반짝이는 눈으로 고대형을 보았다.

만족한 밤을 보낸 여자의 얼굴은 분명히 표시가 난다. 하룻밤 사이에 엄청난 신뢰가 쌓인 얼굴이다. 겪어봐서 안다.

베르체가 나가고 나서 30분쯤이 지났을 때 전화가 왔다. 오전 9시가 조금 넘은 시간이다.

"여보세요."

응답했더니 놀랍게도 지미 우들턴의 목소리가 울렸다.

"갓댐. 형, 지금 여자하고 같이 있나?"

"아니. 집에 다니러 갔어. 근데 날 왜 찾는 거야?"

어떻게 찾았느냐고는 묻지 않았다, 그런 건 놀랄 일도 아니니까.

그때 지미가 말했다.

"나한테 연락해, 가능한 한 빨리."

"갓댐."

고대형이 투덜거렸지만 가운을 벗어던졌다.

이 말은 '도청' 가능성이 있으니까 다른 데서 연락을 하라는 말이다.

20분 후.

고대형이 호텔 근처의 옷가게에서 지미하고 다시 통화를 한다.

고대형의 목소리를 들은 지미가 바로 말했다.

"형, 지금 너하고 같이 있는 여자가 베르체지?"

"그래."

"베르체가 어제 오전 10시 출발인 러시아행 AZ 724편에서 9시 출발인 로마행 AZ 635편으로 바꿔 탔어. 네 비행기로 말야."

"……."

"급하게 로마에 볼 일이 있다고 본사에 요청해서 비행기를 바꿔서 근무한 거야."

"……."

"그런데 베르체는 검은 8월단원으로 수배중인 포시타노의 애인이야. 아직 전과는 없지만 인터폴의 감시 대상이지."

"……."

"네가 그놈들 목표가 되어 있는 것 같은데. 그 이유는 아직 모르겠어."

"갓댐."

"그것이 우연인지, 작전인지 모르겠고."

고대형이 심호흡을 했다.

아직 돈은 주지 않았다.

"우연일 리가 없어, 짐."

고대형이 전화기를 고쳐 쥐고 말했다.

"이 여자도 그렇고 날 추적한 너희들도 그렇다."

"네 담당인 요원이 내 보좌관이야. 네가 떠나자마자 본부 정보국에서 나한테 배치되었는데, 네 뒤를 추적하는 것이 업무였어."

"나한테 미련이 남았다는 증거군."

"그러다 포시타노의 정부 베르체가 걸린 것이지."

"뭐야? 내가 미끼 역할을 했단 말인가?"

고대형의 얼굴에 쓴웃음이 번졌다.

"세상이 날 가만두지를 않는군."

"암살자가 필요한 세상인가 보다."

농담처럼 말을 받았던 지미가 혀 차는 소리를 내었다.

"일단 이 상황은 게리슨이 본부에 보고할 테니까 두고 보자, 형."

그러더니 덧붙였다.

"어쨌든 혼자 뛰는 것보다는 낫다고 생각해, 형."

베르체의 차는 피아트 신형으로 자주색이었다.

오전 11시, 호텔에는 체크아웃을 하고 고대형은 베르체가 운전하는 피아트를 타고 나폴리로 향했다.

"가다가 마음 내키는 데 있으면 쉬기로 해요."

베르체가 환한 얼굴로 말하면서 차에 속력을 내었다.

"나도 이렇게 둘이 차로 가는 여행은 처음이니까."

5월 초, 화창한 날씨여서 하늘에는 구름 한 점 없다.

창문을 열자 고개를 돌린 고대형이 베르체를 보았다.

"베르체, 나폴리 남자들이 사기꾼이라던데, 그 말이 맞나?"

그때 베르체가 깔깔 웃었다.

"관광 잡지를 읽었군요. 사기꾼, 도둑은 로마에도 많아요."

"역사적으로 나폴리가 고대 그리스 시절부터 수천 년간 유럽 제국의 통치를 받아왔기 때문이라던데."

"잘 아시는군요."

베르체가 고개를 끄덕였다.

"외세에 부대끼면서 살다 보니까 타협하고 융통성 있게 지내려는 처세술이 몸에 배었는지도 모르죠."

"이태리인 사이에서는 '나폴리를 보고 나서 죽자'라는 말이 있다던데, 알아?"

"그럼요."

베르체가 이를 드러내고 웃었다.

"우선 나폴리와 주변 경치죠. 난 한 번 가봤지만 어디서 보나 아름다워요."

"또 있어?"

"음식. 무엇이든 다 맛있어요. 어느 식당에 가도 실망하지 않아요."

"세 번째도 있겠지."

"여자."

베르체가 웃음 띤 얼굴로 고대형을 보았다.

"난 안 그런데 남자들은 다 그러더군요."

고대형이 고개를 끄덕였다.

이 여자가 지금 작전 중인 것은 맞다. 검은 8월단이 도대체 나한테 무슨 용무로?

검은 8월단은 아랍계 테러 조직, 또는 반미 조직과도 연관이 없다.

그렇다고 고대형이 전에 검은 8월단 나부랭이를 암살한 적도 없는 것이다. 어쨌든 좋다.

그때 베르체가 물었다.

"고, 어젯밤 좋았어요?"

고대형이 팔을 뻗어 반바지를 입은 베르체의 허벅지를 쓸었다.

"최고였어."

"난 이런 대화가 좋아, 허니."

베르체가 차에 속력을 내면서 말했다. 차는 이제 톨게이트를 나와 고속도로로 진입하는 중이다.

고대형은 대리석 조각 같은 베르체의 다리를 쓸면서 생각했다. 언제라도 이 여자를 죽일 수 있을 것이다.

단테 광장 근처에 위치한 산타마리아호텔.

하나밖에 없는 특실에 투숙할 때 베르체가 둘이 신혼여행 중이라고 했더니 호텔에서 꽃다발과 케이크까지 서비스로 보내주었다. 물론 특실 비용이 엄청난 데다 비어 있었기 때문이겠지.

씻고 옷을 갈아입었을 때는 오후 7시 무렵.

베르체가 호텔 아래층의 신발 가게에 들렀다가 오겠다고 해서 고대형은 먼저 10층으로 들어섰다. 바에서 한 잔 하면서 베르체를 기다렸다가 함께 옆쪽 식당으로 갈 예정이다.

뉴욕 시간은 오후 1시가 조금 넘었다.

윌슨은 뉴욕의 안가에서 보좌관 스코트의 보고를 받는다.

"지금 고대형과 베르체가 나폴리의 산타마리아호텔에 투숙했습니다."

고개를 끄덕인 윌슨이 손목시계를 보는 시늉을 했더니 스코트가 말을 이었다.

"현지 시각은 지금 오후 7시 15분입니다."

전날이다.

고개를 든 윌슨이 물었다.

"고대형에게 상황 설명은 해주었지?"

"예. 하지만 고대형은 물론이고 지미까지도 이 상황에 대해서 의혹을 품고 있는 것 같은데요, 내막을 모르니까요."

"알려줄 때가 되었어."

고개를 끄덕인 윌슨이 스코트를 보았다.

"더 길게 끌었다간 고대형이 반발을 할 가능성이 있어."

"조건도 제시하겠습니다."

"우선 지미 우들턴을 설득해야 될 테니까 지금 전용기로 출발해."

그러자 스코트가 자리에서 일어섰다.

밤, 열어놓은 창으로 밤바람이 몰려들면서 커튼이 출렁거렸다. 바람결에 매연과 바다 냄새가 섞여 맡아졌다.

그때 고대형의 가슴에 얼굴을 묻고 있던 베르체가 말했다.

126

"내일은 카프리에 갔다 와요."

"폼페이에 가는 게 아니고?"

"폼페이는 떠날 적에."

"네가 좋을 대로."

고대형이 땀에 밴 베르체의 허리를 당겨 안았다.

오전 3시쯤 되었다.

맛있는 식사, 그리고 적당한 취기가 섞인 몸 상태는 최상이다.

더구나 베르체는 나폴리에 딱 어울리는 여자다.

베르체가 꼼지락거리면서 몸을 붙였다. 향내가 풍겨왔다. 탄력이 넘치는 몸이 부딪쳐 온다.

고대형은 어느덧 빨려들었다.

카프리는 나폴리에서 수중익선을 타면 40분이 걸린다. 꿈에서나 볼 수 있는 섬. 리프트를 타고 몬테솔로산 정상에 올라 경관을 보고 아우구스토 공원까지 산책을 했다. 그러고 나서 베르체가 조르는 바람에 모터보트로 푸른 동굴도 들어갔다가 나왔다.

나폴리의 호텔로 돌아왔을 때는 오후 6시 무렵. 오전 9시에 출발했으니 9시간을 보낸 셈이다.

프런트에서 키를 받은 고대형이 몸을 돌렸을 때다. 앞을 가로막은 듯이 선 사내를 본 고대형이 입을 딱 벌렸다. 지미 우들턴이 서 있는 것이다.

지미 우들턴이 나폴리에, 산타마리아호텔에 나타났다!

"갓댐."

고대형의 벌어졌던 입에서 터진 소리다.

그때 고개만 끄덕여 보인 지미의 시선이 베르체에게로 옮겨졌다. 베르체는 둘을 번갈아 보는 중이다. 베르체를 본 지미가 한숨을 쉬었다.

"너처럼 여복이 많은 놈은 없어. 제임스 본드도 못 당해."

그러더니 고대형과 베르체를 번갈아 보았다.

"할 이야기가 있어. 방으로 들어가자."

방에서 셋이 마주 보고 앉았다. 고대형과 베르체가 나란히 앉아서 지미를 본다.

두 쌍의 시선을 받은 지미가 쓴웃음을 지었다.

"잘 어울리는 신혼부부야."

"술 마실래?"

고대형이 엉거주춤 일어서면서 물었더니 지미가 손을 흔들었다.

"앉아."

"갓댐. 도대체 무슨 일이야?"

그때 지미가 베르체를 보았다.

"어떻게 지시를 받았지요?"

지미가 묻자 베르체가 힐끗 고대형부터 보았다. 그리고 나서 입을 열었다.

"나폴리에서 시간을 끌고 있으라는 지시를 받았습니다."

"누구 지시를 받지요?"

"로이 포시타노."

고개를 끄덕인 지미가 고대형을 보았다.

"로이 포시타노가 검은 8월에서 도망쳤어. 그래서 지금 쫓기는 몸이야."

지미가 고대형을 응시한 채 말을 잇는다.

"검은 8월의 지도자 앙헬 슈크트가 포시타노를 배신자로 낙인찍었지."

"……."

"그동안 포시타노는 검은 8월의 정보를 우리한테 빼내 주었어. 그래서 포시타노를 보호해줘야 돼."

"……."

"슈크트는 한 달쯤 전부터 암살대를 파견했고 포시타노를 쫓고 있었어."

지미가 얼굴을 일그러뜨리며 웃었다.

"그런데 네가 유럽으로 날아간 것이지. CIA는 그런 기회를 놓치지 않아."

"갓댐."

"포시타노는 정부 베르체를 통해 우리 측과 연락을 주고받았는데 이번에 베르체는 우리 측의 제의로 너하고 합류하게 된 거야."

"……."

"베르체도 슈크트한테 정체가 드러난 것 같다고 하는군. 그래서 위험해진 거지."

"……."

"베르체가 비행기 안에서 너한테 접근한 건 우리 CIA의 작전이었던 거야."

"……."

"그러니까 네가 잘나서 그렇게 된 것이라는 과대망상을 버려."

"……."

"어쨌든 포시타노와 계속 연락하는 건 베르체야. 넌 베르체를 보호해야 돼. 그리고……."

"갓댐잇."

마침내 고대형이 지미의 말을 잘랐다.

"지겹다. 입 닥쳐, 지미 우들턴."

그 자리에서 입은 닥쳤지만 고대형과 지미는 자리를 옮겨 아래층 바에서 마주 앉았다.

베르체는 방에 남겨 두었는데 나올 때 쳐다보지도 않았다.

저녁 시간이어서 바는 손님들이 많았지만 둘은 VIP 코너로 안내되었다. 고대형이 특실 손님이기 때문이다.

자리를 잡고 술을 시켰을 때 지미가 말했다.

"굉장하다."

"뭐가?"

"베르체 말야. 섹시한데."

"선오버비치."

"나중에 너하고 포시타노하고 결투를 하게 되는 것 아니냐?"

"내가 포시타노, 그 개아들 놈의 보디가드가 되란 말이냐?"

"아냐."

고개를 저은 지미가 고대형을 보았다.

"그보다 더 능동적인 일이야."

"갓댐."

"이 기회에 검은 8월단 지도자 슈크트와 간부들을 제거하는 거야."

"……."

"네가 유럽으로 떠났을 때 고위층에서는 이 작전의 적격자로 너를 찍은 것 같아."

"누구 맘대로? 개자식들."

"네 담당이 내 보좌관 게리슨이야, 흑인이지. 정보국 출신으로 앞으로 너한테 자주 연락할 거야."

"웃기지 마."

"널 존경한다는군."

"닥쳐."

"앞으로 이태리에서 작전이 펼쳐질 것 같아, 포시타노도, 앙헬 슈크트도 이태리에 있는 것 같으니까."

그러더니 지미가 길게 숨을 뱉었다.

"곧 무기를 가져올 거야. 여기서 받아야겠군. 저격 총, 기관총, 권총까지 다 준비했어."

"난 떠날 거야."

고대형이 고개를 저었을 때 지미가 잊었다는 듯이 말했다.

"참, 보수는 지난번 네 계좌로 1천만 불을 넣었어. 계약금, 잔금으로 나누지 않고 바로 전액을 넣었다는군. 통도 크지."

무기가 든 골프가방을 들고 방으로 들어섰을 때는 10시 반.

지미하고 3시간 넘게 술을 마셨다.

응접실에서 기다리던 베르체가 일어나 고대형의 눈치를 보았다.

"화났어요?"

"노."

골프가방을 들고 침실로 들어가는 고대형의 뒤를 베르체가 따른다.

고대형이 침대 위에 골프가방을 내려놓고는 내용물을 꺼냈다.

옆에 선 베르체가 무기들을 보더니 숨을 들이켰다.

"당신이 CIA 최고의 암살자라고 포시타노가 그러더군요."

"……"

"처음 비행기에서 만났을 때는 그런 선입견 때문인지 피부에 소름이 돋았어요."

"……"

"그런데 겪어보니까 당신은 뜨거웠어요."

"……."

"내가 겪은 사람 중에 가장 뜨거웠어요."

먼저 베레타 92F에 탄창을 끼고 소음기까지 장착한 고대형이 손에 쥔 총을 흔들어 보고 나서 이번에는 헤클러, 코흐 P7을 꺼내 탄창을 끼고는 주머니에 넣었다. 17.5센티 길이의 총이다.

홀린 듯이 그것을 보던 베르체가 손을 뻗어 베레타를 쥐었을 때 고대형이 쏘아 붙였다.

"건드리지 마."

베르체가 손을 움츠리자 고대형이 말을 이었다.

"내 몸에도 손대지 마."

어깨를 부풀린 고대형이 베르체를 노려보았다.

"네 정부라는 놈도 한심하다. 제 목숨을 구하려고 제 애인의 몸을 빌려주는 거야? 참 더러운 족속들이네."

그때 베르체가 몸을 돌렸기 때문에 표정은 못 보았다.

침실이 2개여서 고대형의 침실로는 베르체가 들어오지 않았다.

밤, 12시가 넘었다.

깜박 잠이 들었던 고대형이 응접실의 기척에 눈을 떴다. 응접실의 소음은 TV다. 이맛살을 찌푸렸던 고대형이 다시 눈을 감았다가 상반신을 일으켰다.

가운을 입고 응접실에 나갔더니 소파에 앉아 있던 베르체가 리모컨으로 TV를 껐다. 그러고는 고대형을 올려다보았다.

"포시타노하고는 헤어진 지 좀 돼요."

"지저스. 그런 말 나올 줄 알았어."

"하지만 나도 대상에 올랐다고 하는 바람에 어디로 도망치려고 했죠."

"……."

"그러다가 당신 옆에 붙어 있는 것이 안전하다고 하더군요."

"누가 그래?"

"포시타노가요."

"그 개아들 놈이……."

앞쪽 자리에 앉은 고대형이 길게 숨을 뱉었다.

"세상에는 죽일 놈이 너무 많은 것 같군."

베르체가 시선만 주었기 때문에 고대형이 이맛살을 찌푸렸다.

"어쨌든 네 연기는 훌륭했어, 베르체."

"미안해요. 하지만……."

"닥쳐."

말을 자른 고대형이 베르체를 똑바로 보았다.

"넌 포시타노의 정보를 받고 있는 거냐?"

"그래요."

"최근에 연락받은 건 언제야?"

"어제 호텔에 투숙했을 때."

"신발 사러 나갔을 때냐?"

"그래요."

"무슨 연락을 받았어?"

"이곳에서 시간을 끌라고."

"그래서 카프리 일정을 잡았군."

"맞아요."

"왜 시간을 끌라는 거야?"

"아마 당신에게 작전 상황을 알려주려고 그랬겠지요."

"포시타노가 검은 8월을 탈퇴했어?"

"도망쳤어요."

"왜?"

지미한테서 들었지만 고대형이 다시 물었다.

베르체가 정색하고 고대형을 보았다.

"난 한동안 모르고 있었어요."

"계속해."

"포시타노가 정보를 빼내 CIA에 넘겨준 것 같아요. 그것이 한 달쯤 전에 발각되자 잠적했지요."

베르체가 말을 이었다.

"난 그 이유도 몰랐어요. 그러다 20일쯤 전에 포시타노가 전화로 내막을 알려주더군요, 미안하다고. 이제 나까지 드러난 것 같다고."

"……."

"놈들이 날 잡아서 인질로 삼을지도 모른다면서 CIA에 도와달라고 부탁을 했다는군요."

"개자식."

"그러다 나흘 전에 포시타노의 연락이 왔어요. 로마행 비행기로 타라고요. 1등석에 당신이 있으니까 같이 있는 것이 안전하다고 하더군요."

"……."

"난 당신이 연락해오기를 기다렸어요. 연락이 안 온다면 어떻게 할까 불안했다고요."

"갓댐."

"포시타노하고 헤어진 지는 두 달이 넘었어요. 그건 믿어도 돼요."

"다시 사귀라고, 난 이제 네가 필요 없으니까."

고대형이 참지 못하고 말을 이었다.

"넌 헤어진 지 두 달 된 것이 무슨 자랑인 줄 아는 것 같은데, 두 달이 길다는 거냐?"

"아니. 내 말은 그런 게 아니라……."

말이 이상하게 나갔기 때문에 고대형이 투덜거렸다.

"난 왜 이렇게 여복이 없지?"

지미 우들턴이 들으면 기절할 소리다.

다음 날 아침.

고대형은 노크 소리에 눈을 떴다.

오전 8시.

침대에서 상반신을 일으킨 고대형이 소리쳤다.

"누구야?"

그때 문이 열리면서 베르체가 들어섰다.

"게리슨 씨가 기다리고 있어요."

"게리슨?"

되물었던 고대형이 침대에서 나와 옷을 입었다.

지미한테서 오늘 아침 8시에 게리슨을 만나라는 이야기를 들었기 때문이다.

"지금 라운지에 있다고 연락이 왔습니다."

"알았어."

어젯밤은 따로 잤기 때문에 베르체하고는 이야기도 하지 않았다.

서둘러 옷을 갈아입은 고대형이 라운지로 들어섰을 때 안쪽 창가에 앉아 있던 사내가 자리에서 일어섰다. 흑인이다, 단정한 양복차림.

고대형이 다가가자 사내가 고개를 숙였다.

"게리슨입니다."

"들었어, 게리슨 씨."

게리슨과 악수를 나눈 고대형이 자리에 앉았다.

이른 시간이어서 라운지에는 커피를 마시는 손님이 반대쪽 창가에 두 명뿐이다.

게리슨이 먼저 입을 열었다.

"포시타노가 베르체를 팀장께 보낸 것은 미끼용입니다."

게리슨이 흑인 특유의 붉은 눈으로 고대형을 보았다.

"그래서 베르체에게 꼬이는 슈크트 일당을 팀장이 처리하도록 만든 것이지요."

"포시타노가 가라고 했다지만 CIA가 그렇게 시킨 것 아냐?"

"그렇습니다."

"검은 8월도 나에 대해서 알 것 아닌가?"

"알겠지요."

"알면서도 날 내세워?"

고대형의 얼굴에 쓴웃음이 번졌다.

"나보다 포시타노가 더 중요한 인물 같군. 물론 내 계좌에 돈을 넣어두었지만 말야."

"팀장의 능력을 믿는 것이겠지요."

"나한테 자꾸 팀장이라고 부르는데, 난 그만뒀어."

"압니다."

136

"거북하니까 그렇게 부르지 마라."

"예, 그럼 보스라고 부르지요."

"그건 그렇고, 슈크트 일당의 상황을 말해봐."

"앙헬 슈크트는 철저한 반미, 반유태 주의자로 지금까지 17번의 테러를 일으킨 혐의로 인터폴의 수배 대상입니다."

"그건 알아."

고대형이 입맛을 다셨다.

슈크트의 행동반경은 유럽과 아프리카다.

8년 전에 독일의 나치 신봉 집단에서 출발한 '검은 8월'은 국내에서 외국인에 대한 테러로 이름을 알린 후에 급격히 세를 불려 반미, 반유태 테러 집단으로 발전했다.

앙헬 슈크트는 43세, 독일 육군 특공대 대위 출신이어서 검은 8월의 단원을 철저한 규율과 전문적인 테러 기술을 갖춘 부대로 양성했다.

게리슨이 말을 이었다.

"제가 받은 정보에 의하면 이번 검은 8월의 작전에는 슈크트가 직접 지휘하고 있습니다."

"그런데 이쪽은 나 하나란 말야?"

"본부에서는 이 작전을 극비리에 수행하고 있습니다."

게리슨이 붉은 실핏줄이 깔린 눈으로 고대형을 보았다.

"지금까지 해외작전국에서 대규모로 작전을 폈다가 정보가 새는 바람에 여러 번 실패했거든요."

게리슨이 말을 이었다.

"제가 보스 근처에서 수시로 정보를 전하고 봐 드릴 것입니다."

"갓댐."

고대형이 게리슨을 훑어보았다. 게리슨이 지미 우들턴 역할인 것이다.

한숨을 쉰 고대형이 다시 물었다.

"저 여자 말야. 저 여자는 포시타노로부터 정보를 받나?"

"앞으로 특별한 경우 외에는 저를 통해서 연락이 될 겁니다, 보스."

게리슨의 얼굴에 쓴웃음이 번졌다.

"이제 제가 오면서 연락 라인이 일원화되었거든요."

고대형이 고개를 끄덕였다.

이제 베르체와 자신은 낚시에 함께 꿰인 처지가 되었다.

지금쯤 슈크트는 자신의 신분을 확인했을 것이다.

로마, 트라스테베레 지구의 포르타 포르테제 시장 근처의 작은 식당 안.

그 시간에 앙헬 슈크트가 앞에 앉은 오토 카이스나에게 말했다.

"카이스나, 네가 지금 나폴리로 가라."

"그러지요."

대답부터 하고 난 카이스나가 슈크트를 보았다.

"그놈들이 이미 함정을 파 놓았을 겁니다. 베르체를 생포하기에는 힘들어요."

"알아, 죽여."

슈크트가 잿빛 눈동자로 카이스나를 쏘아보았다. 마치 죽은 생선의 눈 같다.

"폭탄을 쓰든지, 저격을 하든지, 떠들썩하게 해치우는 게 낫다."

"그럼 해볼 만합니다. 나이로비에서 했던 방법을 쓸까요?"

슈크트가 잠깐 이맛살을 모았다.

관광객 차림으로 머리에 선글라스를 올려놓았고 옆쪽 의자에 배낭을 놓았다.

그러나 배낭 안에 소음기를 낀 리볼버와 수류탄 4개가 들어 있다. 슈크트에게는 필수품이다.

이윽고 슈크트가 고개를 끄덕였다.

"좋아."

나이로비에서 검은 8월은 영국 대사관의 무관을 폭사시켰다. 호텔에서 식사하던 무관은 손님 3명과 함께 산산조각이 난 것이다.

영국 대사관이 검은 8월 단원 1명에 대한 정보를 나이로비 당국에 제공해서 체포시켰기 때문이다.

오후 4시.

나폴리의 CIA 안가로 들어와 있던 게리슨이 전화를 받는다. 포시타노다.

게리슨과 포시타노는 어제부터 소통하고 있다. 라인을 단일화, 단순화시킨 것이다. 지금까지 산만했던 작전 체계가 효율적으로 운용되는 셈이다.

"슈크트가 행동팀을 나폴리로 보냈습니다. 팀장은 부단장 오토 카이스 나입니다."

포시타노가 말을 이었다.

"행동대 규모나 작전 내용을 알 수 없습니다. 다시 연락드리지요."

그러고는 통화가 끊겼다.

포시타노는 검은 8월에서 도망쳐 나왔지만 아직도 내부에 정보원과 연락하고 있는 것이다.

오후 4시 반.

호텔 주위를 돌아보고 온 고대형에게 베르체가 말했다.

"내가 도와드릴 일 있어요?"

"없어."

창가로 다가간 고대형이 창밖을 둘러보았다.

이곳은 바닷가에 위치한 몬트라호텔, 9층 특실이다. 호텔을 옮긴 것이다.

몬트라호텔은 고풍스러운 호텔로 바닷가 절벽 위에 세워졌는데 주위는 바위산이다. 풍광이 좋지만 시내와는 4킬로쯤 떨어져서 한적한 분위기를 찾는 손님들이 대부분이다.

창가에서 몸을 뗀 고대형이 말을 이었다.

"가만있는 것이 날 돕는 거야."

"포시타노하고 연락이 끊겼어요."

베르체가 고대형을 보았다.

"전화를 해도 안 받아요."

"앞으로 연락은 나한테만 올 거다."

고대형이 말을 이었다.

"포시타노도 CIA를 통해 정보를 줄 것이고. 그게 안전해."

"검은 8월이 우리 둘이 묶여 있는 것을 알겠지요?"

"알겠지."

"그럼 여기로 옮긴 것도 알겠지요?"

"알겠지."

"그럼 당신은 그들을 기다리는 건가요?"

"네가 알 필요는 없어."

베르체가 입을 다물었지만 둘이 한 묶음으로 표적이 되어 있다는 것은 알 것이다.

이쪽이 낚시에 꿰인 미끼 역할이라는 것은 과장이다, 낚시꾼도 없는 미끼니까.

"체크아웃했어요."

쓴웃음을 지은 카이스나가 말을 이었다.

"그리고 바닷가 몬트라호텔로 옮겼습니다. 901호실."

나폴리 가리발디 광장 근처의 공중전화 박스에서 카이스나가 슈크트에게 보고를 하고 있다.

오후 5시.

"호텔에는 베르체가 타고 다니는 피아트의 소유주인 안나 이름으로 체크인을 했습니다. 안나는 베르체의 사촌언니죠."

"카이스나."

슈크트가 목소리를 낮췄다.

"그렇게 간단하게 밝혀질 정도로 해놓은 건 저놈들이 함정을 파고 있다는 증거다."

"알고 있습니다."

카이스나의 얼굴에 웃음이 떠올랐다.

"우리가 뒤를 치지요. 걱정하지 마십시오, 단장님."

"연락도 자주 할 필요 없어."

슈크트가 말을 이었다.

"그놈들 뒤에 CIA가 있는 거 명심해."

"이거, 입어."

오후 7시 반.

베르체에게 다가간 고대형이 가방을 내밀었다.

베르체는 소파에 앉아 건성으로 리모컨을 누르는 중이다.

"뭔데요?"

"세탁실에서 가져온 거야."

몸을 돌린 고대형이 말을 이었다.

"30분 후에 지하 1층 주방 앞에서 만나자고."

30분 후.

지하 1층 주방으로 다가가던 베르체가 걸음을 멈췄다.

이곳은 종업원 전용이어서 제복을 입은 종업원들이 오가고 있다.

주방 옆쪽에 야채가 든 바구니를 들고 서 있는 남자. 고대형이다.

회색 가발을 썼고 눈에 회색 렌즈를 꼈지만, 고대형이 맞다. 종업원 제복도 잘 어울렸다.

다가선 베르체를 훑어본 고대형이 고개를 끄덕였다.

"훌륭해."

고대형한테서 오랜만에 듣는 칭찬이어서 베르체는 숨을 들이켰다.

실제로는 이틀도 안 되었지.

그때 고대형이 말을 이었다.

"그대로 별관 통로로 나가서 시내로 나가는 종업원 전용 버스를 타. 버스는 8시 반에 출발이야."

고대형은 그것까지 알아본 것이다.

고대형이 주머니에서 돈뭉치를 꺼내 내밀었다.

"이거, 1만 불이야. 이걸로 시내에서 옷 사 입고 살레르노로 가."

"나 혼자요?"

저도 모르게 베르체가 묻자 고대형이 한숨부터 쉬었다.

142

"오늘 밤은 혼자 자라, 허니."

"……."

"내일 밤은 뜨겁게 해줄게."

"……."

"못 만날지도 모르지만 말야."

"살레르노, 어디서 기다리죠?"

"마그다호텔. 거기선 신분증 검사 안 할 테니까 소피아란 이름으로 투숙해."

그러고는 고대형이 몸을 돌렸다.

"어떻게 할 겁니까?"

게리슨이 묻자 고대형이 잠깐 침묵을 지키다가 대답했다.

"내가 선수를 치는 거지."

지금 둘은 통화중이다. 고대형이 말을 이었다.

"내가 그쪽 입장이 되어서 생각하면 아마 오늘 밤에 찾아올 거야."

고대형의 목소리에 웃음기가 섞였다.

"내가 호텔을 옮긴 것도 파악되었을 것이고. 그렇지?"

"그럴 것 같습니다."

"오늘이 1차전이야."

"30분쯤 후에 다시 연락주시지요. 지금 호텔을 체크하고 있으니까요."

통화를 끝낸 고대형이 주방 옆 공중전화 박스를 나왔다.

종업원 차림이었고 이제는 빈 수레를 끌고 있다.

오후 9시 10분.

빈 수레의 밑바닥에는 총신이 42cm 밖에 안 되는 베레타 PM12 기관총과 소음기가 장착된 리볼버, 그리고 수류탄 4발이 있다.

밤 11시 반.

카이스나가 맥스에게 말했다.

"방에 불이 켜져 있다니까 전화해서 확인할 필요도 없어."

방 안이다.

앞에 선 맥스에게 카이스나가 밀어 붙이는 것 같은 분위기로 말을 잇는다.

"확인하다가 일 망치는 경우가 많아."

"알겠습니다."

고개를 끄덕인 맥스가 카이스나를 보았다.

"먼저 셋을 보내고 나머지는 일제히 진입하기로 하지요."

"그럼 모두 여덟인가?"

손목시계를 본 카이스나가 말을 이었다.

"12시 정각에 작전 개시해."

이곳은 8층 객실이다. 카이스나는 몬트라호텔의 8층에 투숙하고 있는 것이다. 작전 인원은 모두 8명, 준비는 다 끝났다. 2명은 지하 주차장에서 대기하고 있다.

10시 45분 9층 비상계단으로 다가간 미크로가 뒤를 따르는 얀슨에게 말했다.

"내가 우측을 맡을 거다."

"알았어."

얀슨이 가볍게 대답했다.

둘은 선발대 역할이다. 9층 복도는 비어 있는 것이 확인되었기 때문에 둘은 거침없이 계단을 올라갔다. 9층 입구에는 하겐슨이 기다리고 있을 것이다.

앞장서 계단을 오른 미크로가 9층 복도로 나온 순간이다.

종업원이 옆쪽에 서 있었기 때문에 미크로가 숨을 멈췄다.

놀란 미크로의 시선이 종업원 옆쪽 바닥에 누워 있는 하겐슨을 보았다.

그 순간.

"퍽. 퍽. 퍽."

종업원의 반대쪽 손에 쥐어진 리볼버에서 발사음이 울리면서 미크로와 뒤를 따르던 얀슨까지 쓰러졌다. 얀슨은 계단으로 굴러 떨어져서 아래쪽에 멈췄다.

고대형은 먼저 처리한 하겐슨까지 비상계단으로 끌고 와 한쪽에 쌓아놓았다.

그러고는 수레 밑에서 베레타 PM12와 탄창 4개, 수류탄 4개까지 꺼내 주머니에 넣었다.

조금 전 게리슨한테서 803, 804호실이 오늘 오후 8시를 전후해서 투숙한 사내들이라는 정보를 받은 것이다. 객실이 60여 개 정도밖에 안 되는 호텔인데 오늘 투숙한 방은 7개, 그중 8층의 방 2개가 가명으로 투숙한 것이다. 가명 확인은 시간이 걸리는 작업이다. 그러나 CIA 로마 지부는 1시간 반 만에 803, 804호실의 투숙자로 기록된 옴베르토, 미카엘 둘의 신분이 조작되었다는 것을 확인했다

검은 8월과는 관련이 없었지만 가짜다. 이것은 무엇을 의미하는가?

베르체와 고대형의 제거 세력이다. 포시타노에 대한 1차 전쟁.

손목시계를 본 카이스나가 말했다.

"자, 가자!"

선발대 하겐슨과 미크로, 얀슨이 9층 복도를 장악했을 시간이 되었다.

카이스나가 말하자 방 안에 있던 둘이 문을 열고 밖으로 나왔다.

전화기를 내려놓은 카이스나도 서둘러 몸을 돌렸다. 방금 옆방의 부하들에게 지시를 한 것이다.

문이 열리고 부하들이 밖으로 나간 순간.

"타타타타타타."

요란한 총성이 울렸기 때문에 카이스나는 화들짝 놀랐다. 너무 갑작스러운 총성. 다음 순간.

"꽈꽝!"

엄청난 수류탄 폭음과 함께 문짝이 부서지면서 부하 한 명이 이쪽으로 날아왔다.

순간 왈칵 덮치는 피비린내. 정신을 차리고 보았더니 부하의 몸이 절반만 남았다. 배꼽 아래가 없어진 것이다.

"꽈꽝!"

또 한 번 터지는 수류탄 폭음.

"타타타타타타타타."

무려 20발 가깝게 쏟아지는 기관총 발사음.

카이스나는 지금까지 6번 테러를 지휘했고 총격전은 수십 번 치렀지만 오늘 같은 경우는 처음이다. 기습을 당한 것이다.

"타타타타타."

다시 발사음.

그때 깨달은 것은 이쪽의 응전은 단 한 발도 없었다는 것이다.

803, 804호실에는 자신까지 포함해서 5명이 남아 있었다. 모두 수류탄과 AK-47, 권총으로 무장하고 있는 것이다. 단 한 발의 AK-47 발사음도 울리지 않았다.

그때다. 방문 앞의 자욱한 매연 속에서 어른거리는 물체가 보였기 때문에 카이스나는 본능적으로 그쪽에 대고 발사했다.

"탕, 탕, 탕, 탕, 탕."

브라우닝을 연속 5발을 발사하고 난 카이스나가 옆으로 몸을 굴렸을 때다.

옆쪽 바닥에 뭔가 떨어지는 소리가 들렸다.

고개를 돌린 카이스나가 그 물체를 보았다. 수류탄이다.

카이스나가 몸을 다시 굴렸지만 벽에 등이 닿았다.

놀란 카이스나가 수류탄을 집으려고 손을 뻗친 순간이다.

"꽈꽝!"

수류탄이 폭발했다.

오전 1시 반, 게리슨이 고대형의 전화를 받는다.

"나 메르카도 광장 근처의 비토리오 카페에 있으니까 옷과 무기를 갖다 주게."

대뜸 고대형이 말했기 때문에 게리슨이 숨을 뱉었다.

"1시간 내로 가지요."

전화기를 내려놓은 게리슨이 TV를 껐다.

TV에서는 몬트라호텔의 폭발과 사상 사건을 보도하고 있었다. 호텔은 8층에서 일어난 화재가 9층까지 번지고 있었는데 총과 수류탄에 의한 사상자가 현재까지 5명 발견되었다.

화면에는 절벽 위에 세워진 몬트라호텔의 화재 현장이 비치고 있다.

검은 하늘을 배경으로 그림처럼 아름다운 장면이다.

차 안에서 호텔 종업원 제복을 벗고 관광객 차림으로 갈아입은 고대형이 운전하는 게리슨에게 말했다.

"오늘 작전의 80퍼센트는 네 공이야, 게리슨."

"천만에요. 로마 요원들이 기민하게 움직였습니다. 투숙자 명단을 전 직원이 달려들어서 확인할 결과죠."

"검은 8월이 서두르기도 했어."

"배신한 포시타노와 CIA에 대한 원한이 사무쳤기 때문이죠."

"갓댐. 나를 CIA로 보다니."

"베르체를 보호하려고 CIA가 고용한 용병이니까요."

"내가 잘 걸려든 거지."

의자에 등을 붙인 고대형이 게리슨에게 말했다.

"결국 앙헬 슈크트까지 가겠군, 게리슨."

"슈크트가 이제는 절대로 포기하지 않을 테니까요."

"갓댐. 포시타노는 지금 어디 있나?"

"저는 모릅니다."

"본부에서는 알고 있을 것 아닌가?"

"알겠지요."

"본부에 연락해서 포시타노를 내놓으라고 해."

"무슨 말입니까?"

"이젠 포시타노를 미끼로 내놓으라는 말야."

게리슨이 잠자코 앞쪽만 보았고 고대형의 말이 이어졌다.

"베르체가 살레르노의 마그다호텔에 투숙하고 있다고 전해. 소피아란 이름으로 투숙하고 있다고."

차는 지금 살레르노로 달려가는 중이다.

고개를 든 게리슨이 백미러로 고대형을 보았다.

"보스, 그럼 보스는 베르체하고 같이 계실 예정이 아닙니까?"

"아냐. 이번에는 베르체와 포시타노가 미끼 노릇을 하라고 해, 내가 낚싯대를 쥐고 있을 테니까."

고대형이 백미러에서 게리슨과 시선을 맞췄다.

"슈크트한테 둘을 보이도록 하자고."

"본부에서 내놓지 않을지도 모릅니다."

"갓댐잇. 전하기나 해."

차는 어둠에 덮인 도로를 질주하고 있다.

"서둘렀군."

슈크트가 외면한 채 말했다.

"CIA의 움직임도 빨랐고."

"우리가 끌려다는 것 같습니다."

그렇게 말한 것은 다이안이다, 슈크트의 참모. 남장을 하고 있는 데다 머리도 남자처럼 깎아서 남자로 보인다. 32세. 대학 때부터 나치 비밀 조직에 가담했다가 검은 8월에 가입한 지 8년. 슈크트의 작전 참모다.

다이안이 말을 이었다.

"이왕 전쟁이 났으니까 우리 식대로 하죠."

"좋다."

슈크트가 고개를 끄덕였다.

"반전을 시킬 필요가 있다."

"가만있으면 당하는 게 역사의 진리입니다. 오늘 중으로 처리하겠습니다."

"목표는 로마로 정해."

다시 외면한 채 슈크트가 결론을 냈다.

기분이 상할 때나 결론을 낼 때 슈크트는 외면하는 버릇이 있다.

"포시타노를 베르체에게?"

되물은 윌슨이 고개를 비틀었다.

"분명하게 미끼를 내보이잔 말인가?"

"예, 고대형이 미끼 노릇을 하기에는 행동에 제약이 있는 것 같습니다."

"그래서 우리가 엄청난 대가를 주는 것 아닌가?"

"죽으면 끝나니까요."

그렇게 대답한 사내는 정보국장 해롤드.

이번 포시타노 작전에서 책임자다. CIA 경력 27년, 52세.

CIA 본부 부장보실 안.

방금 해롤드는 고대형의 요구를 전한 참이다.

한동안 앞쪽 벽을 응시하던 윌슨이 다시 입을 열었다.

"지금 포시타노는 어디에 있나?"

"로마에 있습니다."

해롤드가 말을 이었다.

"솔직히 말씀드리면 이제 포시타노의 이용가치는 별로 없습니다. 미국으로 불러들여서 보호해주는 일만 남은 셈인데요."

"……."

"포시타노가 나타나면 슈크트가 접근하지 않을 수가 없을 겁니다."

"……."

"더구나 이번에 부단장과 작전팀까지 몰살당한 상황이니까요."

그때 윌슨이 고개를 들었다.

"포시타노한테 연락해. 제 애인한테 가라고. 그렇지, 같이 미국으로 올 준비를 하라는 게 낫겠다. 미끼 역할을 시킨다는 느낌을 받지 않도록 해보자고."

해롤드는 대답해지 않았다.

바보가 아닌 이상 다 알게 될 것이다.

로마, 식당으로 들어선 제이슨에게 지배인 유무스가 다가왔다.

"저쪽입니다, 제이슨 씨."

고개를 끄덕인 제이슨이 유무스를 따라 안쪽 테이블로 다가갔다.

원탁에는 이미 네 명이 둘러앉아 있다. 대사관 직원들이다. 이곳은 미국 대사관이 가까워서 직원들이 자주 들르는 식당이다.

"요즘 바쁜 모양이지?"

서기관 노먼이 묻자 제이슨이 쓴웃음을 지었다.

"맨날 그래. 바쁘지만 시간은 안 가."

"그게 문제야, 너희들은."

여권 담당 영사 코넬리가 끼어들었다.

"무슨 일을 하는지도 모른다고 할 참이지? 안 그래?"

"갓댐."

제이슨이 눈을 치켜뜨자 주위에서 웃음이 일어났다.

제이슨은 문화담당 영사지만 대사관 파견 CIA 요원인 것이다.

그때 코넬리가 다시 물었다.

"나폴리 몬트라호텔의 총격 사건 말야. 그거, 테러단이 친 거지?"

"이태리 경찰은 마피아 간 전쟁이라고 하던데."

제이슨이 말하자 코넬리가 혀를 찼다.

"이봐, 내가 여권 담당으로 4년째야. 죽은 놈들이 모두 독일 여권을 쓰고 있는데 마피아? 야, 말이 되는 소리를 해라."

그때 옆쪽 테이블에 앉았던 사내가 웨이터에게 화장실을 묻더니 뒤쪽으로 사라졌다.

코넬리의 열변이 이어졌다.

"이태리 경찰을 누르고 있다면 얼른 손을 쓰도록 해. 젠장. 나중에 우리 고생시키지 말고."

후문으로 해서 밖으로 나온 슈라이만이 건너편 길가에 서 있는 다이안에게 다가갔다.

다이안은 오늘 여장 차림이다. 바지에 점퍼를 입었고 운동화를 신었는데 얼굴에 화장을 했다.

"몇 분으로 했어?"

다이안이 묻자 슈라이만이 손목시계를 보는 시늉을 했다.

"5분. 2분쯤 남았어."

"몇 명이야?"

"5명."

"식당 안 손님은?"

"거의 찼어. 50명쯤."

"20명쯤 죽겠군."

다이안이 말하더니 발을 떼었다.

"좀 떨어지자."

식당과는 20미터 거리밖에 안 되었기 때문이다.

슈라이만과 다이안이 10미터쯤 더 떨어졌을 때다.

"쿠쿠쿵!"

둔중한 폭발음이 울리더니 땅이 흔들렸다.

다음 순간 뒤쪽에서 강풍이 몰아쳤기 때문에 둘은 몸을 돌렸다.

그 순간 둘은 땅바닥에 엎드렸다. 건물의 파편이 쏟아져 내리고 있었기 때문이다. 점심시간이어서 거리는 통행인이 많다. 이곳저곳에서 비명이 터졌다.

다이안은 엎드려서 식당 건물에서 불덩이가 뿜어져 나오는 것을 보았다. 폭발이 안을 휩쓸고 밖으로 퍼져 나온 것이다.

오후 1시 반, 살레르노의 저택 안.

이곳은 안가다. 고대형이 호텔에 투숙하지 않고 주택가의 안가로 온 것이다.

밖에서 들어온 게리슨이 고대형에게 말했다.

"로마에서 테러가 일어났습니다."

게리슨의 두 눈이 번들거리고 있다.

"미대사관 근처의 식당에서 폭탄이 폭발해서 대사관 직원 5명하고 식당 손님, 종업원 7명까지 12명이 사망, 21명이 중경상입니다."

"……."

"검은 8월입니다. 나폴리 몬트라호텔의 복수를 한 것이죠."

"갓댐."

고대형이 이맛살을 찌푸렸다.

그럼 본부에서는 포시타노를 내놓을 것인가? 저놈들은 즉각 반응을 했다.

자, 그러면?

"여보세요?"

베르체가 응답했을 때 잠깐 침묵했던 수화구에서 목소리가 울렸다.

"나야."

순간 베르체가 숨을 들이켰다. 포시타노다.

오후 2시, 살레르노의 마그다호텔 방 안이다. 베르체의 앞에는 음 소거를 시킨 TV에서 로마의 식당 폭발 장면이 펼쳐져 있다. 아나운서는 그림 옆에서 입만 뻐끔거리는 중이다.

그때 포시타노가 말을 이었다.

"내가 한 시간 안에 그쪽으로 갈게."

"잠깐만."

다급하게 말한 베르체가 전화기를 고쳐 쥐었다.

"여기 온다고?"

"그래. 너하고 같이 있으래."

"누가?"

"누구긴 누구야?"

포시타노의 목소리에 웃음기가 섞였다.

"우리가 의지하는 사람들이지."

"우리?"

베르체가 포시타노의 말꼬리를 잡았다.

"왜 나를 끼워 넣는 거야, 또?"

154

"어쩔 수 없어."

"너 때문에 내가 이 꼴이 되어 있는 거 몰라? 난 이제 회사에서도 잘리게 되었다고!"

마침내 베르체의 화가 폭발했다.

"오지 마!"

"혼자보다 둘이 나을 텐데. 그리고 이건 네가 거부해서 될 일이 아냐."

포시타노의 목소리에도 찬바람이 섞였다.

"잠자코 기다려."

통화가 끊겼기 때문에 베르체는 던지듯이 전화기를 내려놓았다.

그때서야 상황 판단이 된다. 고대형은 나타나지 않는 것이다.

포시타노를 옆에 붙인 것은 이쪽을 아예 미끼로 만들어서 함정을 파겠다는 작전이다. 고대형은 밖에서 낚싯대를 쥔 입장이고, 미끼는 더 확실해진 것이다.

"물러나는 것이 낫겠습니다."

다이안이 말했다.

"그렇게 되면 CIA가 우리 쪽으로 접근해올 테니까요."

로마의 안가 안.

빈민가나 다름없는 주택가 단독주택 식탁에서 슈크트와 다이안, 슈라이만 셋이서 점심을 먹는 중이다.

그때 빵을 삼킨 슈크트가 슈라이만을 보았다.

"지금쯤 식당 뒤쪽 CCTV를 다 분석했을 거다."

슈라이만이 고개를 끄덕였다.

"6시쯤에 출발하겠습니다."

슈크트의 시선이 다이안에게 옮겨졌다.

"놈들도 우리가 복수를 했으니까 일단 물러날 것이라고 생각하겠지?"

"그럴 가능성도 있지요."

"살레르노의 마그다호텔에 베르체가 투숙하고 있어."

커피 잔을 든 슈크트의 두 눈이 번들거렸다.

"정보원이 6시간 만에 찾아내었다."

"함정입니다."

다이안이 말하자 슈크트가 얼굴을 일그러뜨리고 웃었다.

"그리고 또 무슨 일이 일어났는지 알아?"

조금 전 슈크트는 정보원의 보고를 받은 것이다.

이제는 외면한 슈크트가 말을 이었다.

"호텔을 감시하던 정보원이 포시타노를 본 거야."

숨을 죽인 다이안과 슈라이만을 번갈아 본 슈크트가 어깨를 부풀렸다가 내렸다.

"놈들은 포시타노까지 내놓고 날 끌어들이려는 것이지."

"그러니까 물러나는 겁니다. 포시타노는 언제든지 처리해도 돼요."

다이안이 똑바로 슈크트를 보았다.

"그놈은 이제 10달러 가치도 없는 놈입니다. 배신자의 응징을 저놈들이 이용하고 있습니다."

"그만."

슈크트가 손을 들어 다이안의 말을 막았다.

심호흡을 한 슈크트가 말을 이었다.

"지금 전 세계 정보기관이 우리를 주시하고 있어. 테러 단체도 마찬가지야."

"……."

"나폴리의 몬트라호텔에서 우리는 8명을 잃었다."

외면한 채 슈크트가 결론을 내었다.

"검은 8월이 이름만 내걸고 연명하느니 난 아리안족의 명예와 함께 사라질 거다."

소가 닭 보듯 따로따로 행동하던 베르체와 포시타노가 시선을 부딪쳤을 때는 30분쯤이나 지난 후다. 물론 처음 포시타노가 방에 들어섰을 때 시선이 마주쳤기는 했다.

특실이지만 좁은 방 안이다.

"고대형이란 암살자가 몬트라호텔에서 일을 벌인 건가?"

소파 앞쪽에 앉은 포시타노가 묻자 베르체가 고개를 든 것이다.

"몰라서 물어?"

"지금 그자가 이 근처에 있겠지?"

"있으면 어쩔 건데?"

"지금 우리를 미끼 취급하는 인간이 그놈인지 확인하려는 거야."

"글쎄. 그래서 어쩔 건데? 악수라도 하게?"

마침내 포시타노의 얼굴이 일그러졌다.

35세의 포시타노는 날씬한 몸매에 잘생긴 미남이다. 곧은 콧날, 단정한 입술, 푸른 눈동자의 눈이 맑아서 끌려들어가는 느낌을 받는다. 뮌헨대 철학과 졸업. 검은 8월단에 가입한 후 9년 동안 12번의 테러를 일으켰던 전설의 테러리스트.

베르체는 포시타노를 만난 순간부터 자석처럼 끌려들었던 것이다.

"베르체, 내가 너한테 강요한 적 있더냐?"

포시타노가 묻자 베르체의 눈썹이 모아졌다.

"뭐라구? 무슨 말을 하는 거야?"

"네가 끌려들었고, 네가 자진해서 연락을 맡았고, 네가 자진해서……."

"몸을 주고 용돈을 받았다고 할 참이야?"

"맞는 말이지."

"지가 무슨 플레이 보이인 줄 아는 모양인데, 기가 막혀서."

"뭐라고?"

"너보다 열 배는 능력 있는 남자도 있어. 잘난 척하지 마."

"이게 코리안 암살자하고 며칠 같이 지내더니 돌았군."

"그래. 코리안이 너보다 열 배는 뛰어났다. 너보다 10배는 크고, 테크닉이 뛰어나. 너한테 보여주고 싶을 정도야."

베르체가 먼저 이성을 잃고 펄펄 뛰었다.

"날 이용했으면 보호를 해줘야지. 덜렁 남한테 맡기더니 강아지처럼 꼬리를 말고 죽을상을 하고 기어들어? 너 때문에 나도 이 꼴이 되었단 말야!"

"미친년. 완전히 이성을 잃었군."

그때 베르체가 자리를 박차고 일어섰다.

"난 죽으면 죽었지, 너하고 같이 있기는 싫어."

살레르노 중심가의 바.

밖은 화창한 날씨였는데, 바 안은 비 오는 날 밤처럼 습기에 찼고 어둡다. 벽 쪽에만 등을 서너 개 붙였기 때문인데 빛이 위로 올라와 사람들이 귀신 꼴이다.

그때 바 안으로 사내 하나가 들어섰다. 두 눈만 번들거리는 건 얼굴이 검기 때문이다. 게리슨이다.

게리슨이 구석 쪽 자리에 앉아 있는 고대형의 앞에 털썩 앉았다.

"지저스 크라이스트. 베르체가 호텔을 나와서 근처의 라파엘호텔에 투숙했습니다."

숨을 고른 게리슨이 말을 이었다.

"호텔 감시가 하마터면 베르체를 놓칠 뻔했어요. 키도 맡기지 않고 나갔거든요."

고대형은 이맛살만 찌푸렸고 게리슨은 고대형 앞에 놓인 맥주병을 들더니 벌컥대며 세 모금을 삼켰다.

"지금 마그다호텔에는 포시타노 혼자 있습니다, 보스."

"싸운 거야?"

"그런 것 같습니다."

"……"

"마그다호텔에 슈크트의 정보원이 있는 것 같은데, 있다면 눈치챘을지도 모릅니다. 라파엘호텔은 택시로 5분 거리밖에 안 되거든요. 길이 막히는 덕분에 우리 정보원은 택시를 뛰어서 쫓아갔다고 합니다."

"갓댐. 그럼 그놈을 쫓아갈 수도 있겠다."

"예감이 불안합니다, 보스."

"너 이런 작전이 처음이라고 했지?"

"멕시코에서 정보 분석 보조원으로 작전에 참가했지요. 현장 근무는 안 했습니다."

"흥분을 가라앉혀."

"예, 보스."

"맥주 다 마시고 나서 밖에 나가 우선 포시타노한테 연락해."

고대형이 정색하고 게리슨을 보았다.

"베르체가 투숙한 라파엘호텔로 가라고 해."

"예, 보스."

"베르체가 몇 호실이지?"

"504호실입니다."

"그 옆방으로 가라고 해."

"알겠습니다."

게리슨이 일어났을 때 고대형이 말을 이었다.

"그리고 베르체, 그 망할 년한테 연락해서 다시 방에서 나오면 총 맞는다고 전해."

어쨌든 미끼는 한곳에 몰아놓아야 한다.

검은 8월은 엄격한 선발과정을 거친 후에 리비아, 이집트, 수단 등에서 훈련을 거친 정예 요원을 양성했다.

'아리안 전사'로 불리는 요원은 작전, 정보, 행동조로 구분되어서 중동의 테러단체보다 월등한 기술력과 행동력을 갖추고 있다.

슈크트가 나폴리에 도착했을 때는 오후 6시 무렵이다.

그때는 이미 포시타노와 베르체의 새 숙소까지 파악이 된 상태여서 슈크트는 작전 본부를 나폴리로 정했다. 살레르노는 1백 킬로 거리였고 소도시여서 행동에 불편했기 때문이다.

"다이안, 네가 가라."

슈크트가 바닷가의 저택에서 다이안에게 말했다.

"놈들도 우리가 올 것을 예상하고 있을 테니까, 정면 대결이 될 거다."

"알겠습니다."

다이안의 얼굴이 조금 상기되었다.

지금까지 다이안은 참모 역할만 했지 작전 책임자가 된 것은 이번이 처음이다. 다이안에게 1개 팀 9명이 배속되는 것이다.

슈크트가 말을 이었다.

"이놈들이 안가가 있는 데도 타깃을 계속 호텔에 두는 건 광고 효과를 늘리려는 거야. 이번에는 그것을 역이용 해줘야 돼."

'검은 8월'의 무자비한 테러를 국제사회에 부각시키고 아울러서 철저한 응징으로 위상을 세우려는 CIA의 의도인 것이다.

지금까지는 CIA의 의도가 먹힌 셈이다. 각국 정보기관은 CIA의 작전이 먹히고 있다는 것을 주시하고 있다.

그때 다이안이 말했다.

"고대형만 유인해내면 작전은 끝날 텐데요, 단장님."

슈크트는 외면한 채 대답하지 않았다.

"이번에 로마 폭파 사건은 어떻게 된 거요?"

클린턴이 묻자 후버가 윌슨을 보았다.

방 안에는 안보보좌관 마크맨, 비서실장 제이크, 그리고 후버와 윌슨까지 다섯이 둘러앉았다.

약방의 감초처럼 부르던 조나산 다글라스를 부르지 않은 것은 지난번 마약부 사건으로 클린턴을 실망시켰기 때문이다.

윌슨이 눈만 끔벅였기 때문에 후버가 헛기침을 하고 나서 말했다.

"검은 8월하고 전쟁 중입니다, 각하."

"대사관 직원 5명에 미국 시민 둘까지, 7명이 희생당했어요."

"압니다."

"내 임기 때 이런 테러가 계속되다니, 좀 이상하지 않습니까?"

"뭐가요?"

"CIA가 느슨해진 것 같지 않으냐고요?"

"아닙니다, 각하."

정색한 후버가 클린턴을 보았다.

"부시 때는 이보다 2배는 더 많았지만, 덮었지요."

"지금은 왜 못 덮는데?"

"각하께서 민주적이시기 때문이죠. 국회에 다 오픈하고 계시지 않습니까?"

"갓댐."

"조나산 같은 놈하고 상의를 하시니까 계속 오픈되고 불이익만 당하시는 겁니다."

"도대체 믿을 수가 있어야지."

"저를 믿으십시오, 각하."

"이번에는 어떻게 대처할 거요?"

"지난번 나폴리의 몬트라호텔에서 죽은 8명이 모두 검은 8월의 테러단입니다. 그놈들이 그 사건에 대한 보복으로 식당을 폭파시킨 겁니다."

후버가 정색하고 말을 이었다.

"이것을 그대로 발표하시는 것이 낫겠습니다. 이번 기회에 검은 8월을 궤멸시킬 예정이니까요."

"좋아요."

한숨을 쉰 클린턴이 후버와 윌슨을 번갈아 보았다.

"내가 당황하지 않게 바로 보고해 주시오."

이제는 CIA 부장을 꿈꾸던 조나산 다글라스가 완전히 배제된 것 같다.

바로 보고를 해 달라는 말이 그것이다. 안보보좌관 마크맨이 그 증인이고.

"베르체가 503호, 포시타노가 504호실입니다."

보르만이 약도를 손가락으로 짚었다. 5층의 평면도를 종이에 손으로 그린 것이다. 5층에는 방이 18개, 라파엘호텔은 8층짜리 낡은 호텔이다. 5층은 복도를 중심으로 방 9개가 좌우로 벌려 나눠진 상태. 엘리베이터는 505호 옆쪽이다.

탁자 주위로 둘러선 팀원은 모두 입을 다물고 있다.

보르만이 말을 이었다."현재 501호, 505호, 512호, 514호가 비어 있습니다."

그때 고개를 든 다이안이 말했다.

"몬트라호텔에서 방에 투숙했다가 기습을 당했어. 이번에는 안 돼."

"팀장, CIA가 호텔 주변에 깔려 있습니다."

하르케가 말을 이었다. 하르케는 부팀장이다.

"이것들이 갑자기 호텔을 바꾼 것도 작전 같습니다. 라파엘호텔에다 함정을 장치하고 나서 옮긴 것 같단 말입니다."

옆쪽에 선 두어 명이 고개를 끄덕였다.

다이안이 약도에 시선을 내리고는 물었다.

"그건 각오하고 있어야 돼."

"전쟁 수준이 될 것 같은데요."

사내 하나가 말했을 때 하르케가 다이안을 보았다.

"팀장, 라파엘호텔 503, 504가 보이는 건물이 4개나 있습니다. 거기에다 저격병을 배치하지요."

오후 7시 무렵이 되었을 때 포폴로 바 안으로 세 사내가 들어섰다. 그중 하나가 게리슨, 둘은 후줄근한 작업복, 점퍼 차림의 사내들이다.

고대형에게 다가온 셋이 제각기 자리 잡고 앉았다.

둘은 바 안이 어두운데도 챙이 없는 모자를 눈썹까지 눌러썼고 하나는 콧수염도 길렀다. 영락없는 바닷가 어부나 시장 상인 차림이다.

그때 게리슨이 말했다.

"본부에서 파견한 분들입니다."

그때 콧수염이 턱을 들고 고대형을 보았다.

"길버트요. 해외공작국 소속으로 중동에 7년 있었습니다."

가깝게 보니까 30대 중반쯤, 특정이 없는 얼굴.

고대형의 시선을 받더니 눈도 깜박이지 않고 쳐다본다.

고개만 끄덕인 고대형에게 옆쪽 사내가 말했다.

"케리라고 합니다. 저도 해외공작국 소속이고, 주로 이라크에 있었지요."

길버트와 케리는 고대형에게 붙여진 행동대인 셈이다. 급하게 파견된 지원군이다.

고대형이 둘을 번갈아 보았다.

"몬트라호텔 작전 내용은 들었지?"

"들었습니다."

길버트가 대답했다.

고대형이 말을 이었다.

"난 몬트라호텔 식으로 다시 할 수는 없어."

"지금 포시타노와 베르체는 놈들에게 노출되어 있다고 봐도 될 겁니다."

케리가 말을 이었다. 케리 또한 30대쯤으로 건장한 체격이다.

"저대로 둔다면 오늘 밤 안에 요절이 날 겁니다. 어떻게 하실 작정입니까?"

"자네들이 오기 전에는……."

고대형의 얼굴에 쓴웃음이 번졌다.

"내가 포시타노의 방에 잠입해서 놈들을 맞을 계획이었어."

놀란 듯 셋이 숨을 죽였고 고대형이 셋의 잔에 술을 따랐다.

그사이에 종업원이 술잔을 놓고 간 것이다.

탁자 위에는 위스키 병이 2병, 맥주병이 대여섯 개나 놓여 있다. 종업원이 빈 안주 그릇을 치웠어도 어수선하다. 고대형이 대여섯 시간 동안 이곳에 앉아 있었기 때문이다.

"자, 들어."

고대형이 술잔을 들고 말했다.

"10시쯤 술 마시다가 출동할 계획이었는데 작전을 바꿔야겠다."

"어떻게 말입니까?"

길버트가 물었다.

"데리고 도망치는 거지."

셋을 둘러본 고대형의 얼굴에 웃음이 떠올랐다.

"자네들 둘이 왔으니까 가능해졌어."

"갓댐. 내가 동양인의 수하가 되다니."

바를 나온 길버트가 투덜거렸다.

"더구나 용병 암살자의 수하라니."

"이봐, 길버트, 말조심해."

케리가 몸을 굽히고 길버트를 보았다. 케리는 190이 넘는 신장이다.

그때 따라 나온 게리슨이 둘에게 말했다.

"그럼 난 차 준비해올 테니까, 9시에 만납시다."

작전이 시작되었다.

8시 15분.

살레르노 경찰서장 로베르토는 붉은색 직통 전화가 울렸기 때문에 번쩍
정신이 났다.

경찰서 서장실 안.

53세인 로베르토는 지금 비상근무 중이다.

나폴리 몬트라호텔 테러 사건에다 로마 식당의 폭발 사건까지 연거푸 일
어나는 바람에 남부지역 경찰은 비상대기 중이다.

"예, 서장 로베르토입니다."

직통 전화는 서장급 이상, 각 주(州) 경찰청장, 로마의 경찰총장과도 연결
이 된다.

그때 사내의 목소리가 울렸다.

"로베르토, 나 정보국장이다."

"예, 정보국장 각하."

화들짝 놀란 로베르토가 앉은 채 상반신을 세웠다.

앞쪽에 앉아 있던 형사부장 미카엘의 몸도 굳어졌다.

정보국장 피에로는 경찰본부의 5인자다. 주(州) 경찰청장보다 서열이 높
은 것이다.

그때 피에로가 말했다.

"로베르토, 잘 들어."

"예, 국장 각하."

"지금 살레르노의 라파엘호텔 503, 504호실에 투숙한 남녀가 검은 8월의
투항자야. 알겠나?"

"예, 각하."

"지금 즉시 특공대를 투입해서 둘을 보호, 경찰서로 데려갈 것. 알았나?"

"예, 각하."

"검은 8월이 둘을 사살, 또는 납치할 가능성이 있으니까 전격적으로 병력을 투입하여 보호할 것. 알았나?"

"예, 각하."

"서둘러, 로베르토. 이 작전만 잘 수행하면 자네는 빛이 날 거다."

통화가 끝났을 때 로베르토는 벌떡 일어섰다.

갑자기 경찰 특공대 트럭이 3대나 호텔 앞에 멈추더니 완전무장한 특공대 수십 명이 쏟아지듯 내렸다. 그러고는 호텔 안으로 진입해가는 바람에 손님들이 대경실색을 하고 비켜섰다.

서너 명은 겁에 질려 호텔 밖으로 도망쳐 나온다.

"이런."

놀란 건 호텔 건너편 이 층 카페에서 망을 보던 '검은 8월'의 모리악도 마찬가지다.

서둘러 무전기를 든 모리악이 전원을 켰지만 베든은 응답하지 않는다.

베든은 로비 뒤쪽의 주차장에서 뒤쪽 감시를 맡고 있는 것이다.

특공대가 문을 두드리자 곧 503호실 문이 열렸다.

베르체는 이미 옷을 다 입고 기다리는 중이어서 특공대원에 둘러싸여 엘리베이터로 다가갔다.

"잠깐, 기다려!"

뒤에서 외침 소리가 났기 때문에 베르체 일행은 엘리베이터 앞에서 멈췄다.

그때 504호실에서 포시타노를 둘러싼 일단의 특공대가 다가왔다.

5층 복도는 검정색 특공대원으로 가득 찼다. 모두 헬멧에 기관총을 움켜쥐었고 방탄복을 입었다.

다가온 포시타노와 베르체의 시선이 마주쳤고 동시에 떨어졌다.

엘리베이터 앞에 수십 명이 모였기 때문에 지휘자가 소리쳤다.

"두 명을 넷씩 호위하고 10명만 타!"

그때 엘리베이터 문이 열렸고 나머지는 우르르 계단으로 달려갔다.

특공대 트럭이 기운차게 발진했을 때 모리악이 이제는 조금 차분하게 보고했다.

"떠났습니다."

"보였어?"

"여기선 안 보였습니다."

특공대가 누구를 데려갔느냐고 물은 것이다.

그때 다이안이 짜증을 냈다.

"이 개자식아. 밖에 나가서라도 봐야할 것 아냐!"

모리악이 어깨를 부풀렸다.

처음 지시는 이곳에서 움직이지 말라는 것이었기 때문이다.

그때 통화가 끊겼다.

"이런 빌어먹을."

무전기를 내동댕이친 다이안이 앞에 선 보르만을 보았다.

지금 다이안은 호텔에서 200미터쯤 떨어진 길가에 주차된 차 안에 있다.

차는 식품 운반 탑차로 뒤에 다이안을 포함한 4명이 탑승하고 있다.

다이안과 사내 두 명은 주방 직원 제복을 입었고 보르만은 전기 기술자

168

차림이다.

"보르만, 네가 경찰서로 가봐."

"예, 팀장."

보르만이 몸을 돌렸을 때 다이안이 등에 대고 소리쳤다.

"우리가 곧 뒤를 따라갈 테니까 무전기 켜놔!"

"경찰이 체포한 것이 아닐 겁니다."

부하 하나가 말했지만 다이안도 건성으로 고개를 끄덕였다.

8시 45분.

경찰서 조사실로 들어간 둘에게 특공대 책임자가 물었다.

"마실 것 뭐 드릴까?"

베르체는 고개만 저었지만 포시타노는 대답했다.

"오렌지 주스 부탁합니다."

힐끗 시선을 준 책임자가 방을 나갔기 때문에 둘이 남았다.

경찰서 안은 부산스럽다. 모두 베르체, 포시타노 때문이다. 복도를 뛰어다니는 발자국 소리, 외치는 소리도 들린다. 그러나 이곳 조사실에는 잠깐 정적이 덮였다.

이윽고 정적을 깨트린 것은 포시타노.

"CIA가 슈크트보다 선수를 친 거야."

포시타노의 얼굴에 웃음이 떠올랐다.

"호텔을 습격하려던 슈크트의 뒤통수를 때린 거지."

"……."

"CIA가 이태리 경찰의 협조를 요청한 것이지. 이태리 경찰은 안 들어줄 수가 없는 일이고."

"……."

"슈크트는 '뮌헨 클럽'에 주도권을 뺏기게 될 거야. 이번 전쟁에서 살아남 았다고 해도 말이지."

뮌헨 클럽은 같은 아리안 운동 세력이지만, 나치 선봉은 하지 않는 테러 단체다. 목표가 독일 국내의 유색인종 추방이어서 호응도도 높은 편이다.

그때 방문이 열리더니 간부 복장의 경찰이 부하들을 데리고 들어섰다. 웃음 띤 얼굴이다.

"불편한 점 없소?"

간부가 묻더니 앞쪽 자리에 앉았다.

눈을 가늘게 뜬 간부가 베르체를 보면서 말을 잇는다.

"조금 후에 두 분의 경찰 제복을 갖고 올 테니까 갈아입으시오. 그리고 경찰들을 따라 경찰차를 타고 로마로 가는 거요."

그러더니 자리에서 일어나 먼저 베르체에게 손을 내밀었다.

"멋진 작전이었소."

잠시 후에 들어선 경찰 두 명이 둘에게 가방을 내밀면서 둘 중 하나가 말했다.

"여기서 옷을 갈아입어요, 경찰들한테도 비밀이니까."

그러자 키가 한 뼘쯤 더 큰 경찰이 말을 받는다.

"옷을 갈아입고 뒷문으로 나가 경찰차 뒷좌석에 타면 됩니다. 우리 뒤만 따라오도록 해요."

그때 다른 사내가 베르체에게 독촉했다.

"뭐하는 거요? 어서 벗지 않고? 벗은 옷은 각자 가방에 담아서 들고 와요."

10분쯤 후에 조사실에서 나온 경찰 4명이 복도를 걸어 뒷문 쪽으로 다가 갔다. 경찰들이 넷을 스치고 지났지만 눈여겨보는 사람은 없다. 복도는 50미터쯤 되었고 아래로 내려가는 계단은 17개였다. 베르체가 정신을 집중하려고 센 것이다.

뒷문을 열고 나갔더니 경찰 둘이 보초를 서고 있었는데, 그중 하나가 베르체를 빠히 보았다가 시선이 마주치자 민망한 듯 고개를 돌렸다. 앞장선 키다리가 코너를 돌자 경찰차 10여 대가 주차되어 있었다. 키다리가 열쇠를 꺼내더니 버튼을 누르자 세 번째 경찰차의 경고등이 번쩍였다.

넷은 차로 다가가 키다리와 다른 경찰은 앞쪽에, 베르체와 포시타노는 뒷좌석에 탔다. 이윽고 키다리가 차에 시동을 켜더니 경찰서 후문을 빠져 나왔다.

"지금 경찰서에 있습니다."

다이안이 말했을 때 슈크트가 한숨부터 쉬고 말했다.

"경찰서 앞에 진을 치고 있을 수는 없으니까 일단 철수해."

"예, 감시 둘을 남겨두고 철수하겠습니다. 보르만은 조금 전에 안으로 들어갔습니다."

"이건 CIA가 이태리 경찰하고 연합 작전을 한 거야. 그 두 연놈이 경찰서에 있다가 후송될 거다."

"제 생각도 그렇습니다."

"나도 정보원을 풀어볼 테니까 대기해."

슈크트가 통화를 끊었을 때 다이안이 부팀장 하르케에게 말했다.

"여기서 보르만이 올 때까지 기다리자."

"어떻게 하실 겁니까?"

달리는 차 안에서 게리슨이 물었다.

벤츠는 로마로 향하는 고속도로를 달리는 중이다. 밤 11시가 되어가고 있어서 고속도로는 차량 통행이 줄어들었다. 벤츠가 시속 150으로 달리는 데도 굉음을 내면서 추월하는 승용차도 많다.

고대형이 백미러에서 게리슨과 시선을 맞췄다.

"로마에서 미 군용기 편으로 둘을 미국으로 보낼 거야. 두 연인을 말야."

게리슨이 시선을 내렸고 고대형이 말을 이었다.

"저놈들은 한판 붙어보자는 생각인 모양인데, 저놈들 분위기에 맞춰서 뛸 생각은 없어."

"목표는 슈크트 제거 아닙니까?"

"로마에서 쉴 테니까 그때 냄새를 맡고 오든지 말든지 하겠지."

"그럼 미끼 없는 상태에서 뛰는 셈인가요?"

"미끼 노릇은 길버트나 케리가 할 수도 있으니까."

"본부에서는 포시타노와 베르체가 있는 상태에서 끝장을 내려는 의도 같은데요."

그때 고대형이 소리 없이 웃었고 고개를 든 게리슨이 그것을 백미러에서 보았다.

"그것을 어떻게 아나?"

고대형이 묻자 게리슨의 얼굴에도 쓴웃음이 번졌다.

"포시타노와 베르체를 보호하려면 어떻게든 미국으로 데려갔을 테니까요."

"나도 처음부터 그 생각을 했어."

"본부에서 포시타노를 슈크트와 함께 여기서 소각하려고 했을까요?"

172

"너도 이제 크게 보는구나."

"작전을 겪게 되면 생각이 많아지는 것 같습니다."

"본부에서 포시타노의 효용가치가 다 소진된 것 같다."

고대형이 말을 이었다.

"내가 이런 경우를 겪었어, 게리슨."

"로마의 미 공군 기지에서 빠져나갈 수가 있을까요?"

"내가 윌슨한테 직접 연락해 볼 거다."

고대형이 다시 백미러에서 게리슨과 눈을 맞추더니 웃었다.

"난 정식 직원이 아니고 용병이야. 그러니까 고위직과 통신이 가능한 거다."

그러나 고대형이 먼저 연락한 것은 서울의 지미 우들턴이다.

로마에 도착한 고대형이 지미와 통화했을 때는 오전 1시. 서울은 오전 9시다.

"갓댐. 또 나를 끌고 가는군."

고대형의 목소리를 듣자마자 지미가 그렇게 말했다.

그래서 고대형이 가슴이 대번에 풀렸다.

"그래, 상의할 일이 있어."

고대형이 말을 이었다.

"포시타노에 관한 이야기야."

본부에서 도청된 이야기를 들을 것이다.

4장 안녕, 베르체

오후 3시, 로마 테르미니역 근처의 카페에서 고대형과 게리슨이 앉아 있다. 노상 카페의 의자에 앉아 있는 둘의 주위로 관광객들이 스치고 지나간다.

"1시간쯤 전에 연락이 왔습니다."

게리슨이 굳은 얼굴로 고대형을 보았다.

"오늘 오후 12시에 C-130 수송기로 싣고 가기로 했습니다."

고대형은 눈만 껌벅였고 게리슨의 말이 이어졌다.

"그럼 윌슨 부장보한테 연락하신 겁니까?"

"아니, 지미 우들턴한테."

고대형이 표정 없는 얼굴로 말을 이었다.

"그랬더니 바로 연락이 간 모양이군."

"지미 지부장이 본부에 연락한 것일까요?"

"아니. 나하고 지미하고의 통화를 듣고 바로 결정을 한 것 같다."

"저는 해롤드 국장의 연락을 받았습니다."

"빠르군."

쓴웃음을 지은 고대형이 게리슨에게 지시했다.

"공군 기지까지는 2시간 거리니까 오후 9시에는 출발할 거야. 그러니까 11시까지 도착하겠다고 전해."

나치오날레 거리에 위치한 마리온호텔은 주변에 상가가 널려 있어서 번잡하고 시끄럽다. 상인들이 로비를 거의 점령한 상황인 것이다. 4층 객실 문을 닫았어도 소음이 들린다.

오후 3시 반.

침대에 누워 있던 베르체가 마침내 소음을 견디지 못하고 벌떡 일어섰다.

"나, 못 살아."

한국말로 표현하면 이런 소리로 투덜대면서 베르체가 방 안을 서성대었다. 그러나 문을 열고 밖으로 나갈 엄두는 내지 않았다.

두 명의 경호원, 아니 감시자가 밖에 있을 것이었다. 특히 키가 작은 쪽, 실제로는 그도 큰 키인데 다른 일행이 너무 커서 그렇지만, 그 사내의 잔소리가 싫었기 때문이다. 문을 열고 그자와 시선을 마주치는 것도 싫다.

그런데 고대형은 사라져 버린 건가? 지금 두 사내의 뒤에서 지휘하고 있는 건 분명한데 모습을 나타내지 않는 것이다. 살레르노의 마그다호텔로 자신을 보내 놓더니 포시타노를 등장시켰다.

그때 문에서 노크 소리가 울렸기 때문에 베르체는 깜짝 놀랐다.

서둘러 베르체가 물었다.

"누구세요?"

"납니다."

귀에 익은 목소리, 작은 사내다.

문을 연 베르체에게 사내가 바로 말했다.

"저녁 식사는 내가 갖다 드릴 테니까 방에 계시고……."

고개를 든 사내가 지긋이 베르체를 보았다.

"오늘 오후 9시에 호텔에서 출발하게 되었습니다."

"어디로요?"

"미국."

숨을 들이켠 베르체가 사내를 보았다.

아래층 소음이 4층에까지 올라왔기 때문에 베르체가 이맛살을 찌푸렸지만 사내를 방으로 들어오라고 하기는 싫다.

"저 혼자요?"

마침내 베르체가 그렇게 물었다. 옆방에 포시타노가 있는 것이다. 포시타노 이름을 꺼내기 싫어서 그렇게 물었다.

그때 사내가 고개를 저으면서 웃었다.

"같이. 그러니까 준비하시도록. 밖으로의 전화는 일절 금지하시고."

베르체는 사내가 몸을 돌리기도 전에 문을 닫았다.

그 주의사항은 10번도 더 들었다. 전화가 와도 받지 말라는 것이다.

벨이 3번 울렸다가 꺼진 후에 다시 울리면 받으라나? 그것은 그들이 방에서 전화를 할 때 신호다.

그들의 방 번호는 411호실. 베르체가 건너편인 409호실. 포시타노는 옆방인 407호실이다.

"아니, 페샤와르에서 웬일이야?"

지미가 묻자 곧 앤드류의 짧은 웃음소리가 들렸다.

"짐, 내 전화를 받고 놀랐나?"

"그래. 당연하지."

지미의 얼굴에도 쓴웃음이 번졌다.

176

오후 11시 반. 페샤와르는 오후 6시 반일 것이다.

이 시간에 로마에서는 베르체와 포시타노의 탈출 작업이 진행되고 있다.

지미가 말을 이었다.

"페샤와르에서는 로마 소식을 못 듣지?"

"갓댐. 지미, 당신답지 않은 어법인데. 솔직히 물어."

"로마 작전에 대한 뒷소리 없어?"

"지난번 당하고 나서 손을 뗀 줄 알았더니, 왜 그래?"

"내 친구가 작전의 중심에 있잖아?"

"이 사회에서도 친구가 있던가?"

"나하고 고대형은 목숨을 건 친구야, 앤드류. 그런데 무슨 일이야?"

"놀란 모양이군."

"당연히. 페샤와르에서 서울로 전화를 해주다니. 중요한 일이겠지?"

그때 잠깐 뜸을 들인 앤드류가 말했다.

"너도 알다시피 페샤와르에서는 온갖 정보가 다 들어와. 아마 세계의 정보 중심이 페샤와르일 거야."

"전쟁이 겹치기 때문에 정보원이 다 몰려왔기 때문이지."

"이제는 이곳에서 서방의 전략 정보를 수집하고 지시해."

"알고 있어, 앤드류. 자, 말해."

"이태리 상황도 바로 들어와."

앤드류가 말을 이었다.

"너하고 고대형은 여전히 같은 팀으로 간주되더군. FSB쪽에서 들었어."

"FSB도 우리한테 당했으니까."

"아니, FSB는 이제 너희들한테 관심이 없어. 검은 8월이 어떻게 될지 촉각을 곤두세우고 있는 거야."

177

"말해 봐, 앤드류."

"작년 말에 검은 8월이 베를린에서 러시아 부총리 안토노프를 폭사시켰어. 알지?"

"알아."

"안토노프가 푸틴의 심복으로 비자금 담당인 것도 아나?"

"그건 못 들었다."

"안토노프를 폭사시킨 건 포시타노야. 포시타노가 행동책이었다고."

"……."

"포시타노는 FSB에서 추적해오자 우리한테 정보를 주는 조건으로 돈과 피난처를 요구했어."

"누구한테 들은 거야?"

"FSB."

"믿을 만해?"

"본부에서도 인정하는 FSB 요원이야."

"갓뎀."

"그자들이 나한테 그 이야기를 들려준 이유가 뭔지 아나?"

"이유가 뭐야?"

"포시타노를 데려가겠다는 거야. 아니, 안토노프와 러시아인 4명을 폭사시킨 죗값을 받도록 넘기라는 것이지."

"……."

"난 그 이야기를 녹음한 테이프를 본부로 보냈더니 연락이 왔어."

"그래서 전화를 한 것이군."

지미의 얼굴이 일그러졌다.

그 결과를 고대형에게 전달하는 역할을 맡은 것이다.

30분 후.

고대형이 지미 우들턴의 전화를 받는다. 오후 4시 반이 되어가고 있다.

"형, 임무 끝났다."

불쑥 말한 지미의 목소리에 웃음기가 떠올라 있다.

지미하고 통화했을 때는 오전 1시, 13시간 만이다.

"무슨 말야?"

전화기를 고쳐 쥔 고대형이 묻자 지미가 대답했다.

"게리슨을 통하지 않고 내가 직접 너한테 본부 방침을 전하는 거야."

"……."

"형, 거기서 철수해."

"결국 슈크트한테 넘겨주는 것이군."

"아냐."

"그럼 뭐야?"

"FSB가 끼어들었어."

"그건 또 왜?"

"작년에 베를린에서 포시타노가 러시아 부총리 안토노프를 폭사시켰어."

"……."

"러시아인 넷이 죽었어. 부총리, 보좌관 둘, 통역까지."

"그래서?"

"FSB가 넘겨달라는 거야. 그 대가도 제시했겠지."

"……."

"형, 넌 부하들 데리고 나오면 돼. 나머지는 FSB가 처리할 테니까."

"갓댐."

"갑자기 이렇게 방향이 바뀌는군."

혼잣소리처럼 말한 지미가 말을 이었다.

"형, 돈 값어치는 했다. 몬트라 작전은 해외공작국의 훈련 사례가 될 거다."

오후 5시 10분, 게리슨이 먼저 작별 인사를 했다.

"보스, 함께 일해서 영광이었습니다."

고대형은 마리온호텔의 로비에서 전화를 하고 있다. 포시타노와 베르체가 투숙한 호텔로 온 것이다.

게리슨이 말을 이었다.

"갑자기 작전이 중지되는 바람에 얼굴 보지도 못하고 떠납니다."

지금 게리슨은 숙소에서 공항으로 출발하기 전에 전화를 하는 중이다.

"잘 가, 게리슨. 내가 서울에 갈 일이 있으면 찾을 테니까."

게리슨은 원래 근무지인 서울로 돌아가는 것이다.

"예, 보스. 어쨌든 이번 작전은 성공입니다."

게리슨이 목소리가 거칠어진 것은 포시타노와 베르체의 신병을 슈크트에게 넘긴 것으로 짐작했기 때문이다. FSB 측에 넘긴 것을 안다면 더 충격을 받았겠지.

전화기를 내려놓은 고대형이 엘리베이터를 타고 4층에서 내렸다.

그러자 복도 끝 쪽의 창틀에 기대 서 있던 케리가 다가왔다.

"무슨 일입니까?"

"길버트를 불러내."

고대형이 말하자 케리가 바로 몸을 돌렸다.

길버트가 방에서 나와 다가온 것은 1분도 안 걸렸다.

포시타노와 베르체가 투숙한 407, 409호실의 가운데에 서서 고대형이 말했다.

"철수. 얘들은 이대로 두고 철수다."

둘이 동시에 숨을 들이켜더니 길버트가 먼저 물었다.

"포기한 겁니까?"

"그건 알 것 없고."

"잘되었네요. 공항까지 가는 동안 우리가 서울 사건처럼 당할지도 모른다고 생각했거든요."

고대형이 눈을 가늘게 떴다.

"서울 사건이라니?"

"코왈스키 머리통 절반이 달아난 사건 말입니다, 팀장."

고대형의 시선을 맞받은 길버트가 이를 드러내고 웃었다.

"해외공작국에 있다 보면 그쯤 정보는 알 수가 있죠. 어떻게 묻힌다는 것도 압니다."

"그렇군."

고개를 끄덕인 고대형이 길버트와 케리를 번갈아 보았다.

"VIP는 그대로 놔두고 철수다. 5분 내로 떠나도록."

"팀장은 어디로 가십니까?"

불쑥 길버트가 묻자 케리는 한숨을 쉬었고 몸을 반쯤 돌렸던 고대형이 쓴웃음을 지었다.

"그건 알 필요 없어, 길버트. 잘 가라."

"잘 가십쇼."

케리가 인사를 했지만 길버트는 몸만 돌렸다.

문에서 노크 소리가 들렸기 때문에 베르체는 이맛살을 찌푸렸다.

길버트와 케리는 먼저 인터폰을 하고 나서 문을 두드렸기 때문이다.

그때 다시 문을 두드리면서 목소리가 울렸다.

"베르체, 나 고대형이야."

베르체는 서둘러 문으로 다가갔다.

문이 열리고 시선이 마주친 순간 베르체의 눈에 눈물이 고였다. 그래서 번들거렸는데 베르체는 눈을 크게 떠서 물기의 면적을 넓히려는 시도를 했다. 눈물이 떨어지지 않게 하려는 것이다.

고대형이 외면하고 먼저 방으로 들어왔다. 소파에 앉은 고대형이 손짓으로 베르체를 앞쪽에 앉으라는 시늉을 하면서 말했다.

"내가 앞장서 갈 테니까 날 따라와."

"어, 어디로 가는데요?"

"여기서 나가는 거다."

방 안을 둘러보던 고대형이 물었다.

"짐은 없지?"

"없어요. 경찰 제복이 든 가방밖에."

"그것도 가져가자."

자리에서 일어선 고대형이 말을 이었다.

"계단으로 해서 2층 식당가 뒤쪽으로 나간다. 넌 5미터쯤 거리를 두고 따라와."

2층은 상점과 식당가인 것이다. 그쪽 출입구 한쪽은 시장으로 통한다.

"베르체가 나왔습니다."

다급한 이반의 목소리가 울렸기 때문에 로스토프는 숨을 들이켰다.

"포시타노는?"

"보이지 않는데요."

둘은 지금 무전기로 통화하는 중이다. 그때 이반의 목소리가 울렸는데 주위의 소음이 크다.

"식당가 후문 쪽으로 갑니다."

"혼자?"

"사람이 많아서요. 혼자 가기는 하는데."

"잘 봐. 뒤에 누가 따르는지, 앞에 누구를 따르는지."

이반은 2층 계단 입구에서 감시하던 요원이다.

지금 FSB는 10여 명의 행동대가 도착했지만 아직 작전 준비가 안 되었다.

포시타노, 베르체가 투숙했다는 407, 409호실 쪽으로 4층 감시병도 보내지 못한 상황이다. 겨우 2층, 3층, 로비, 호텔 앞뒷문에 감시병을 배치한 상태.

2층 식당가에 시장으로 통하는 후문이 있다는 것도 여기 와서 파악한 것이다. 그럴 것이 FSB라고 해도 나치오날레 거리의 마리온호텔은 처음이다.

그때 로스토프가 말했다.

"따라가, 2층 후문은 다른 사람을 보낼 테니까."

"식사하러 가는 거 아닐까요?"

옆에서 통신을 듣던 니키타가 묻자 로스토프가 머리를 기울였다.

"그럴 수도 있지. 어쨌든 포시타노가 방에 있는 것을 확인해 봐야겠다."

"고대형은 지금 어디 있습니까?"

"마리온호텔에는 경호원 둘뿐이야. 고대형은 없다고 했어."

로스토프가 옆에 선 말렌코에게 지시했다.

"네가 셋 데리고 가서 포시타노가 있는가만 확인해."

후문을 나온 고대형이 오른쪽으로 꺾어지면서 걸음 속도를 높였다. 시장이 혼잡했기 때문에 사람들을 헤치고 나가는 셈이다.

30미터, 50미터쯤 전진하고 나서 고개를 돌렸더니 5미터쯤 뒤쪽에서 따라오는 베르체가 보였다. 그리고 낚시에 꿰인 고기처럼 그 뒤쪽으로 사내 하나, 베르체의 뒷모습에 집중한 사내의 시선을 잡았다.

가게 모퉁이를 꺾었던 이반이 다가온 사내와 부딪쳤다. 모퉁이에 가려 보이지 않았던 것이다. 어깨까지 부딪친 순간 가슴에 격렬한 타격을 받은 이반이 허리를 굽히면서 주저앉았다. 그 순간 피비린내가 맡아졌고 머리끝이 솟았다. 온몸에 냉기가 덮이면서 입을 벌렸지만 소리가 뱉어지지 않는다.

시장 복판이어서 쪼그리고 앉은 이반의 어깨를 무릎으로 부딪치며 사람들이 지난다. 자전거를 끌고 가던 사내는 비키라고 소리치다가 지나갔다.

다음 순간 이반이 웅크린 채 옆으로 넘어졌다.

그때서야 몇 명이 외침을 뱉었고 이반의 가슴에서 흘러나온 피를 본 여자가 비명을 질렀다.

이제는 시장의 행인, 상인들이 이반 주위를 구름처럼 둘러쌌다. 비명, 외침으로 시장은 더 떠들썩해졌다.

베르체는 바로 눈앞에서 고대형이 사내와 부딪치는 순간 손에 쥔 칼로 가슴을 찌르는 것을 보았다. 눈 깜빡하는 순간 찌르고, 빼내고, 저고리 주머니에 칼을 넣는다. 사내는 입을 쩍 벌리더니 비명도 지르지 못하고 주저앉은 것이다.

다음 순간 베르체는 고대형이 팔을 끌었기 때문에 현장을 떠났다.

시장에서 150미터쯤 떨어진 거리.

걸음을 늦춘 고대형이 옆으로 다가온 베르체에게 말했다.

"너 어디 숨을 곳 없나? 친척이나 친구는 제외하고."

베르체가 시선만 주었기 때문에 한숨을 쉰 고대형이 지나는 택시를 세웠다.

"내가 무슨 짓을 하는지 모르겠군."

혼잣소리였지만 베르체는 다 들었다.

택시에 탄 고대형이 운전사에게 물었다.

"영어할 줄 알아?"

"노. 잉글리시 선생님."

나이든 운전사가 '영어' 한 마디만 듣고 고개를 저었다.

그러자 고대형이 이태리어로 말했다.

"나보나 광장으로."

택시가 속력을 내었을 때 고대형이 영어로 베르체에게 말했다.

"넌 지금부터 집에 들어갈 수도 없고 예전의 직장에 다닐 수도 없어."

베르체는 숨을 죽였고 고대형의 말이 이어졌다.

"미국으로 갈 수도 없어. 왜냐하면 미국 측에서 널 포기했기 때문이야."

"······."

"지금쯤 포시타노는 호텔에서 잡혔을 거야. 미국 측 배신으로 말이지."

베르체의 시선을 받은 고대형이 쓴웃음을 지었다.

"검은 8월이 아냐. 포시타노는 러시아의 FSB로 넘어갔어."

"······."

"포시타노가 작년에 베를린에서 러시아 부총리 안토노프를 폭사시켰기 때문이야."

"……"

"아마 대가를 받고 교환했겠지."

"……"

"너까지 끼워서 넘기게 되는 걸 내가 독자적으로 빼낸 거다. 너를 경호했던 둘도 모르고 있어."

"……"

"나도 지금 입장이 난처하게 된 거야."

그러고는 고대형이 등을 붙이고 앉았는데 얼굴에 쓴웃음이 떠올라 있다.

"갓댐."

욕설을 뱉은 고대형이 입을 다물었다.

"이런 망할 자식."

윌슨이 미간을 모으고 해롤드를 보았다. 랭글리의 본부. 부장보실에서 윌슨과 해롤드가 앉아 있다. 방금 윌슨은 해롤드로부터 고대형이 베르체를 데리고 사라진 것을 보고 받은 것이다.

사라지면서 FSB 요원 하나를 단검으로 찔러 죽였다. 베르체를 따라갔던 요원이다.

"포시타노는 FSB가 데려간 건 확실해?"

"확실합니다."

해롤드가 고개를 끄덕였다.

"인수했다는 연락도 받았습니다."

"고대형이 잘된 일에 물을 뿌렸군."

186

"베르체가 중요한 인물은 아닙니다. 정식 검은 8월단원도 아니고 포시타노의 심부름이나 했으니까요."

"베를린 폭파 사건에서도 심부름을 했지?"

"예, 같이 있었지요."

"FSB에 끌려갔다면 세상 구경을 못 했을 거 아닌가?"

"그렇겠지요."

"고대형이 데려간 이유는 뭐야?"

"그 미친놈 행동은 예측불허 아닙니까?"

"과연."

쓴웃음을 지었던 윌슨이 해롤드를 보았다.

"FSB 반응은 어때?"

"분개하지는 않습니다. 하지만 내색하지 않는지도 모르지요. 요원이 살해당했는데 분하지 않겠습니까?"

"고대형하고는 원한이 있어."

해롤드가 고개만 끄덕였을 때 윌슨이 결론을 냈다.

"두고 보자고. 우리가 나서서 떠들 일은 아닌 것 같으니까, 일단 '검은 8월'부터 해결해야겠어."

아드라이해가 눈앞에 펼쳐진 페스카나.

고대형과 베르체는 페스카나의 바닷가 카페에 앉아 밤바다를 바라보고 있다.

오후 10시 반.

로마에서 이탈리아를 동서로 횡단해온 것이다.

카페에는 어부와 근처 주민들이 떠들썩한 술잔치를 벌이고 있었는데 결혼식 뒤풀이인 것 같다.

고대형이 맥주병을 쥐고 베르체에게 말했다.

"널 살리려면 미국으로 보내는 수밖에 없어."

카페는 바다를 향해 트여 있었기 때문에 바닷바람이 거침없이 몰려 들어왔다. 비린 물 냄새가 맡아졌지만 시원하다.

베르체의 시선을 받은 고대형이 말을 이었다.

"넌 포시타노에게 덤으로 끼워진 존재여서 FSB가 끝까지 요구할 가능성은 없지만 그렇다고 안전한 상황은 아냐."

"……."

"검은 8월도 이제는 널 가만두지 않을 것이고."

"……."

"이태리는 물론이고 네 고향 독일은 말할 것도 없다."

고대형의 얼굴에 쓴웃음이 번졌다.

"꼭 여자가 내 뒷덜미를 잡는군. 내가 여복이 더럽게 없는 것 같다."

그때 베르체가 고대형을 보았다.

"고마워요."

고맙다는 인사는 처음 듣는다.

고대형의 시선을 받은 베르체가 말을 이었다.

"당신이 언젠가는 나타날 줄 알았어요."

"지저스 크라이스트."

고대형이 탄식했다.

"내가 그런 눈치를 보였더냐?"

"그래요."

고개를 끄덕인 베르체의 얼굴에 웃음이 떠올랐다.

188

"난 지금 하나도 무섭지 않아요."

"갓."

"추워요, 허니."

베르체가 팔짱을 끼고는 어깨를 움츠렸다.

"따뜻한 침대에 눕고 싶어요."

"포시타노가 나치오날레 거리의 마리온호텔에서 연행되었습니다."

다이안이 말했을 때 슈크트가 정색했다.

"연행? 누가?"

"7, 8명의 사내들한테 둘러싸여서 밴에 실렸는데 경찰은 아닌 것 같습니다."

로마 주택가의 응접실 안.

슈크트는 부단장 오토 카이스나를 잃은 데다 포시타노를 쫓아서 왔다갔다만 하는 바람에 자괴감이 들 정도다.

"그럼 누구란 말야? CIA가 데려간 거야?"

"호텔 근처 시장에서 피살 사건이 일어났는데 경찰은 러시아 국적의 관광객이라고 발표했습니다."

순간 슈크트가 숨을 들이켰다.

"러시아?"

"예. 경찰은 그것밖에 밝히지 않았습니다. 나이도, 성별도……."

"으음."

"그런데 베르체 종적이 없어졌습니다. 포시타노와 함께 있었을 텐데요."

"……."

"우리 정보가 한 단계씩 늦긴 하지만 시간은 좁혀지고 있습니다."

그때 슈크트가 고개를 들었다.

"우리가 FSB를 간과하고 있었다."

다이안도 숨을 죽였고 슈크트의 말이 이어졌다.

"CIA 놈들은 눈앞의 적을 없애려면 바로 전의 원수와도 손을 잡는 놈들이지. FSB는 더한 놈들이고."

"……."

"CIA가 포시타노를 FSB에 넘긴 거야."

슈크트의 얼굴에 쓴웃음이 떠올랐다.

"더러운 놈들. 내가 포기할 것 같으냐?"

열린 창문으로 파도소리가 들려왔다.

밀려왔다가 물러가는 소리가 선명했다. 파도에 밀린 자갈 굴러가는 소리까지 들린다.

이곳은 바닷가 민박집. 관광객을 상대로 하는 민박집 이 층이다.

밤이 깊었다, 오전 2시 반.

고대형의 가슴에 얼굴을 붙이고 있던 베르체가 입을 열었다.

"며칠이라도 여기서 살아요."

"……."

"낮에는 바닷가에 가거나 뒤쪽 산에 오르고 밤에는 카페에서 맛있는 식사를 하고……."

"……."

"그러다보면 앞으로 어떻게 할 것인가를 결정하게 되겠죠."

고대형이 잠자코 베르체의 어깨를 감싸 안았다.

베르체는 고대형의 상황을 아는 것이다.

190

지구상 어느 곳도 안전하지가 않다. CIA에 이어서 FSB가 추적해올 것이다. FSB는 구소련의 KGB를 이미 능가하는 수사, 공작 기관이 되어 있다.

"바다를 건너면 유고슬라비아야."

고대형이 베르체의 볼에 입술을 대고 말을 이었다.

"내가 그곳까지 널 데려다 줄 거다."

"……."

"거기서 네가 안정되는 것을 보고 떠날 테니까."

몸을 돌려 천정을 바라보고 누운 고대형이 길게 숨을 뱉었다.

"며칠 동안 여기서 푹 쉬어."

다음 날 오후.

아드리아해를 건너는 배를 알아보고 돌아온 고대형이 민박집 마당으로 들어섰을 때다.

주인 여자가 다가와 접힌 쪽지를 내밀었다.

"여기, 부인이 전하라고 했어요."

고대형이 서둘러 쪽지를 받아서 폈다.

예상했던 대로 베르체의 메모다.

'허니, 그냥 이렇게 부를게요. 나 떠납니다. 지치면 경찰에 자수할 겁니다. 그동안 고마웠어요. 잊지 못할 겁니다. 그리고 가방에서 3만 불 꺼내 갑니다. 미안해요. 다시 한 번 안녕. 허니, 베르체.'

쪽지를 접은 고대형이 아직도 앞에 서 있는 여자에게 말했다.

"말다툼을 좀 했더니 집으로 돌아갔네."

"고대형이 카라치행 비행기에 탑승했습니다."

수화구에서 해롤드의 목소리가 울렸다.

오후 4시 반.

고대형과 베르체가 종적을 감춘 지 만 사흘이 지났다.

"뭐?"

되물은 윌슨의 시선이 벽에 붙은 지도로 옮겨졌다.

카라치, 파키스탄의 대도시.

과연 이곳이 고대형과 무슨 인연이 있는 곳일까?

그때 해롤드가 말을 이었다.

"로마에서 탑승했으니까 6시간 후에는 도착합니다."

"혼자야?"

"예, 혼자입니다."

"베르체는 잡아먹고 떠난 건가?"

말이 저절로 그렇게 나왔기 때문에 윌슨이 심호흡을 했다.

고대형에 대해서 신경이 예민해졌기 때문이다.

그때 해롤드가 말했다.

"부장보님, 카라치에서 연행할까요?"

"왜?"

"어쨌든 지시를 어긴 데다 베르체에 대해서 물어볼 것도 있지 않습니까? 거기에다 카라치에 간 이유도 석연치 않습니다."

그때 윌슨의 눈동자에 초점이 뚜렷해졌다.

"놔 둬."

"예, 부장보님."

"추적도 하지 마."

윌슨이 말을 이었다.

"그놈이 먼저 연락해올 때까지."

"……."

"안 오면 말고."

그것이 최종 결정이다.

카라치, 식당 안의 찻집. 카라치에 도착한 지 4시간이 지난 오후, 7시 반 무렵.

고대형이 커피에 설탕을 10스푼쯤 넣은 것 같은 티를 한 모금 삼키고는 앞에 앉은 무스타파를 보았다.

무스타파는 짙은 턱수염을 기른 30대쯤의 파키스탄인. 작업복 차림에 더러운 샌들을 신었다.

"내가 여기 온 건 CIA가 이미 알고 있을 거다. 로마 공항에서부터 추적당했어."

"당연하지요."

무스타파가 이를 드러내고 웃었다.

"지금도 쫓고 있을지도 모릅니다."

고개를 끄덕인 고대형이 찻집 안을 둘러보았다.

손님이 가득 찬 찻집은 소란하다. 시장의 소음까지 쏟아져 들어와서 소리쳐야 대화를 할 정도다.

그때 고대형이 말했다.

"여행 준비를 해, 무스타파."

"우리 둘입니까?"

"그래. 아프가니스탄만 벗어나면 넌 돌아가."

"알겠습니다. 오늘 밤 안으로 준비하지요."

무스타파의 두 눈이 번들거렸다.

"아프간으로 들어가면 뒤쫓는 놈들이 체로 걸러낸 것처럼 솎아질 것입니다."

무스타파는 페샤와르에서 안내역으로 일하다가 고향인 카라치로 돌아와 있는 중이다.

CIA가 인력관리를 철저히 한다고 해도 지미 우들턴이 고용한 안내원 내역까지 다 알 수는 없다.

자리에서 일어선 무스타파가 말을 이었다.

"내일 오전 9시에 출발 준비를 하고 여관으로 가겠습니다."

오전 9시 반에 지미 우들턴이 전화를 받았다.

사무실에 출근한 지 얼마 되지 않아서였다.

"여보세요."

발신자 표시 장치가 발명되지 않은 시기여서 CIA 간부도 목소리를 들어야만 안다.

"짐, 나야."

고대형의 목소리가 울린 순간 지미가 숨부터 들이켰다.

"갓댐. 네가 전화할 줄 알았다."

"그럼 내가 어디 있는 줄도 알겠군."

"도대체 왜 거긴 간 거야?"

"여긴, 내 고향 같은 곳이야."

"갓댐. 거기서 뭐 하려고?"

"쉬려고."

고대형이 말을 이었다.

"이번 작전은 끝났어, 짐."

"알아. 들었어."

"베르체가 내가 나간 사이에 도망을 쳤어. 나한테 부담 주기 싫다는 편지를 써놓고 말야."

"……."

"곧 며칠 안에 베르체의 자살 소식이 들리겠지?"

"……."

"포시타노는 러시아로 끌려갔을 것이고."

"……."

"앙헬 슈크트는 이태리에서 CIA와 전쟁을 계속해야만 되겠지."

"형."

지미가 말을 잘랐다.

"내가 CIA 선배로서 충고하는데, 너 윌슨 부장보한테 전화해라."

"갓댐. 그래서 내가 지금 너한테 전화하는 거 아냐?"

고대형의 목소리가 높아졌다.

"그리고 난 CIA 고용직이야. 너처럼 정식 직원이 아니라고."

"그게 예의야, 고대형."

지미가 고집을 부렸다.

"그래서 확실하게 끝내."

그때 고대형이 침묵했기 때문에 지미는 전화기를 고쳐 쥐었다. 지미 우들턴은 심각한 표정이다.

창밖으로 가을이 깊은 서울의 도심이 보인다. 가로수인 은행나무 잎이 떨어지고 있다.

그때 고대형이 말했다.

"생각해볼 테니까, 전화번호나 불러줘."

아직 이해가 안 간다는 분위기다.

이곳은 버지니아 랭글리, CIA 부장실 안.

후버가 지그시 윌슨을 보았다.

"그놈이 지미 우들턴한테 다 끝났다고 했다는 건가?"

"예. 그것으로 임무는 물론이고 CIA와의 관계가 끝난 것으로 통보한 것입니다."

후버가 의자에 등을 붙였다.

오후 3시 반. 오늘은 모처럼 후버가 출근해서 내년 예산과 인사 문제에 대한 회의를 했다. 가장 중요한 회의 중 하나다.

내년 3월에 후버는 CIA 부장을 사직할 예정인 것이다. 48년 만의 퇴직이며 CIA 총수가 된 지 21년이 된다.

후버가 입을 열었다.

"갓댐잇. 이제부터 중국과의 메인 매치가 시작되는데 너한테 맡기고 떠나게 되는구나."

후버는 윌슨에게 CIA 부장을 물려주었고 클린턴의 사인까지 받아놓은 것이다. 국회에서도 윌슨을 후버보다 더 좋게 평가하는 분위기여서 시간만 지나면 된다.

그때 윌슨이 상체를 세우고 말했다.

"내년 3월까지 6개월 남았습니다. 5개월 동안 앞으로 5년간의 밑그림을 그려 주시지요."

"하긴 5개월은 긴 시간이지. 소련이 분해되어서 러시아로 되는 데는 4개월밖에 안 걸렸어."

"그땐 예측하기가 힘들었지만 우리들의 공이 컸습니다."

"베를린 장벽이 붕괴되는 데 2개월 반이 걸렸지. 그렇지 않나?"

다음 달에는 미국 대통령 선거다.

"앞으로는 중국이야. 중국 놈들은 동독, 소련 놈들하고는 달라."

이제는 고개만 끄덕인 윌슨에게 후버가 말을 이었다.

"중국 놈들은 앞으로 30년 후에 세계 최강국이 된다고 공공연하게 선전하고 있어. 이대로 가면 그 말이 맞을 것 같아."

지금이 2000년 말이다. 2030년을 말한다.

다음 달에 새 대통령이 당선되더라도 윌슨은 후버의 뒤를 이어 CIA 부장으로 취임하게 될 것이다.

"중국이 급성장을 하면 누구도 막을 수가 없어. 14억 인구가 매년 8퍼센트씩 20년 가깝게 성장해오고 앞으로도 그 속도는 계속될 거야. 그렇게 되면 막대한 경제력으로 군비를 확장해서 신무기로 무장하는 거야."

"……."

"그것을 막으려면 어떻게 해야 하는지 아나?"

후버가 묻자 윌슨이 시선만 주었다.

수십 가지의 '안'이 CIA에 보관되고 있는 것이다, 그것이 CIA 임무니까.

그런데 후버는 지금 무엇을 묻는가?

그때 후버가 제 말에 제가 대답했다.

"한국을 이용하는 방법이 가장 효율적이고 가능성이 많아."

그 안도 있다.

그때 후버가 말을 이었다.

"한국의 잠재력 그리고 고대형이 같은 전문가들."

고대형의 이름이 지금 나올 줄이야! 윌슨의 온몸에서 소름이 돋아났다.

페샤와르까지 기차를 타고 온 고대형과 무스타파는 시장 안의 여관에서 이틀을 쉬었다.

그동안 무스타파가 무기와 식량, 산에서 지낼 장비를 구입했는데 신바람을 내었다. 무스타파는 아프간 안내 전문이다. 그동안 수십 번 공작조를 안내했는데 본래 아프간 남부에서 파슈툰족 여자와 결혼하고 살았기 때문이다. 눈치가 빠르고 정보 수집에 대한 훈련까지 받은 터라 지미가 신임했는데 탈레반이 아프간을 지배하면서 일자리를 잃었다.

"대장, 이번에는 서쪽 코스로 갈까요?"

근처 식당에서 저녁을 먹고 돌아왔을 때 무스타파가 물었다.

아직 목적지는 말해주지 않았지만 아프간 국경을 돌파하는 데는 파슈툰족 영지인 남부, 동부를 피해 가는 것이 나은 것이다.

고대형이 고개를 끄덕였다.

"타지크족 영지로 간다."

"파슈툰족 영지를 조금 거쳐야 됩니다."

"가면서 미행자를 떨궈야겠지."

벽에 등을 붙이고 앉은 고대형이 말을 이었다.

"무스타파, 넌 날 타지크 영내까지 안내해주고 돌아가."

"5일쯤 걸릴 겁니다."

무스타파가 주머니에서 지도를 꺼내 훑어보았다.

"흔적을 감춰야 할 테니까 6일이나 7일 걸릴 수도 있겠네요."

도보로, 험한 산을 타고, 그것도 밤에만 걷는 상황이다.

무스타파는 무엇 하러 가느냐고도 묻지 않았다. 고개를 들고 천정을 바라보면서 무스타파가 말을 이었다.

"CIA 위성보다 뒤를 따르는 놈들을 조심해야 돼요. 그놈들은 개 수준이

거든요."

카라치에 도착했을 때부터 CIA의 미행이 따라 붙었다고 봐야 한다.

길버트와 케리다.

시장 안, 고대형의 여관으로부터 직선거리로 6백 미터 떨어진 CIA 안가에서 길버트와 케리가 저녁을 먹고 있다. 양고기 찜이다.

양탄자가 깔린 방바닥에 둥근 쟁반을 놓고 현지인처럼 손으로 고기를 뜯어서 쌀밥과 함께 먹는다. 둘이 고대형의 추적을 맡은 것이다.

"페샤와르에 지미 우들턴이 고용했던 무스타파란 놈이 나타났어."

케리가 고기를 움켜쥐면서 말을 이었다.

"AK-47, 브라우닝, 실탄 몇 백 발을 현찰로 구입하고 사라졌어."

길버트는 대답하지 않았다.

무스타파와 고대형이 연결되었다는 증거도 없는 것이다. 총기 구입이야 흔해서 지금도 탈레반이 하루에도 수백 종의 무기를 밀수해간다.

음식을 삼킨 케리가 길버트를 보았다.

"우리를 이곳으로 보낸 건 본부에서 무슨 정보를 갖고 있다는 생각이 안 드나?"

"있겠지."

시큰둥한 표정으로 길버트가 대답했다.

"우린 시킨 대로만 하면 돼, 케리."

물그릇에 손을 씻으면서 길버트가 말을 이었다.

"그 암살자 용병 놈을 제거하라는 오더가 왔으면 좋겠다. 여기서 암살자 다섯 명쯤 골라서 데려갈 수 있어."

길버트는 한국인 암살자 지시를 받고 일한 것이 불명예다. 그래서 고대형 추적 임무를 받았을 때 명예가 회복된 느낌까지 들었던 것이다.

오후 8시.

고대형과 무스타파는 아프간 국경으로 출발했다.

소형 트럭을 렌트해서 장사꾼으로 위장했는데 짐칸에는 콩과 쌀을 실었다. 국경의 시장에는 생필품이 가장 많이 팔린다.

"대장, 제가 발각된 것 같습니다. 제가 먼 친척인 정보원한테서 들었는데 무기를 사간 것을 알더라고요."

핸들을 쥔 무스타파가 힐끗 고대형을 보았다.

"페샤와르에 대장을 추적하는 요원이 와 있다는 소문도 났습니다."

"……."

"좀 찜찜하더라고요. 이 정도면 우리들을 내려다보는 것이 아니겠습니까?"

"그럴 수도 있지."

"대장은 CIA하고 안 좋게 된 겁니까?"

"안 좋은 것도 없지, 좋은 것도 없고."

"대장, 저한테 계약금을 미리 주실 수 없습니까? 이따 국경을 넘을 때 말입니다."

그때 고대형이 풀썩, 웃고는 고개를 끄덕였다.

"그러지."

"미안합니다, 대장."

"난 너의 그런 행동이 마음에 든다."

고대형이 무슨 일이 생기면 계약금을 받지 못하기 때문이다.

고대형은 잠자코 어둠에 덮인 도로를 보았다.

갑자기 카라치로 날아온 것이 CIA를 긴장시켰을지도 모른다. 문제 인물을 감시, 추적하는 것이 CIA의 당연한 임무다. 그러나 CIA하고 원한을 맺었거나 자신이 위험한 인물이라고는 생각하지 않는다. 그래서 지미에게 연락하는 것으로 관계를 끝낸 것이다.

오전 2시 반, 아프간과 파키스탄의 국경도시 아브잔.

거리에는 드문드문 차량이 지났고 행인은 보이지 않는다. 길가 한적한 모퉁이에 차를 세운 무스타파와 고대형은 제각기 묵직한 배낭을 등에 메고는 발을 떼었다.

차는 한동안 거리에 방치되었다가 어느 순간 개미떼에게 습격 받은 벌레처럼 해체될 것이었다. 그때는 흔적도 안 남는다.

리스타랜드.

바닷가 별장에서 이광이 해밀턴, 안학태와 나란히 앉아 바다를 바라보고 있다. 몇 년 동안 셋이 모이면 이렇게 늘 앉던 자리에 앉기 때문에 세월을 느끼지 못하지만 어느덧 셋의 머리에도 흰 머리가 늘어났다.

오늘, 해밀턴이 뉴욕에서 날아온 것이다.

오후 4시 반, 햇살이 푸른 바다 위에 비스듬히 펼쳐져서 표면에 은빛 가루가 뿌려진 것 같다.

이광이 그것을 보면서 말했다.

"바다는 한 번도 같은 모양이 된 적이 없어. 무심하게 보면 다 달라."

이광이 말을 잇는다.

"어제는 물고기가 뛰는 것 같았는데 오늘은 은가루가 뿌려진 것 같군."

"보는 사람마다 또 다르게 보이겠지요."

안학태가 말을 받았을 때 해밀턴이 말했다.

"윌슨이 고대형에 대해서 묻더군요."

이광과 안학태가 바다만 보았고 해밀턴의 말이 이어졌다.

"고대형은 용병으로 CIA에 파견된 후에 큰 작전을 여러 번 맡았습니다. 기록에는 남지 않았지만 엄청난 실적을 올렸지요."

"……."

"윌슨이 그렇게 표현했습니다."

고개를 돌린 해밀턴이 이광을 보았다.

"고대형을 리스타연합의 해외작전국으로 데려오고 싶습니다."

이광이 바다에서 시선을 떼었지만 입은 열지 않았다.

해밀턴이 말을 이었다.

"앞으로 중국 관계 사업에 필요할 것 같습니다."

"미국도 중국을 견제하기 시작하겠지."

"중국의 성장 속도가 너무 빨라서 긴장할 거야."

"그렇습니다. 윌슨도 그 이야기를 했습니다. 미국 독주 시대가 끌려갈 것 같다는 이야기를 했습니다."

"……."

"그래서 한국과의 공조가 더욱 절실하다고 했습니다."

"……."

"한국 정부를 대신해서 리스타가 나서주기를 기대하고 있습니다. 리스타와의 인연을 몇 번이나 강조하더군요."

"고대형이는 지금 어디에 있나?"

불쑥 이광이 묻자 해밀턴의 눈이 흐려졌다.

"예. 지금 유럽 작전을 마치고 아프간으로 들어갔다고 합니다."

"아프간으로?"

이광의 시선을 받은 해밀턴이 쓴웃음을 지었다.

"윌슨은 그곳이 고대형한테 오히려 편안한 곳 같다면서 웃었는데 제 생각에도 피난처 같습니다."

"피난처?"

"예. 산악지역에 들어가면 보이는 건 다 적일 테니까요. 그럼 쉽게 처리할 수 있지 않겠습니까?"

"……."

"다른 도시에서는 피아를 구별하기가 힘들고 주변의 모든 것들이 함정일 수도 있을 테니까요."

"……."

"그래서 암살자 대부분은 일을 마치면 산속, 또는 외딴 곳이나 전장(戰場)에 박혀 있는 경우가 많습니다."

그때 이광이 안학태에게 지시했다.

"고대형을 연합으로 보내도록 하지."

안학태가 고개를 끄덕였다.

"예, 회장님."

"연합의 작전국장으로 임명하겠습니다."

바로 해밀턴이 대답했다.

"자, 여기."

고대형이 배낭에서 1만 불 뭉치 5개를 꺼내 무스타파에게 내밀었다. 계약금이다.

"고맙습니다."

쓴웃음을 지은 무스타파가 두 손으로 돈뭉치를 받았다.

이곳은 아프간, 파슈툰 영지 안의 깊은 산속, 암산 중턱이다.

"넌, 이제 여기서 돌아가."

고대형이 말하자 무스타파가 한숨부터 쉬었다.

아프간 영토에 진입한 지 이틀째가 되는 밤이다.

오전 3시 반, 둘은 암산의 바위틈에서 마주 보고 앉아 있다.

"대장, 괜찮습니까?"

무스타파의 검은 눈동자가 별빛에 반사되어 반짝였다.

무스타파의 시선을 받은 고대형이 빙그레 웃었다.

"괜찮아, 무스타파."

"대장께 말씀드릴 것이 있습니다."

무스타파가 말했을 때 고대형이 고개부터 저었다.

"말할 것 없다."

"제가 정보를 줬습니다."

"글쎄. 말 안 해도 돼."

"제가 안내 맡은 것이 언제든 밝혀질 것인데 입을 다물고 있다가는 불이익을 받게 될 것입니다."

"불이익이라니?"

고대형의 얼굴에 쓴웃음이 번졌다.

"본보기로 제거되겠지."

무스타파가 주머니에 넣었던 돈뭉치 3개를 꺼내 고대형 앞에 놓았다. 3만 불이다.

"2만 불만 받겠습니다. 그것도 많이 받은 셈입니다."

"무스타파, 내가 지금까지 살아남은 것도 조심했기 때문이야. 네가 이러지 않아도 네 등을 쏘지는 않았을 거다."

그때 무스타파가 숨을 들이켰다가 소리 없이 뱉었다.

"죄송합니다, 대장."

"돌아가서 다 이야기해."

"예, 대장."

자리에서 일어선 무스타파가 허리를 깊게 꺾어 절을 하더니 배낭을 둘러메었다.

몸을 돌린 무스타파가 다시 인사를 했다.

"대장, 몸조심하십시오."

바위 뒤로 사라진 무스타파의 기척이 곧 사라지자 고대형이 무릎을 덮었던 모포를 걷었다. 그러자 손에 쥔 브라우닝이 드러났다.

카라치에서 무스타파를 불러냈을 때부터 예상하고 있었다.

무스타파는 고대형을 만난 후에 계속해서 CIA 측에 정보를 주고 있었던 것이다. 길가에 두고 온 소형 트럭도 곧 CIA가 치워 주었을 것이다. 그쯤을 예상하지 못했다면 아까 말한 대로 지금까지 암살자로 살아남지 못했다.

이윽고 고대형도 모포를 개어 배낭에 묶고 그곳을 떠났다. 해가 뜨기 전에 몇 킬로라도 더 나가야 한다.

이광과 안학태가 보트를 타고 낚시를 하고 있다.

오후 4시 무렵, 해안에서 5킬로쯤 떨어진 바다 위.

40피트(12미터)짜리 모터보트 뒤쪽에 나란히 선 이광이 안학태에게 말했다.

"우리가 중국에서 철수하고 사업체를 베트남, 태국, 인도네시아로 이전한 지 5년이 넘었지?"

"예, 완전 철수한 지 6년이 되었습니다."

"등 주석께서 돌아가신 지 3년이 되었군."

이광이 흔들리지 않는 낚싯줄을 응시하며 말했다.

등소평은 1997년 2월에 사망한 것이다. 향년 93세였다. 등소평이 도와주지 않았다면 리스타 사업장은 중국에서 철수하지 못했을 것이다.

그때 이광이 다시 물었다.

"장 주석의 임기는 이제 2년쯤 남았나?"

"예, 2002년 11월에 후계자가 결정될 테니까요."

지금이 2000년 10월이다.

내년 초에 미국 대통령이 취임하고 내후년에 중국 국가 주석이 결정되는 것이다. 격변기다.

"미국이 이제는 중국을 적으로 간주하기 시작했군."

낚싯대를 흔들어 보면서 이광이 말을 이었다.

"그런데 미국과 소련과의 대결에선 우리가 피해갈 수 있었지만, 중국과 대적한다면 우리도 휩쓸리게 되는 거야."

"그래서 후버가 윌슨에게 그런 지시를 했군요."

"미국의 정책이야. 후버뿐만이 아니라 청나라, 일본이 대치했던 구한말 이후로 미국은 한국을 중국이 태평양으로 진출하지 못하게 하는 방어선으로 삼았어."

안학태가 고개를 끄덕였다.

북한도 이미 중국의 동맹국이다. 남한까지 중국에 넘어가면 아시아 대륙은 중국이 석권하게 되는 것이다.

징기스칸의 원 제국은 세계 제국을 건설했지만 이민족이다. 지금의 중화민국은 한민족이 건설한 어떤 왕조보다 광대한 영토를 보유하고 있다. 한,

당, 명, 청보다도 더 거대한 제국이다.

이광이 말을 이었다.

"미국을 대표한 CIA는 리스타의 역할을 기대하고 있는 거야. 고대형은 리스타의 일부분이기도 하지."

그때 안학태가 고개를 들고 이광을 보았다. 굳은 표정이다.

"어떻게 하시겠습니까?"

안학태가 묻자 이광이 바로 대답했다.

"적극적으로 나설 거다."

이광의 얼굴에 웃음이 떠올랐다.

"리스타의 재도약이다. 이번 기회를 위해서 지금까지 리스타가 모든 것을 축적해 온 것이야."

이광이 웃었지만 안학태는 숨을 들이켰다.

수십 년간 이광의 분신처럼 보좌해온 안학태다. 그래서 이번 국제 정세에 '어떻게 하시겠냐고' 물은 것이다. 앞으로 리스타의 대처 방법을 물었더니 이광의 엄청난 의도가 밝혀졌다.

그때 이광이 낚싯대를 거두면서 말을 이었다.

"후버가 잘 지적했어. 한국을 이용해서 중국으로 들어갈 꿈을 꾸었겠지. 구한말에 일본도 그랬으니까."

"……."

"하지만 나는 아니다."

안학태는 이광의 눈이 반짝이는 것을 보았다.

이광이 똑바로 안학태를 보았다.

"나한테 한반도는 지렛대의 받침이야."

"……."

"나는 그 받침대에 지렛대를 걸치고 중국 대륙을 들어 올릴 거다."

그때 안학태의 머릿속에 지렛대로 들어 올려지는 중국 대륙이 보였다. 지렛대를 누르는 이광도 보인다.

동굴에 누워 있던 고대형이 눈을 떴다.

이곳은 타지크족 영내의 바위산 중턱. 무스타파와 헤어진 지점에서 50킬로쯤 동북방이다.

오후 1시 반.

이틀 전에 무스타파와 헤어지고 나서 그날 밤에 10킬로, 어젯밤에 40킬로 정도를 강행군했기 때문에 오전 5시에 이곳에 도착하고 나서 지금까지 잠이 들었던 것이다.

그때 기척이 더 가까워졌다. 조심스러운 발자국 소리. 그러나 이곳은 암반층이 약해서 바위가 잘 부서진다.

바위 부서지는 소리가 다시 들렸다. 그렇다. 이 소리 때문에 깬 것이다.

오른쪽이다. 거리는 30미터 정도. 이곳은 지형이 험해서 손으로 몸을 지탱해야 된다.

그때 사내의 목소리가 울렸다.

"이봐, 다카니, 그만 돌아가자!"

이곳이 타지크 부족 영지인데 파슈툰어다.

바짝 긴장한 고대형이 AK-47에 소음기를 끼웠다.

그때 다른 사내의 목소리가 울렸다.

"여긴 올라갈 수가 없네."

"이런 곳으로 그놈이 왔을 리가 없어."

이제 둘은 멈춰 서서 이야기를 주고받는다.

"그 잡힌 놈이 말한 방향은 이쪽이 아냐. 여기서 더 서쪽이야."

"제3소대 지역이야."

"잡힌 놈이 현금을 2만 불이나 갖고 있었다는군."

"그 돈은 하마드가 먹었겠지?"

"당연하지. 그놈은 소대장이나 참모들한테도 나눠주지 않아."

"돼지 같은 놈. 그런 놈이 중대장이라니."

고대형은 심호흡을 했다.

무스타파가 돌아가다가 잡힌 것이다. 그러고는 다 자백했다. 그래서 아프간 수색대가 이렇게 찾고 다니는 것이다.

무스타파가 예상했던 것보다 동쪽으로 방향을 틀어서 북상한 것이 다행이다.

"내려가자."

사내 하나가 말하더니 다시 바위 부서지는 소리가 났다.

"으앗!"

미끄러지는 소리와 함께 바위가 굴러가는 소리가 들렸다.

사내들이 멀어져 갔을 때 고대형이 동굴에서 나와 바위틈으로 아래쪽을 보았다. 둘이 내려가고 있다. 작업복 차림으로 손에 AK-47을 쥐고 있다.

산악부대다.

놈들이 10미터만 더 다가왔어도 위쪽 동굴이 보였을 것이다.

고대형의 머릿속에 무스타파의 모습이 떠올랐다. 무스타파는 머릿속 정보를 다 토해낸 다음에 처형될 것이다.

고개를 든 윌슨이 정보국장 해롤드를 보았다.

"고대형이 저기까지 간 이유가 뭐야?"

방금 그들은 아프간 타지크 영지의 위성사진을 본 것이다.

풀 한 포기 자라지 않는 험한 산을 수색대가 흩어져 있다.

"무스타파는 고대형이 타지크 영내에서 머물 것 같다고 했습니다. 그쪽 부족장들하고 친하거든요."

윌슨이 고개를 끄덕였다.

고대형은 타지크 족장 쿨리 하카드를 위해 일했던 것이다.

그때 해롤드가 말을 이었다.

"무스타파가 잡혔지만 아프간 측이 빼낼 정보는 없습니다."

"고대형이 잡히면 곤란해지지."

CIA의 상황실 안이다.

방금 윌슨은 해롤드로부터 아프간 타지크 부족 영내에서 일어나는 사건을 보고 받은 것이다. 무스타파가 파키스탄으로 돌아가다가 수색대에 체포되었고 고대형의 수색 작전이 시작되었다는 것까지 다 알게 되었다.

그날 밤은 45킬로를 주파했다. 그래서 타지키스탄 국경에서 40여 킬로 떨어진 산악지대에 진입했다.

이곳은 산에 숲이 우거져서 은폐하기도 낫다. 거기에다 아프간 탈레반 정권의 세력이 거의 닿지 않는 지역이다.

숲속의 나무 등걸에 방수포를 깔고 말린 양고기와 물로 식사를 마쳤을 때는 오전 6시 반. 동쪽 산마루에서 태양이 떠오르고 있었지만 숲에 가려서 부서진 빛살만 들어왔다. AK-47을 옆에 기대 세워놓은 고대형이 눈을 감았다.

해가 지는 시간은 오후 5시 반쯤 되었다.

산속의 일몰은 빠르다. 18시간쯤 자고 일어나 다시 걸으면 내일 아침에는

210

국경에 닿을 것이다.

"아니, 해롤드, 갑자기 무슨 일이오?"

놀란 표정으로 지미 우들턴이 해롤드를 보았다. 용산 미군기지 근처의 카페 안. 그것도 오후 2시 한낮이다.

CIA 정보국장 해롤드가 예고도 없이 서울로 날아와 그것도 시내 카페에서 만나자고 한 것이다.

지미가 앞에 앉았을 때 해롤드가 쓴웃음을 지었다.

"갓뎀잇. 나도 어지간하면 널 만나고 싶지 않았어, 지미 우들턴."

"어지간히 급한 모양이군요, 해롤드."

"내가 20년 전 한국에 근무했던 건 모르지?"

"미군 사령부에 파견되었었지요?"

"알고 있군. 그래서 이 근처는 환해, 어디가 술값이 싼지도."

"여자는 어디가 물이 좋은지도 알겠군."

"값이 많이 올랐다고 하던데."

"해롤드, 나한테 고대형에 대해서 물어봐도 나올 건 없을 거요."

"우리가 고대형을 추적하는 건 아냐."

"추적이나 감시나 같지."

고개를 저은 지미가 해롤드를 보았다.

"좀 그놈을 내버려 둬요, 해롤드."

"그놈은 우리 재산이야. 앞으로 이용가치가 엄청나게 많은 놈이라고."

"리스타에서 빌려온 용병이란 것을 까먹은 모양이군."

"리스타는 우리하고 연합체나 같다는 걸 모르나?"

"필요할 때만 연합체란 말인가? 해롤드, 우리는 그게 문제요."

"고대형이 아프간에서 꿈틀거리고 있는 이유가 하나 드러났어, 지미."

"거기서 고대형이 몸에 붙은 거머리를 다 떼어낸 거요, 해롤드."

정색한 지미가 해롤드를 쏘아보았다.

지미나 해롤드는 아프간에서 3년간 같이 근무한 경력이 있다. 그때 해롤드는 지미의 팀장이었다가 영전을 해서 본부로 갔다.

지미가 말을 이었다.

"안내원까지 잡혔지 않소? 고대형의 추적자는 탈레반 수색대들이 탈탈 털어주겠지."

"고대형이 오사마 빈 라덴과 접촉한다는 정보가 입수되었어."

"오사마하고?"

눈을 크게 떴던 지미가 어깨를 늘어뜨리면서 길게 숨을 뱉었다.

"오사마 놈의 역정보에 걸리셨군. 그놈이 얼마나 교활한지 모르시오?"

"카불에 있던 오사마가 요즘 자취를 감췄어. 그놈이 고대형을 만난다는 정보가 쏟아지고 있어. 오마르 모르게 말야."

"갓댐."

"아프간 탈레반 지도자 물라 모하메드 오마르보다 오사마 빈 라덴이 몇 배나 더 위험한 놈이야."

"고대형은 내가 책임집니다."

마침내 지미의 입에서 해롤드가 바라던 단어가 튀어 나왔다. 그것을 알면서도 말을 뱉은 지미가 해롤드에게 눈을 흘겼다.

"내가 어떻게 해드리면 되겠소?"

타지키스탄의 소도시 마흘랍. 인구 1만도 안 되는 부락이지만 갖출 건 다 갖췄다. 아프간과 우즈베키스탄 국경과도 가까운 도시여서 시장이 2개나 되었고 양과 말 시장이 커서 투르크메니스탄의 양이 열차로 운반되어 온다.

고대형은 양 상인이 되어 있었는데 타지크어에 능통한 데다 용모도 비슷해서 시장 상인과 잘 어울렸다. 타지키스탄에 온 지 사흘째가 되었을 때 고대형은 북쪽 야스니에서 온 '수트레이'로 행세하고 있다.

오후 7시 반.

고대형이 시장 근처의 식당에 들어섰을 때 칼리트가 손을 들어 불렀다. 칼리트는 거간인으로 40대쯤의 비대한 체격이다.

앞쪽 자리에 앉은 고대형에게 칼리트가 말했다.

"어제 온 투르크족 양 상인이 급하다면서 양 150마리를 넘기고 간다는데, 미화로 두당 10달러씩, 1500불이야."

칼리트가 번들거리는 눈으로 고대형을 보았다.

식당 안은 떠들썩한 소음으로 가득 차서 소리를 쳐야만 한다.

칼리트가 말을 이었다.

"달러만 받는다는 거야. 다른 돈은 필요 없고. 어때? 1500불이면 두 배 장사를 할 수 있어."

고대형이 고개를 끄덕였다.

맞는 말이지만, 이놈은 사기꾼이다. 이곳은 무법천지라 살인도 자주 일어난다.

칼리트가 지그시 고대형을 보았다.

"수트레이, 1500불을 주고 그다음 날 두 배로 팔자. 아프간에서 양을 얼마든지 사겠다고 연락이 왔어."

"달러가 없어."

고대형이 고개를 저었다.

"500불도 안 돼."

"그럼 50마리만 사지. 그리고 이익금을 절반씩 나누기로 하고."

칼리트가 끈질기게 붙었다.

"나한테 맡겨. 수트레이, 너는 날 잘 만난 거야."

시장에서 처음 만난 거간꾼이 칼리트였다. 그래서 어제는 칼리트가 주선해서 양 15마리를 샀다가 2시간 만에 팔았는데 70불 정도의 이득을 내었다.

고대형은 절반을 칼리트에게 떼어준 것이다.

"아냐, 칼리트. 난 좀 쉬겠어. 급할 것 없다고."

"그럼 나한테 5백 불을 빌려주게. 내일 10퍼센트 이자를 붙여서 갚을 테니까."

식당 안이 떠들썩했기 때문에 칼리트가 소리쳐 말했다.

"내가 차용증에다 보증인까지 서명을 받아줄 테니까."

고대형이 칼리트의 시선을 받더니 마침내 고개를 끄덕였다.

"무슨 보증인까지. 지금 내 여관으로 가지."

"오! 그래?"

벌떡 일어선 칼리트가 앞장을 서서 카운터로 다가갔다.

식당 골목을 나와 텅 빈 시장을 가로질러 갈 때 고대형이 옆을 걷는 칼리트를 돌아보았다.

양 시장은 짙은 어둠에 덮여 있다. 낮에는 양 떼와 사람들로 가득한 곳이다.

"칼리트, 뒤를 따라오는 둘은 네 친구들이야?"

"응? 아니……."

조금 당황한 칼리트가 어물거렸을 때 고대형이 걸음을 멈췄다.

"같이 가자."

따라서 멈춘 칼리트의 두 눈이 번들거렸다.

"수트레이, 저놈들 알지?"

"알지. 네 부하들 아냐?"

"같이 가도 돼?"

그때 사내 둘이 주춤거리며 다가왔고 고대형이 손짓으로 불렀다.

"어서 와."

사내 둘이 다가와 섰을 때 고대형이 작업복 안주머니에서 브라우닝을 꺼내었다.

소음기를 끼어서 총신이 길다.

"퍽."

꺼내자마자 옆에 선 사내의 이마에 총구를 붙인 고대형이 방아쇠를 당겼다.

"퍽."

첫 번째 사내가 쓰러지기도 전에 두 번째 사내의 옆머리로 총탄이 들어갔다.

고대형이 총구를 칼리트에게 겨누었다.

"네가 날 만난 것은 운이 끝났다는 증거야, 칼리트."

"잠, 잠깐만."

두 손을 펴서 가슴을 가린 칼리트가 울음 섞인 목소리로 말했다.

"수트레이, 나는 진심으로……."

"퍽!"

총탄이 이마를 뚫고 들어가 뒤통수에 아이 손바닥만 한 분화구를 만들어 놓고 빠져나왔다.

고대형이 몸을 돌리면서 혀를 찼다.

이곳 마흘랍에서 당분간 머물 예정이었는데 나흘을 넘기지 못했다.

산악지대인 이곳은 아프간 동부 파슈툰 지역이다.

밤 10시 반이 되었을 때 동굴 안으로 사하브가 사내 하나와 함께 들어섰다.

빈 라덴이 고개만 들자 둘은 잠자코 앞쪽에 앉는다.

벽에 매달아 놓은 석유등 불꽃이 흔들렸다.

빈 라덴은 이곳으로 옮겨온 지 한 달 가깝게 된다.

그때 사하브가 말했다.

"CIA가 찾고 있습니다."

빈 라덴은 시선만 주었고 사하브가 말을 이었다.

"페샤와르에 정보원을 대거 투입했다고 합니다."

"그놈들의 수단은 이제 내가 다 안다."

빈 라덴이 허리를 굽히고는 앞에 놓은 서류를 집었다.

195가 넘는 장신에 체중은 80킬도 나가지 않는 터라 바짝 마른 체격이다.

그때 사하브 옆에 앉은 사내가 고개를 들었다.

"지도자시어, 고대형은 아프간을 떠난 것 같습니다. 타지키스탄이나 키르기스스탄 쪽으로 넘어갔다고 수색대에서 보고를 했습니다."

"수색대가 그놈을 잡으리라고는 애시당초 기대도 하지 않았어."

빈 라덴의 얼굴에 쓴웃음이 떠올랐다.

"그놈은 타지크족을 쿨리 하카드에게 넘겨주고 카불 방송국까지 폭파한 놈이야. 그런 놈이 얼치기 수색대에 잡힐 것 같으냐?"

"오마르 님께서는 고대형에게 1백만 불의 현상금을 걸었습니다."

"돈도 없으면서 왜 그러시나?"

팔걸이에 비스듬히 몸을 기댄 빈 라덴이 사내를 보았다.

사내는 탈레반의 지도자이며 아프간의 통치자인 물라 모하메드 오마르의 보좌관 만수르다.

"만수르, 그놈은 용병이다. 알고 있지?"

"예, 지도자 동지."

"그놈이 CIA에 반발해서 카불 방송국을 폭파한 내막을 언론에 폭로하려다가 말았어, 지미 우들턴하고. 알고 있지?"

"예, CIA가 제거하려 했다가 실패했지요."

"내가 그놈이 이곳에 침투했다는 보고를 받고 페샤와르에 소문을 퍼뜨렸어."

빈 라덴의 얼굴에 웃음이 떠올랐다.

"그놈은 이태리에서 검은 8월의 배신자와 함께 탈출하는 용역을 받고 나오다가 러시아 FSB에 넘겨주고 온 거야."

"……."

"또 CIA가 뒤통수를 친 거지. 그래서 CIA와는 말도 없이 이곳으로 튄 거야. 럭비공처럼 말이지. 내 추측이 맞을 거다."

"……."

"그래서 정보원들한테 소문을 내게 했지. 고대형이 빈 라덴을 만나려고 아프간에 왔다고 말야."

"……."

"그럼 CIA는 말도 안 되는 역공작이라고 하면서도 그 가능성을 체크하겠지. 지금 CIA는 그 가능성에 대해서 수백 명이 머리를 싸매고 있을 거야."

"당연하지요."

사하브가 말했을 때 빈 라덴이 정색했다.

"CIA 정보원 뒤에서 그놈을 찾아. 정보원들이 쏟아져 나왔을 테니까, 그놈들 등 뒤에 붙으면 온갖 정보가 들릴 거다."

가만있는 것보다는 백번 낫다.

얼토당토않은 정보를 흘리더라도 반응한 만큼 이득이다.

닷새 후.

타슈켄트의 버스터미널에서 말쑥한 양복 차림의 사내가 내렸다. 고대형이다.

수염도 싹 밀고 머리도 단정하게 깎은 모습이 이제는 영락없는 동양인이다.

지금까지는 파키스탄, 아프간, 또는 터키인으로도 보였던 고대형이다.

오후 2시쯤 되었다.

트렁크를 3개나 버스에서 내린 고대형이 근처의 택시 운전사를 손짓으로 불렀다. 다가온 택시에 짐을 실은 고대형이 뒷자리에 오르면서 주위를 둘러보고는 문을 닫았다.

한 시간 반 후에 택시가 '아리랑 김치'라는 간판이 붙은 벽돌 건물 앞에 멈춰 섰다. 이곳은 마을 변두리의 건물로 마침 트럭에 김치통을 싣던 서너 명의 사내 중에 한 사내가 택시로 다가왔다.

"아비도스!"

사내가 비명처럼 외치더니 와락 덤벼들었다. 소냐의 동생 미카엘이다.

미카엘이 고대형을 껴안더니 소리쳤다.

"아비도스가 왔어!"

218

공장 안에 있던 나타샤가 뛰어나왔다. 멀리서부터 고대형을 보더니 울음을 내뱉는다. 두 손을 휘저으며 달려온 나타샤가 고대형을 껴안더니 볼에 입을 맞춘다. 나타샤의 몸에서 김치 냄새가 났다.

이어서 여동생 타냐와 남편 코프스키까지 달려 나왔다.

그리고 수십 명에게 둘러싸여 있던 고대형은 뒤쪽에 서 있는 소냐를 보았다. 소냐의 옆에는 유리가.

고대형이 소냐에게 다가가자 사람들이 길을 확 터주었다.

"소냐."

러시아어다.

다가간 고대형이 소냐를 안았다.

그때서야 소냐가 와락 고대형의 허리를 껴안더니 얼굴을 가슴에 묻는다.

그때 주위에서 환호성이 일어났다.

"소냐."

고대형은 다시 이름만 한 번 더 불렀고 소냐는 얼굴을 가슴에 붙이더니 한 번 더 껴안았다.

얼굴을 뗀 소냐는 눈물범벅이 되어 있다.

그 순간 고대형이 팔을 떼고는 소냐의 몸을 보았다. 소냐는 폭이 넓은 치마를 입었지만 배가 부풀었다.

숨을 들이켠 고대형이 물었다.

"소냐, 아이야?"

"그래요, 아비도스."

소냐의 얼굴이 빨개졌다.

둘러선 남자들이 다시 환호성을 질렀다.

배에서 눈을 뗀 고대형이 옆에 선 유리를 보더니 다가가 번쩍 안아들었다.

유리의 얼굴도 상기되어 있다. 그동안 유리의 키가 5센티쯤 자란 것 같다. 떠난 지 7개월이 넘은 것이다.

잔치, 파티다.

미카엘의 아내 카트나 김. 여관 주인이었던 로마노프 조 식구에다 공장 직원, 마을 사람들까지 몰려들어서 그날 저녁에는 50명이 넘는 대가족이 공장 식당에 둘러앉았다.

고대형은 가만있었지만 소냐는 물론이고 미카엘, 타냐까지 고대형, 아니 아비도스를 자랑하고 싶은 것 같다, 나타샤는 말할 것도 없고.

고기와 술이 지천에 쌓였고 먹고 노래하고 춤을 추었다.

모두 밝은 표정이다. 음모를 만들고 함정을 파는 사람은 한 사람도 없다. 고대형도 어느덧 끌려들었다.

남녀가 흥이 일어나자 고려말, 즉 한국어로 대화를 했는데, 고대형은 끼어들고 싶어 몇 번이나 입을 벌렸다가 닫았다, 파키스탄인 아비도스의 정체가 밝혀지면 대소동이 일어날 테니까.

그날 밤.

소냐와 침대에 누웠을 때는 오전 1시가 넘었다.

고대형이 소냐의 부른 배를 손으로 쓸면서 웃었다.

"소냐, 그럼 석 달 후에는 출산을 하겠구나."

"두 달 22일."

소냐가 고대형의 허리를 두 팔로 안으면서 말했다.

"당신이 올 줄 알았어요."

"그런가?"

220

"당신은 내가 아버지 없는 자식을 둘이나 키우게 만들 사람이 아녜요."

"……."

"아비도스, 난 조선인이에요. 조선인은 고향을 떠나 수만리 먼 타국에서 백년이 넘도록 살아도 말과 풍속을 잊지 않고 있어요."

소냐가 번들거리는 눈으로 고대형을 보았다.

"아비도스, 부탁이 있어요."

"말해."

"내 아이한테 조선말 가르칠 테니까 이해해주셔야 돼요."

"……."

"그리고."

소냐의 더운 숨결이 고대형의 턱에 닿았다.

"당신도 조선말을 배우면 좋겠어요, 아비도스."

"그러지."

고대형이 선선히 승낙했다. 난 고대형이다!

그렇다. 카라치로 날아온 것도 다 이것이 목적이다.

페샤와르, 아프간, 타지키스탄을 거쳐 이곳 우즈베키스탄의 김치 공장, 소냐에게 오려고 했던 것이다.

연어가 대양에 머물다가 제가 부화된 강으로 찾아온다던가?

지금 고대형이 저절로 발을 떼어 이곳에 왔다.

그 과정을 정찰한 CIA, 오사마 빈 라덴까지 온갖 추측과 역공작으로 발광을 떨고 있지만, 내용은 이렇게 단순하다.

다음 날 아침.

고대형은 만삭이 된 소냐와 함께 김치공장을 시찰했다. 어머니 나타샤가 안내역을 맡는다.

7개월 동안 김치공장은 타슈켄트 제1의 김치공장으로 발전했다. 무려 하루에 1톤의 김치를 생산해서 우즈베크 전역으로 판매하고 있는 것이다. 공장 직원은 25명. 그동안 여관 건물 뒤에 기숙사까지 지어놓았다. 트럭도 2대를 사놓았고 업무용 승용차도 2대, 김치공장 사장은 소냐 김이고 총지배인은 나타샤 조다.

"내년쯤이면 생산량을 1일 2톤으로 늘릴 거야."

나타샤가 환한 표정으로 창고를 가리키면서 말했다

"카자흐스탄 판로가 뚫리면 더 늘릴 수도 있어. 그러고 나서 유럽으로 진출하는 거지."

고대형의 얼굴에 저절로 웃음이 떠올랐다.

'아리랑 김치'가 리스타처럼 성장할지도 모르는 것이다.

"빈 라덴의 정보력은 뛰어납니다."

해롤드가 윌슨에게 말했다.

"지금까지 일어난 테러 사건을 보면 CIA 내부 정보까지 수집해놓은 증거가 보입니다."

랭글리의 부장보실 안.

이제 윌슨은 부장 대행을 자주 맡는다. 그래서 윌슨의 전결로 끝나는 업무가 많다.

대통령 선거가 한 달 남은 것이다.

그때 윌슨이 물었다.

"고대형이 아프간에서 빈 라덴과 접촉한다는 정보도 그쪽에서 나왔군?"

"예. 빈 라덴은 고대형과 지미 우들턴이 CIA와 갈등을 일으켰다는 사실까지 알고 있습니다."

월슨의 얼굴에 쓴웃음이 번졌다.

"페샤와르에서 빈 라덴의 정보원한테서 들은 말입니다."

이중 정보원이다. 정보원 중에서 이중첩자는 의외로 많다. 이중첩자가 되어야 더 깊숙한 정보를 얻기 때문이다.

입맛을 다신 월슨이 해롤드를 보았다.

"지금 빈 라덴은 어디에 있나?"

"아프간에서 나오지 않았습니다."

해롤드가 애매하게 그렇게만 말했다.

빈 라덴이 작년에 예멘의 테러를 일으키고는 아프간으로 들어간 것까지는 확인되었다.

아프간 탈레반 정권의 지도자 물라 모하메드 오마르에게 오사마 빈 라덴도 은인이다. 탈레반 정권을 적극 후원해서 마침내 아프간을 점령하게 만들었기 때문이다. 그래서 오마르는 집권한 후에 오사마 빈 라덴의 알 카에다 조직을 적극 후원했다.

일정한 거처 없이 동가식서가숙하던 빈 라덴은 아프간으로 들어가 알 카에다 조직을 대폭 확장하는 중인 것이다.

두 과격파 테러 단체인 탈레반과 알 카에다의 동맹이다.

지미 우들턴이 찾아 왔을 때는 고대형이 김치 공장에서 젓갈로 양념을 버무리고 있을 때다. 오후 4시쯤 되었다.

쪼그리고 앉아서 직원들과 함께 무를 썰어놓은 통에다 고춧가루와 새우

젓을 넣고 고무장갑을 낀 손으로 버무리고 있을 때 소냐의 여동생 타냐가 서둘러 다가왔다.

"카자흐스탄에서 구매자가 공장을 보러 왔어요."

공장에서 일한 지 열흘째.

하루에 한 두 번씩 공장을 보러오는 도매상, 수출업자, 수입업자들이 많았기 때문에 고대형은 고개도 들지 않고 일을 했다.

그때 뒤쪽에서 나타샤의 목소리가 울렸다.

"여기서 양념을 만들고 있습니다."

나타샤가 말을 이었다.

"양념 일부는 한국에서 수입하고 있습니다."

거짓말이다. 한국산 새우젓을 1킬로 샘플로 구입했는데 양념했을 때 맛이 기가 막혔지만 가격이 비싸서 포기했다.

그때 뒤에서 구매자의 목소리가 울렸다. 러시아어다.

"과연. 좋은 냄새가 나는군요. 내가 서울에 있어 봐서 압니다."

순간 숨을 들이켠 고대형이 고춧가루에 묻은 무를 두 번 더 버무리고 나서 자리에서 일어섰다.

그때 뒤에서 다시 사내의 목소리가 들렸다.

"서울에서 맡은 김치 냄새하고 똑같습니다."

고개를 돌린 고대형과 지미 우들턴의 시선이 마주쳤다가 떼어졌다.

지미는 이제 말끔한 얼굴에 양복 차림이다. 고대형과 시선을 부딪쳤지만 시치미를 딱 떼고 있다.

지미는 나타샤의 뒤를 따라 양념실을 나갔고 고대형은 반대쪽 문으로 나왔다.

한 시간 후.

마을에서 4킬로쯤 떨어진 골짜기의 바위 위에 두 사내가 나란히 앉아 있다.

옆쪽 길가에는 차 두 대가 세워져 있다.

골짜기에 벌써 어둠이 덮이고 있다.

"여긴 꽤 춥구나."

어깨를 움츠리면서 지미가 파커 깃을 올렸다.

"역시 서울 기후가 나한테는 딱 맞아."

"개소리 치우고."

고대형이 지미를 보았다.

"CIA 지시를 받고 온 거야?"

"내가 자원했어."

"어쨌든 그놈들하고 의논했겠지."

"갓댐잇."

갑자기 지미가 고대형을 노려보았다.

"내가 그랬잖아? 윌슨한테 연락하라고 말야. 왜 연락 않고 아프간으로 숨어 들어간 거냐?"

"숨다니? 아프간으로 힐링하러 간 거다."

"나무도 없는 산속으로 말이냐?"

"거긴 피아가 분명한 곳이야."

"빈 라덴 같은 놈이 숨어있는 테러단들의 소굴이지. 힐링은 개뿔."

"자, 온 목적을 말해."

"우선 리스타연합 사장 해밀턴하고 윌슨이 합의를 했어."

지미가 말을 이었다.

"넌 리스타연합으로 복귀하게 돼. 연합의 해외작전국 국장으로."

"……."

"요직이지. 지금까지 네가 CIA에서 습득한 경험을 리스타에서 유용하게 사용할 기회를 갖도록 한 거야."

"말이 긴 것을 보니 협잡이 있군."

"어쨌든 넌 리스타연합에 신고하도록. 이제는 해밀턴 사장이 기다리고 있어."

"해밀턴이 CIA 시절 윌슨의 상관이었지?"

"CIA 해외작전국장이었지."

"날 계속해서 이용하려고 드는군."

"네가 양념 주무르는 솜씨를 보니까 앞에 앉은 아줌마보다 손놀림, 유연성이 절반도 안 되던데."

"소냐가 두 달 후에 출산해."

"네 집에 있는 개 말이냐?"

"이 개자식이."

눈을 치켜뜬 고대형을 보더니 지미가 벌떡 일어섰다. 얼굴이 굳어 있다.

"미안, 미안, 네 와이프가 말이야?"

"내 첫 아이다, 짐."

"아, 그렇게 되었군. 그래서……."

"난 모르고 온 거야."

"두 달이라고 했어?"

"그래."

"그럼 다음 주쯤 떠났다가 두 달 후에 돌아오면 되겠다."

"……."

"와서 네 아이를 보고 다시 네 직장으로 돌아가야지."

지미가 정색하고 고대형을 보았다.

"형, 여기서 무하고 고춧가루를 버무리면서 살아갈 수는 없잖아?"

빈 라덴이 말했다.

"미국이 내년에 새 대통령 체제로 시작될 때 한 방 터트리는 거야."

아프간의 동굴 안.

앞에는 보좌관 사하브와 측근 야코스, 방금 도착한 정보참모 모크만까지 넷이 둘러앉아 있다.

오후 4시 반이어서 밖은 아직도 환했지만 동굴 안에는 촛불을 여러 개 켜 놓았다.

빈 라덴이 수염으로 덮인 얼굴을 들고 셋을 번갈아 보았다.

"그러면 당황한 미국 정부는 테러와의 전쟁을 선포하겠지만 타깃을 찾지 못할 거다."

빈 라덴의 얼굴에 웃음이 떠올랐다.

"새 대통령은 중동의 반미 연합국과 전쟁을 치르지 못해."

"공화당의 부시가 대통령이 될 것 같습니다, 지도자 동지."

모크만이 빈 라덴의 말을 받았다.

미국 대선이 한 달도 남지 않은 것이다.

모크만이 말을 이었다.

"CIA도 내년 초에 부장이 갈립니다. 후버의 심복이었던 윌슨이 부장으로 승진할 것 같습니다."

"지금도 윌슨 그놈이 다 하고 있어."

고개를 든 빈 라덴이 말을 이었다.

"우리 알 카에다는 지금이 절정기야. 아프간에서 세력을 확장시킨 다음에 미국을 공격해서 위대한 알 카에다의 명성을 세계에 알려야 한다."

"예, 지도자님."

"미국에서 철저한 공격 계획을 세우도록. 시간이 걸려도 상관없어. 자금은 얼마든지 보낼 테니까."

모크만을 응시한 채 빈 라덴이 말을 이었다.

"기밀이 누설될지 모르니까 앞으로는 직접 찾아와서 보고를 하고, 지시를 받아라, 모크만."

"예, 지도자님. 제가 직접 오거나 연락원을 보내겠습니다."

"넌 알라신의 선택을 받은 전사다."

"알라 아크바르."

"알라 아크바르."

신은 위대하다는 복창을 하면서 대답이 끝났다.

정보참모 모크만은 이제 미국으로 들어가는 것이다. 미국에서 현지 작전 책임자로 일하게 된다.

5장 오사마 빈 라덴

모크만이 나갔을 때 빈 라덴이 야코스와 사하브에게 말했다.

"전사는 얼마든지 있어."

빈 라덴의 두 눈이 번들거렸다.

"다만 그 전사를 어떻게 운용하느냐에 따라서 승패가 갈라진다."

"예, 지도자 동지."

야코스가 대답했다.

"정신교육만 잘 시키면 수백 명의 전사만으로도 미국을 붕괴시킬 수가 있습니다."

"일본의 자살 특공대는 무사도(武士道)를 바탕에 깔았지만 우리는 위대한 신(神)과 함께 부딪치는 것이다."

"일본 특공대는 비교가 되지 않습니다."

사하브가 거들었다.

그들은 지금 '자살 폭탄 공격'을 말하는 것이다.

그들이 말하는 전사는 폭탄을 품에 안고 뛰어드는 신(神)의 자식들을 말한다.

빈 라덴도 이미 알 카에다의 전사 수백 명을 신의 자식으로 만들어 놓은 것이다.

"나 사업상 다녀와야 할 일이 있어."

밤, 뜨거운 열기가 아직 식지도 않은 침대 위에서 고대형이 말했다.

고대형의 맨 가슴에 볼을 붙인 채 가쁜 숨을 쉬던 소냐가 잠깐 숨을 멈췄다가 다시 쉬었다.

"몇 달 걸릴 텐데."

소냐의 머리칼을 쓸면서 고대형이 말을 이었다.

"그동안 아이를 낳으면 내가 생각해놓은 이름을 적어줄 테니까."

"……."

"아들이면 이름을 주몽으로, 딸이면 지선으로 해. 그리고 성은 고야."

"고?"

그때 소냐가 고개를 들었다.

고대형의 파키스탄 여권 이름은 아비도스 간샵이다.

고대형이 소냐의 이마에 입술을 붙였다.

"내 본래의 성이 고야. 내가 적어줄게."

그러면 남자는 고주몽, 여자는 고지선이 된다.

지선은 고대형의 죽은 어머니 이름이다. 어머니 이름이 이지선이었다.

그때 소냐가 고개를 들고 고대형을 보았다.

"아비도스, 꼭 돌아와요."

"물론이지."

"이번에는 연락을 해요, 아비도스."

"그러지."

고대형은 소리죽여 숨을 뱉었다.

소냐가 연락처를 달라고 하지 않았기 때문이다.

문득 고대형은 소냐가 다 알고 있는지도 모른다는 생각이 들었다.

다음 날 이른 아침.

고대형은 소냐의 배웅만 받고 집을 나왔다.

추운 날씨여서 소냐는 파커를 여미고 있다. 오전 5시 반이다.

문 앞에 선 고대형이 소냐를 끌어안고 말했다.

"소냐, 돈은 집에 보관하는 게 나아."

"알고 있어요. 엄마하고 상의해서 집 안에 숨겨 놓을 거야. 엄마하고 둘만 알고 있어야 돼."

소냐가 고대형의 가슴에 얼굴을 묻었다.

"돈은 없어도 되는데."

고대형은 다시 소냐한테 20만 불을 주고 간 것이다. 소냐가 펄쩍 뛰었지만 비상금으로 갖고 있으라고 했다.

곧 타슈켄트에서 부른 택시가 라이트를 켠 채 도착했기 때문에 고대형은 소냐의 입을 맞췄다.

"소냐, 내 사랑, 다녀올게."

"꼭 돌아와, 여보."

"그럼."

고대형이 다시 키스했을 때 소냐가 흐려진 눈으로 말했다.

"주몽 고, 지선 고."

자식의 이름이다.

타슈켄트의 버스 정류장에서 기다리던 지미 우들턴이 택시에서 내린 고대형에게 다가왔다.

"카자흐스탄으로 넘어가서 거기서 유럽 쪽으로 날아가기로 하지."

고대형은 배낭 하나만 등에 메었을 뿐이다.

둘은 길가에 주차되어 있는 밴의 뒷좌석에 올랐다.

운전석에 앉은 우즈베크인이 고대형을 보더니 눈인사를 했다.

"함무트입니다."

고대형이 고개만 끄덕였을 때 지미가 소개를 했다.

"우리 요원이야. 국경까지 우리를 데려다 줄 거다."

"고생이 많습니다."

고대형이 인사를 했더니 요원이 백미러로 시선을 맞추고 웃었다.

"영광입니다."

고대형이 눈만 크게 떴을 때 지미가 웃으면서 말했다.

"형, 네가 타지크족 하스란 마문을 제거한 것부터 카불 방송국을 폭파한
것까지 다 안다."

지미가 말을 이었다.

"나폴리 몬트라호텔에서 검은 8월단 단원을 몰사시킨 것 까지 말야."

"갓댐잇."

고대형이 탄식했을 때 지미가 정색하고 말을 이었다.

"그래 놓아야 네가 안전해, 바보야."

"소문은 네가 낸 거야?"

"뭐, 이곳저곳에서. 본부에서도 그런 분위기였고."

"선 오브……."

"다 개자식들이지."

지미가 혼잣소리로 말을 이었다.

"그래야 이 세상을 견디는 거지."

SUV는 국경을 향해 속력을 내었다. 타슈켄트에서 카자흐스탄 국경까지는 얼마 되지 않는다.

파리 근교의 미 공군 기지에 도착했을 때는 오후 5시 반 경이었다.

파리 시내로 들어온 둘은 인터콘티넨탈호텔에 투숙했다.

카자흐스탄의 공군 기지에서 수송기를 타고 그리스 아테네를 거쳐 날아온 것이다.

방에 들어가기 전에 지미가 고대형에게 말했다.

"7시에 리스타연합 해밀턴 사장하고 저녁 약속이 있어."

놀란 고대형의 표정을 본 지미가 쓴웃음을 지었다.

"널 만나려고 이곳까지 온 거야."

7시 정각에 호텔 1층의 양식당에서 기다리던 둘은 다가오는 두 사내를 보았다. 그 순간 지미가 숨을 들이켰다. CIA 부장보이며 차기 부장이 될 윌슨이다.

그 옆의 사내는 해밀턴이겠지. 지미는 해밀턴이 처음이다.

그러고 보니 식당 이쪽저쪽에 앉은 사내들 중 요원들이 있는 것 같다.

윌슨 같은 거물은 미행이 힘들다. 비공식 행차라도 최소한 경호원 20명은 끌고 다닌다.

자리에서 일어선 둘에게 먼저 손을 내민 것은 해밀턴이다.

"나 리스타연합 사장 해밀턴이오."

그러면서 먼저 지미의 손을 쥐었다.

해밀턴의 인사가 끝났을 때 윌슨은 웃음 띤 얼굴로 고대형에게 손을 내밀었다.

"고, 만나서 반갑네."

"반갑습니다."

긴장한 고대형이 고개를 숙였다.

식사 주문을 마쳤을 때 해밀턴이 먼저 고대형에게 물었다.

"들었지? 자네가 연합의 해외작전국 국장에 임명되었다는 것 말이야."

"예, 사장님. 들었습니다."

"그게 사실은……."

해밀턴이 눈으로 윌슨을 가리켰다.

"저 사람의 제안이야. 저 사람이 시켰다고."

윌슨은 눈만 껌벅였고 해밀턴의 말이 이어졌다.

"CIA도 해외작전국이 있어. 나도 작전국 국장이었고. 여기 있는 윌슨 씨도 내 후임 국장이었지. 그래서 리스타에도 해외작전국을 만들어서 서로 공조하자는 꿍꿍이야."

해밀턴의 목소리에 열기가 띠어졌다.

"요컨대 리스타의 해외작전국을 CIA의 해외작전국 산하에 놓고 계열사처럼 부려먹으려는 수작이지. 알겠나?"

알겠다고 대답하면 얼빠진 놈이 되겠지.

그때 윌슨이 입을 열었다.

"리스타는 엄청난 자산을 확보하고 있어. 이것은 CIA보다도 더 단단하고 더 광범위한 기반이야."

윌슨이 똑바로 고대형을 보았다.

"세계 각국에 뻗어있는 리스타 사업장과 수십만 명의 직원이 바로 그것이지. 그것을 우리가 같이 운용하자는 말이네."

"도둑놈 심보인데."

해밀턴도 정색하고 말을 받는다.

"솔직히 리스타가 CIA의 도움을 받는다면 지금보다 몇 배의 성장도 가능해. 우리는 기업체로서 그 제의를 받아들일 수밖에 없었어. 이건 회장님 결정이야."

이번에는 윌슨이 헛기침을 하고 나섰다. 둘의 호흡이 척척 맞는다.

"그래서 지미 우들턴이 CIA 측 파트너로 당신과 호흡을 맞추게 될 것이네."

옆에 앉아 있던 지미가 포크를 내려놓았지만 감히 끼어들지 못했다.

윌슨이 말을 이었다.

"자네가 아프간으로 들어가니까 오사마 빈 라덴이 바짝 긴장을 하고 역정보를 흘렸는데, 그것이 자네의 비중을 나타낸 것이었어. 빈 라덴도 자네를 경계하고 있는 것이지."

해밀턴이 고개를 끄덕였고 윌슨이 고대형을 보았다.

"우리의 목표는 오사마 빈 라덴을 중심으로 한 테러 세력의 뿌리를 뽑는 것과 중국의 견제야."

리스타와 CIA의 목표가 드러났다.

밤 10시 반.

지금은 고대형과 해밀턴이 호텔의 바에서 둘이 술을 마시고 있다. 저녁을 마치고 둘이 먼저 나온 것이다. 윌슨과 지미도 따로 만나고 있겠지.

해밀턴이 위스키 잔을 들고 고대형을 보았다. 정색했지만 눈길이 부드럽다.

"너는 리스타의 계열사 사장으로 위장해서 칭다오에서 활동하도록 해."

"산둥성 칭다오 말씀입니까?"

"그렇다. 그곳에 우리 회사가 있어. 수출 회사인데 리스타의 계열사야. 그곳에 네가 팀원들하고 파견되는 거야."

"……."

"중국 공안의 감시가 철저하기 때문에 새 회사를 만들 수는 없어. 그러니까 일단 네가 사장으로, 간부급 서너 명과 함께 진입하고 인원을 늘리기로 하지."

"……."

"중국에 있으면서 빈 라덴의 행동을 수시로 체크할 수 있을 거야, 중국은 빈 라덴에게는 감옥 안을 들여다보는 것 같을 테니까."

해밀턴의 얼굴에 웃음이 떠올랐다.

"CIA가 착안한 방법이지. 리스타는 여러 가지로 이용하기가 좋은 파트너지."

과연 그렇다.

빈 라덴의 정보원이나 알 카에다 특공대는 중국에서 견디지 못할 것이다. 입출국부터 제약을 받는다. 그러나 리스타는 중국 경제 발전의 기반을 만들어 준 기업이다.

고개를 든 고대형이 물었다.

"저는 고대형으로 나갑니까?"

"아니, 네 새 신분이 생겼다."

해밀턴이 의자 밑에 놓인 가방을 들고 고대형에게 건네주었다.

"여기, 네 새 여권하고 신분증, 운전면허증, 그리고 '센트럴무역'에 대한 자료가 들어 있어. 파리에서 며칠간 쉬고 칭다오로 들어가도록."

다음 날 아침.

고대형이 전화벨 소리에 눈을 떴다.

236

전화기를 쥐면서 시계를 보았더니 오전 7시 반이다.

"여보세요."

영어로 응답했더니 곧 지미의 목소리가 울렸다.

"형, 난 오늘 떠날 건데 나하고 아침 먹으면서 이야기할까?"

"그러지."

고대형이 바로 대답했다.

지미는 2주일도 넘게 자리를 비웠다고 했다.

30분쯤 후에 고대형은 지미와 호텔 뷔페식당에서 아침을 먹고 있다.

둘 다 입맛이 없었기 때문에 접시에는 건성으로 올려놓은 에그 프라이, 소시지 한 토막이 전부다.

"칭다오에서 서울은 비행기로 한 시간이야. 네가 급하면 소리쳐도 들려."

고대형이 잠자코 커피를 한 모금 삼켰고 지미가 말을 이었다.

"빈 라덴 정보는 내가 너한테 전해주게 될 거다. 그놈이 요즘 아프간의 오마르 도움을 받아서 급격하게 세를 불리고 있어."

"빈 라덴의 제거 부대를 중국에 설치하다니, 기발한 작전이긴 해."

"넌 작전국장이야. 총책임자지."

"일이 터지면 책임도 지는 거냐?"

"당연하지."

"그럼 권한도 줘야겠지."

"당연하지."

"CIA 요원도 감시역으로 파견하는 거야?"

"아, 그것도 물론. 연락원 겸 네 보좌관으로 해밀턴 씨하고 협의를 했어."

"갓댐."

"회사 운영에도 경험이 있는 여자야. 너한테 도움이 될 거다."

"여자?"

눈썹을 모은 고대형에게 지미가 어깨를 치켰다가 내렸다.

고대형이 한숨을 뱉었다.

"갓댐. 내 주변의 여자는 모두 죽어 나간다는 거, 너 몰라?"

"그야 암살자 주변에서 몸이 성하기를 바란다면 기적을 바라는 것이나 같지."

"무슨 말을 하는 거야?"

"그래서 네가 소냐를 멀리 떼어놓는 것 아니냐?"

숨을 들이켠 고대형이 입을 다물었을 때 지미가 말을 이었다.

"그 여자는 이미 가 있다고 했어."

"센트럴무역에 말야?"

"비서실장으로 간 지 3, 4일 되었나 봐."

"……."

"사장은 리스타 본부로 영전이 되어서 들어갔고, 계열사지만 직원이 250명에 연간 수출액이 1억 불이 넘는 단단한 회사야."

그것은 어젯밤 고대형도 자료를 보았다. 중국산 의류를 세계 각국에 수출하는 무역상사인 것이다. 중국 측으로서는 가장 고마운 업체에 포함된다.

지미가 서류봉투를 내밀었다.

"네 비서실장 진시몬에 대한 자료다. 머릿속에 박아놓고 자료는 폐기해."

식당에서 나올 때 아예 지미하고 작별한 고대형이 방으로 돌아와 자료를 꺼내 보았다. 먼저 사진이 나왔다. 짧게 자른 머리의 정면 얼굴, 미인이다.

그것도 마음에 들지 않았기 때문에 고대형은 입맛을 다셨다. 왜 주변에

238

미인만 깔리는가?

누가 이런 생각을 안다면 미친놈이라고 하겠지만 진심이다, 사고는 미인한테만 생기니까. 며칠 전에 베르체는 이태리 어느 시골에서 피살되었다. 길가의 자동차 안에서 피살된 채 버려져 있었던 것이다.

진시몬의 약력, 경력이다.

33세, 고대형보다 2살 어리다. 미국 출생, 재미동포 3세. 컬럼비아 경제학 석사. 25세에 CIA 입사. 경제관련 업무 5년. 해외작전국 3년. 28세에 결혼. 30세에 이혼. 가족은 LA에 부모, 달라스에서 부동산 중개업을 하는 오빠 진정호가 있다. 성격 차분. 취미 등산. 업무평가 A급. 현재 CIA에서 팀장급이다.

서류를 덮은 고대형의 머릿속에 문득 소냐의 얼굴이 떠올랐다.

소냐, 약속을 지키지 못하겠구나.

고대형의 새 이름은 박경호다.

35세. 여권에는 한국에서 파리로 온 스탬프까지 찍혔고 오래전에 만든 것이라 입출국 스탬프도 수십 개 보였다.

고대형은 다음 날 저녁에 베이징으로 출발하는 에어 차이나 1등석에 탑승했다. 베이징을 거쳐 칭다오로 가려는 것이다.

센트럴무역은 중국에 남은 리스타상사의 계열사 2곳 중 하나다. 나머지 한 곳은 광동성에 있다. 리스타가 생산기지와 사업 법인까지 다 철수했지만 계열사 2곳은 남겨두었던 것이다.

오전 11시 반.

칭다오 시내 중심가의 커피숍에서 진시몬이 강창수와 마주 앉아 있다.

강창수는 지미 우들턴의 서울지사 소속으로 연락담당관이다. 40대의 강창수는 CIA 요원으로 입사한 지 10년, 경찰 출신인 데다 중국어에도 능통해서 이번 일에 적합하다.

강창수가 웃음 띤 얼굴로 진시몬을 보았다.

"박 사장님이 파리에서 베이징행 비행기에 탑승하셨을 때 제가 한 시간쯤 늦게 출발한 겁니다."

진시몬은 시선만 주었고 강창수가 말을 이었다.

"지금도 박 사장님은 베이징으로 날아가는 중이실걸요?"

그만큼 칭다오에서 서울이 가깝다는 말이다.

숨을 돌린 강창수가 진시몬을 보았다.

"박 사장님이 오시면 맨 먼저 칭다오의 기관장들에게 인사를 다녀야 합니다. 그건 진 실장이 계획을 세우시라는 지시입니다."

이 지시는 CIA에 본부에서 지미한테 온 것이다. 이것을 강창수가 머릿속에 담고 와서 구두로 전하는 것이다. 정보를 흘리지 않으려고 최첨단 기기를 사용하는 CIA도 이런 방법을 쓴다.

강창수가 접힌 쪽지를 진시몬에게 내밀었다.

커피숍에는 그들 둘뿐이다.

"이게 로비 대상자 명단입니다. 외우고 버리시지요."

"알겠습니다."

쪽지를 받은 진시몬이 물었다.

"추가 인원은 언제 옵니까?"

"한 달에 1, 2명씩 교육을 시킨 후에 파견한다고 말씀하셨습니다."

정색한 강창수가 말을 이었다.

"내년 상반기까지 2개 팀이 구성될 것입니다."

2개 팀이면 20명이다.

현재 센트럴무역에는 진시몬과 함께 온 정보팀 3명이 와 있을 뿐이다.

오후 6시 10분.

칭다오 공항 입국 라운지에 서 있던 진시몬이 전광판에 베이징 발 CX147 편에 랜딩 마크가 뜬 것을 보았다.

'암살자 고대형'이 왔다.

그 고대형이 박경호로 변신해서 곧 입국장으로 들어설 것이었다.

그것은 자신도 마찬가지다. '로사 진'이라고 불렸던 재미동포가 지금은 한국인 신분으로 진시몬이 되어 있지 않은가?

앞으로는 개명한 박경호와 진시몬이 작전을 해야 한다.

암살자 고대형은 이미 CIA 해외작전국은 물론 본부에서도 유명해진 인물이다. 진시몬도 고대형에 대한 자료를 읽은 것이다.

아니, 고대형이 진시몬에 대해서 읽은 것보다 3배는 더 자세히 조사했다. 고대형은 살인마다.

타지키스탄의 국경 마을에서는 이유도 없이 양 거간꾼 셋을 머리에 구멍을 뚫어 살해했다. 그런 살인마를 리스타와 CIA는 대중국, 대아랍 테러단 작전의 중심으로 삼으려고 하는 것이다.

그때 게이트 문이 열리더니 입국장으로 사람들이 나오기 시작했다.

박경호는 1등석에 탔으니 먼저 나올 것이다.

고대형은 몰려 서 있는 군중들 속에서 진시몬을 금방 찾아내었다. 신장 168, 체중 52킬로의 아담한 체격이다. 사진으로 본 얼굴보다 더 미인이다.

진시몬도 고대형과 시선을 마주친 순간 주춤하더니 떼지 못한다. 혹시 독사의 눈과 마주친 쥐가 저럴까?

고대형이 그쪽으로 발을 떼었고 그 자세에서 3발짝 거리까지 다가갔을 때 진시몬이 굳은 얼굴을 펴고 먼저 물었다.

이젠 한국말이다.

"박 사장님이세요? 박경호 사장님."

"내 사진 안 봤어?"

고대형이 묻자 진시몬의 얼굴에 쓴웃음이 떠올랐다.

"사진하고는 조금 달라서요."

암살자로 활동하던 시기에 찍은 사진을 보았을 것이다.

지금은 무역회사 사장 행색으로 파리에서 명품 기성복을 사 입고 유명 배우가 다닌다는 미용실에서 머리를 다듬었다.

칭다오 입국장은 좁다. 고대형은 손가방 하나뿐이었기 때문에 둘은 나란히 입국장을 나왔다.

대기시킨 승용차에 나란히 앉았을 때 고대형이 운전사에게 물었다.

"한국인인가?"

"조선족입니다."

30대 쯤의 사내가 백미러를 쳐다보면서 대답했다.

"안기용이라고 합니다, 사장님."

운전사는 차에 앉아만 있었던 것이다.

차가 출발했을 때 진시몬이 말했다.

"회의실에 4시까지 간부 사원들이 모이도록 했습니다."

지금이 2시 10분이다.

진시몬이 말을 이었다.

"간부 사원들의 소개와 인사를 받으시고, 8시에는 칭다오시 부시장 양준 씨하고 저녁식사 약속이 있습니다."

"……."

"며칠 전부터 언제 오시느냐고 연락이 왔고 어제 오후에 오늘 오신다니까 저녁에 만나자고 하셔서요."

"……."

"부시장 양준이 경제담당을 겸하고 있습니다. 외국계 수출업체 중 우리 센트럴무역이 칭다오에서 수출 2위 업체거든요."

고대형이 고개를 끄덕였다.

만난 지 20분도 안 되었지만 진시몬은 차분하고 냉정하다. 충격에 대한 반응도 자제하는 스타일이지만 아직 순발력을 모르겠다. 본부에서 직급이 높은 상관들을 많이 겪었기 때문인지 예의가 바르다. 그리고 사진보다 더 미인이다. 곧은 콧날, 검고 맑은 눈동자, 조금 얇지만 분명하게 윤곽이 그려진 입술.

고대형은 들이켰던 숨을 소리죽여 뱉었다.

전에도 느꼈지만 나는 짐승 같은 놈이다. 새로운 여자를 만나면 금방 전의 여자에 대한 기억이 희미해진다. 이러니 내가 평생 외롭지 않겠는가?

센트럴무역은 칭다오 시내 중심가에 위치한 9층 빌딩 전체를 임대하여 사용하고 있다. 중국이 외국인의 건물 소유를 제한하고 있어서 센트럴무역은 신축 건물을 30년 임대해버린 것이다.

고대형이 8층 회의실로 들어섰을 때 ㄷ자 구조의 테이블에 앉아 있던 간부들이 일제히 일어섰다, 모두 11명. 부장급 이상의 간부들이다. 부장 8명, 이사 2명, 전무 1명이다. 거기에 비서실장 진시몬까지 12명. 진시몬은 이사급이다.

진시몬과 함께 들어선 고대형이 자리에 앉았을 때 전무이사 최인배가 일어섰다. 43세. 리스타에 입사한 것은 7년밖에 되지 않는다. 극동상사 영업 담당 부사장 출신. 영업 능력이 뛰어났고 센트럴무역 전무로 발령을 받은 2년 동안 실적을 50퍼센트나 증진시켰다.

"전무 최인배입니다. 제가 차례로 임원과 간부들을 소개시켜 드리겠습니다."

고대형은 한숨부터 쉬었다.

타깃하고 마주 보는 것이 차라리 더 편할 것 같다.

이들에게 고대형은 어떻게 알려졌는가?

리스타는 대기업이다. 5개 사업 부분이 전 세계로 퍼져나가 각각 현지 법인으로 분파되었다.

한국 국적으로 한국에 직접 세금을 내는 기업체는 이제 20분의 1. 즉 5퍼센트밖에 안 된다. 95퍼센트가 외국 기업인 셈이다.

그래서 다 한국을 떠났느냐?

천만의 말씀이다. 한국 국민으로 해외 리스타 산하 기업체에서 근무하는 임직원은 35만 명이나 된다. 그들이 1년에 한국으로 송금하는 외화가 70억 불 정도가 되는 것이다.

무려 7조다. 한국 1년 예산이 70조 정도인 시기였으니 국가 예산의 10분의 1을 보내는 셈인가?

고대형은 리스타 본부에서 옮겨온 인물로 소개되었다.

리스타 본부 해외 사업부 부장을 맡다가 리스타상사 소속인 센트럴무역 사장으로 옮겨온 것이다.

리스타랜드에 위치한 리스타 본부는 전 세계에 위치한 5개 부분의 사업장 수천 개를 직접 관리하는 곳이다. 시쳇말로 리스타의 청와대다.

그때 고대형이 입을 열었다.

"내가 업무를 익히는 동안 전임 사장의 방식대로 처리합시다."

하나씩 시선을 맞춘 고대형이 말을 이었다.

"나는 당분간 사장으로서 중심을 잡는 역할만 할 겁니다. 잘 지냅시다."

그러고는 자리에서 일어섰기 때문에 모두들 서두르며 따라 일어섰다.

당연한 말을 했는데도 명언(名言) 같다.

부시장 양준을 만나러 가는 차 안에서 고대형이 옆에 앉은 진시몬에게 물었다.

"전임 비서실장한테서 어떻게 들었나?"

그때 진시몬이 힐끗 운전사를 보았기 때문에 고대형이 입맛을 다셨다. 조선족 운전사 안기용이다.

진시몬이 입을 열었다.

"다 인계받았습니다."

전임 비서실장은 서울 사무실로 전출된 것이다.

고개를 끄덕인 고대형이 말을 이었다.

"양준이 우리 회사가 상대하는 가장 고위직 중국 관리인가?"

"예, 그렇습니다."

진시몬이 고대형을 보았다.

"양준 위에 시장 유백상이 있고 시 당서기 채현, 그 위로 산둥성장 위청산, 산둥성 당서기 호준석이 있지요."

"말단이군."

"하지만 기업체로서는 양준이 황제나 같지요."

고대형이 고개만 끄덕였을 때 진시몬이 말을 이었다.

"오늘 간부회의에서 인사말 잘하셨습니다."

"그래?"

고대형의 시선을 받은 진시몬의 얼굴에 희미하게 웃음이 떠올랐다.

"간결하고 의미심장했습니다."

"사장 자리에 연연하지 않으니까."

외면한 채 말한 고대형이 의자에 등을 붙였다.

"모르는데도 파고 들어갔다가는 제대로 망치게 될 테니까."

그것은 욕심 때문이다.

성과에 대한 욕심, 인정받고 싶다는 욕심이 그렇게 만든다.

고대형이 고개를 돌려 진시몬을 보았다.

"나는 그런 면에서는 여유가 있는 셈이니까, 그런 인사말이 나온 것이지."

앞쪽을 향한 채 진시몬이 고개를 끄덕였다.

센트럴무역의 실적이나 경쟁력 등은 고대형의 과제가 아닌 것이다.

"늦었습니다."

약속 시간이 8시인데 8시 8분에 도착한 양준이 활짝 웃는 얼굴로 다가왔다.

"차가 밀려서 늦었습니다."

악수를 청하면서 양준이 떠들썩한 목소리로 말했다.

칭다오 시내 '북경장'의 귀빈실 안.

양준은 40대 중반쯤의 비대한 체격이었는데 비서를 대동하고 있다. 인사를 마치고 원탁에 둘러앉았을 때 양준이 웃음 띤 얼굴로 고대형을 보았다.

"전임 이 사장하고 잘 지냈지요. 박 사장님하고도 좋은 관계를 유지하기 바랍니다."

"그래야지요."

고대형이 따라 웃었다,

양준의 영어는 유창하다. 둘은 영어로 이야기를 하고 있다.

"최선을 다하겠습니다, 부시장님."

종업원이 다가왔기 때문에 주문을 마친 양준이 고대형에게 물었다.

"올해 실적은 이상이 없겠지요?"

올해 센트럴무역의 수출액은 1억 2천만 불이다. 중국산 제품을 수출하는 양을 말한다.

고대형이 고개를 끄덕였다.

"이상 없습니다."

"감사합니다. 그것이 내 평가에도 반영이 되거든요."

"열심히 노력하고 있습니다."

"저희들도 힘껏 도와드리겠습니다."

양준이 웃음 띤 얼굴로 고대형을 보았다.

미국 일리노이대 경영학부 졸업. 산둥성 칭다오시 연구원으로 출발해서 10년 만에 부시장에 오른 것은 아버지가 칭다오시 당 간부를 지낸 공산당 유력자였기 때문이다.

지금까지 센트럴무역 전(前) 사장은 1년에 2번, 5만 불씩을 상납했고 그 대가로 2백만 불 가까운 세금과 수도, 전기료를 면제받았다.

부시장 양준뿐만 아니다. 공안부장, 세무서장, 출입국 관리소장 등에게 나가는 로비 자금은 모두 30만 불 가깝게 되는 것이다. 그러나 그 몇 배 이상의 경비가 절약되었기 때문에 센트럴무역에는 남는 장사다.

요리가 들어왔고 술과 함께 저녁을 먹는다.

오늘은 부임 인사와 함께 로비 자금을 전달할 계획이어서 진시몬은 가방에 현금 5만 불을 넣어 놓았다.

식사가 거의 끝나갈 무렵이다.

술기운에 얼굴이 붉어진 양준이 비서에게 중국어로 말했다.

"허 군, 밖에 나가서 기다리도록."

"예, 부시장 동지."

비서가 수건으로 입을 닦더니 자리에서 일어나 목례를 하고 방을 나갔다.

그때 양준이 영어로 고대형에게 말했다.

"다른 약속이 또 있어서요. 비서에게 연락을 하라고 했습니다."

고개를 끄덕인 고대형이 진시몬을 보았다.

그때 진시몬이 검정색 손가방을 고대형에게 넘겨주었다. 돈 가방이다. 고대형이 돈 가방을 양준의 의자 옆에 놓았다. 자연스러운 동작이다.

"이거, 받으시지요."

"아, 감사합니다."

양준이 웃지도 않고 고개를 끄덕이더니 돈 가방을 자신의 큰 가방 안에 넣고 지퍼를 잠갔다. 쏙 들어가서 흔적도 없다. 자주 해본 일이어서 표정도 변하지 않는다.

그때 먼저 고대형이 손목시계를 보는 시늉을 하면서 양준에게 말했다.

"조만간에 다시 뵙지요. 제가 연락드려도 되겠습니까?"

"언제든지 연락 주십시오."

양준이 가방을 쥐고 일어섰다.

"오늘 만나 뵙고 나서 든든합니다."

손을 내민 양준이 이를 드러내고 웃었다. 만족한 표정이다.

당분간 고대형은 시내 호텔을 숙소로 사용하게 되었고 진시몬도 마찬가지다.

호텔에 도착했을 때는 오후 9시 반경이었는데 운전사를 보내고 고대형
과 진시몬은 로비로 들어섰다.

그때 고대형이 진시몬에게 말했다.

"내 방에서 이야기 좀 하지."

그러자 옆을 따르던 진시몬이 앞쪽을 응시한 채 말했다.

"도청 장치가 있는지 모르니까 로비로 가시죠."

고대형이 고개를 끄덕였다.

방심하면 안 된다. 진시몬은 평범한 비서실장이 아닌 것이다.

로비의 구석 자리에 마주 보고 앉았을 때 고대형이 말했다.

"먼저 운전사를 바꾸도록."

"며칠 후에 요원으로 교체할 겁니다."

진시몬이 웃음 띤 얼굴로 말을 이었다.

"그리고 앞으로 부시장 로비는 제가 해야 될 것 같습니다."

"칭다오 시장하고 당서기 중 누가 접근 가능한가?"

"칭다오 당서기가 등소평의 비서 출신입니다. 산둥성 안의 서열도 높습
니다."

"그럼 은밀하게 그 사람하고의 약속을 잡고, 부임 인사를 하겠다고 해."

전임 사장은 인사도 안 한 것이다.

무역 업무만으로는 부시장 양준이면 충분하겠지만 고대형은 다른 업무
가 있기 때문이다.

"이거, 두 가지 일을 하게 되니까 신경이 쓰이는데."

이맛살을 찌푸린 고대형이 진시몬을 보았다.

"난 기업 경영은 문외한이야. 암살자가 되기 전에는 대학에서 언어학을

공부해서 교사가 되려고 했던 인간이라고.”

“압니다, 보스.”

“지금 보스라고 불렀나?”

“네. 앞으로 보스라고 부르는 게 낫겠습니다. 물론 둘이 있을 때만 말이죠.”

“네 멋대로 하는 스타일은 아니지?”

“아닙니다, 보스.”

“나에 대해서 물론 다 알고 있겠지만 난 결점이 많은 인간이야.”

“임무는 모두 성공적으로 수행했다고 들었습니다. 보스는 이미 우리 조직의 전설입니다.”

“난 리스타 직원 출신이기 때문에 이곳 사장으로 부임한 거야. CIA에서 내 용도를 또 발견한 것이지.”

입맛을 다신 고대형이 지그시 진시몬을 보았다.

시선을 내리고 있는 진시몬의 얼굴이 눈앞에 떠 있다. 아름답지만 다부진 모습이다.

“너를 내 비서실장으로 최측근에 배치시킨 것도 의도적이야. 그런 생각을 해보지 않았어?”

“했죠.”

고개를 든 진시몬이 똑바로 고대형을 보았다.

오후 10시가 되어가는 시간이라 로비는 손님이 드물다. 종업원은 불러야 오는 모양으로 다가오지 않았다.

진시몬이 말을 이었다.

“이런 대화도 예상하고 있었는데 좀 빠르네요.”

“내 주변에는 항상 여자가 꼬여.”

"잘 이용하신 것 같습니다."

"죽어간 여자들이 많아."

"암살자 옆에 있었으니까요."

"이런 임무, 처음인가?"

"처음은 아닙니다. 콜롬비아에서 마약 작전을 할 때 정보 보좌관을 맡았지요. 현장에서 뛰지는 않았습니다."

"좋아. 차츰 알아가자고."

그때 진시몬이 물었다.

"앞으로 바빠질 텐데, 오늘 술 한잔하실까요? 바에서 마시든 보스 방에서 마시든 상관없습니다."

방이다. 고대형의 방으로 올라왔다.

스위트룸이어서 응접실, 회의실, 주방까지 갖춰진 방이었는데 선반에는 위스키가 여러 병 진열되어 있다.

도청 장치 확인을 안 했기 때문에 일 이야기는 못 하게 되었다.

"술은 뭘로 하실까요, 보스?"

재킷을 벗어 소파 한쪽에 놓은 진시몬이 선반으로 다가가며 물었다.

"아무거나."

"안주는 시킬까요?"

"좋지."

진시몬이 전화기를 들더니 룸서비스로 이것저것 안주를 시키고 나서 술병과 잔을 탁자 위에 내려놓았다.

"우리가 만난 첫날에 이렇게 술을 마시게 되네요."

고대형의 시선을 받은 진시몬이 앞쪽에 앉으면서 말을 이었다.

"전 결혼생활 2년 했어요. 떨어져 살았더니 이혼도 실감이 안 나더군요."

"그렇겠지."

"그 뒤로도 남자를 서너 번 만났는데 섹스파트너였죠."

"당연하지. 만나는 남자마다 결혼할 수는 없으니까."

고대형이 잔에 술을 따랐다.

문득 소냐의 얼굴이 떠올랐다. 다음 달에는 출산하게 될 것이다. 소냐의 뱃속에 인연이 들어가 있다.

술잔을 든 진시몬이 고대형을 바라보았다. 시선이 마주쳤고 한동안 떼어지지 않는다. 진시몬의 반쯤 벌린 입술을 본 고대형이 빙그레 웃었다. 번들거리는 진시몬의 눈이 말하고 있다.

태초에 인간의 말이 없었을 때 이렇게 결합했을 것이다.

공안부 제3국은 '대외공작국'으로도 불린다. 물론 자체에서 불리는 명칭이다.

3국장 황비자오는 42세, 칭다오 공안부 간부 중 유일하게 미국에서 대학을 졸업하고 CIA에 입사, 9년간 근무한 후에 중국으로 귀화했다. 그때까지 미국 시민권자였던 것이다. 그리고 나서 칭다오 공안부 수사과장으로 영입되었고, 제3국이 신설되었을 때 초대 국장을 맡았다.

지금 3국장이 된 지 6년. 황비자오는 곧 산둥성 공안부 제3국장으로 영전될 예정이다. 산둥성 공안부의 최고위 간부급이 되는 것이다.

"어젯밤, 박경호와 진시몬이 동침했습니다."

담당 과장 주기봉이 보고했다.

오전 10시, 칭다오시 공안부 청사의 제3국장실 안이다.

주기봉이 말을 이었다.

"사장과 비서실장이 부임 첫날에 깊은 관계가 된 것입니다."

"잘되는군."

황비자오의 얼굴에 쓴웃음이 떠올랐다.

"잘되는 회사야. 한국 놈들은 다 썩었어. 그런데 방에 도청 장치는 설치 못 했나?"

"예. 오늘 중으로 설치할 계획입니다."

고개를 끄덕인 황비자오가 주기봉을 보았다.

"어젯밤, 부시장을 만나 로비 자금을 주었겠지?"

"그건 확인 못 했습니다. 부시장 비서실에서 미리 통제를 했기 때문에요."

"로비 자금 받는 데는 귀신이 다 된 인간이야, 양준은."

황비자오가 목소리를 낮추고 말을 이었다.

"기업체와 당 간부들의 비리를 잡아야 돼. 더 이상 썩으면 안 된다고."

"알겠습니다."

"어쨌든 센트럴무역에 새 사장이 왔으니까 이곳저곳 인사를 다닐 거야. 나한테도 곧 연락이 오겠군."

황비자오가 눈을 가늘게 뜨고 웃었다.

"리스타 본부 출신이라니 만나면 어떤 놈인지 보이겠지."

이미 고대형, 즉 박경호의 인사 서류는 다 입수해놓은 상태다.

"최창민입니다."

오른쪽 사내가 고개를 숙여 인사를 했다.

장신. 말쑥한 용모에 목소리도 굵은 저음. 38세. CIA 서울 지부에서 대중국 관계 정보 수집 업무를 맡다가 이곳으로 전임.

"저는 박국철입니다."

왼쪽 사내가 이어서 인사.

재미동포인 37세. 물론 미국 시민권자로 CIA 근무 11년. 최창민과 경력은 같지만 미국 본부의 해외작전국 소속이었는데 이번에 고대형 소속으로 파견되었다.

이제 작전부의 지휘관급 3인이 배치된 셈이다.

진시몬이 비서실장으로 운영과 계획을 맡고 최창민이 자금부장, 박국철이 관리부장이다. 이것은 센트럴의 직책이다.

서울 CIA 요원이었던 조상규는 운전사 겸 경호팀장급으로 옮겨왔다.

정보, 행동 요원이 한두 명씩 들어오고 있다.

오후 3시 반.

사장실 안에는 고대형, 진시몬까지 넷이 둘러앉아 있다.

사장실 안은 도청 장치를 확인했지만 고대형은 가급적 이곳에서 작전 이야기를 안 한다.

한 번 실수로 다 무너질 수 있기 때문이다.

"잘 왔어."

고대형이 둘을 번갈아 보았다. 최창민은 정보담당, 박국철은 행동대장이다.

"업무 파악을 하도록."

고대형이 느긋한 표정으로 말했다.

"당신들은 영업부를 관리, 또는 보좌하는 역할이야. 기를 살려 주도록 해."

이 말도 진시몬이 조언을 해준 것이다.

칭다오는 청나라 시절에 독일령이었던 곳이다. 그래서 지금도 바닷가에 독일인 저택이 많이 남아 있는데 고대형은 그중 하나를 임대하여 입주했다.

3층 벽돌 양옥으로 건평이 350평이나 되었고 앞쪽에는 정원, 뒤쪽 마당에는 풀장까지 갖춰진 대지 1500평짜리 대저택이다. 방이 18개나 되었기 때문에 진시몬은 자신을 포함한 간부급 요원 12명의 숙소로 사용했고 고대형에게는 3층을 제공했다.

이것이 고대형이 서울에서 맡았던 마약특별수사반을 연상시켰다. 이태원 저택 2층을 마리안과 함께 사용했던 것이다.

적지(敵地)에서 팀은 한곳에 모여 생활하는 것이 이롭다. 흩어지면 경비, 보안에 몇 배의 힘이 들기 때문이다.

입주하는 날 고대형이 참지 못하고 진시몬에게 말했다.

"진 실장, 내가 서울에서 마약특수반 맡았다는 거 알고 있나?"

"압니다."

2층 계단을 오르면서 고대형이 말을 이었다.

"그때 마리안이라고 부팀장이 있었어. 알고 있나?"

"알고 있습니다."

"어떻게 되었는지도 알지?"

"압니다."

2층은 진시몬, 최창민, 박국철 등 간부들의 숙소로 배정되었다.

3층 계단 앞에 멈춰 선 고대형이 진시몬을 보았다.

"난 예감이 빠르고 대부분 들어맞는 편이야. 암살자 출신이라 죽음에 대한 예감 말야."

오후 5시 반. 둘은 숙소를 점검하려고 먼저 온 것이다.

아래층에는 진시몬이 고용한 숙소 고용원들이 집 안 정리를 하고 있다. 저택이 커서 고용원이 8명이나 된다.

고대형이 말을 이었다.

"우리 관계도 정리하는 것이 낫겠어."

"알겠습니다, 보스."

고대형의 시선을 받은 진시몬이 이를 드러내고 웃었다.

"이번에는 일주일 만에 이혼을 하는군요."

"좋았어, 나는."

"저도 행복했어요, 보스."

"갓댐."

"보스의 이번 예감이 맞기를 바라요."

진시몬이 손으로 3층 계단을 가리키면서 말을 이었다.

"혼자 올라가시죠, 보스."

그날 밤 저택의 2층 회의실에서 간부 회의가 열렸다. 오후 9시.

고대형이 먼저 입을 열었다.

"앞으로 영업부 간부들과 자주 접촉해서 소외감을 느끼게 하지 말도록."

모두 머리를 끄덕였을 때 최창민이 입을 열었다.

"삼합회를 이용하여 기반을 굳히라는 지시가 왔습니다."

최창민의 굵은 목소리가 이어졌다.

"칭다오에 있던 삼합회 지부장 천윤이 지난번 마약 운반 사건에 대한 문책성 조치로 난징 지부장으로 옮겨간 후에 새 지부장 오훈삼이 부임했습니다."

"……."

"오훈삼은 홍콩 지부장으로 근무하다가 이곳으로 쫓겨났는데 반정부 시위대에 동조했기 때문입니다."

"……."

256

"그것이 우리 작전 본부를 칭다오에 둔 두 번째 이유입니다."

첫 번째 이유는 칭다오에 리스타 소속의 센트럴무역이 운영 중이라는 것이 될 것이다.

그때 고대형이 물었다.

"한국에 아직도 곽청이 있나?"

"곽청은 베이징 본부로 갔습니다."

최창민이 바로 대답했다.

"사장님이 서울에서 겪으셨던 곽청 일당은 모두 중국으로 귀국했습니다."

자리에서 일어선 최창민이 고대형 앞에 서류를 놓았다.

서류 왼쪽에 사진이 붙여졌고 오훈삼이라고 영어로 적혀 있다. 오훈삼에 대한 자료다.

호남형 용모다. 180센티에 80킬로그램의 체중. 44세. 홍콩 출생. 24세 때 '홍콩 삼합회'에 가입. 독자적인 홍콩 삼합회에서 신계 지역 지부장까지 지내다가 중국에 홍콩이 반환되면서 삼합회 홍콩 지부장이 되었다.

그러다 두 달 전에 칭다오 지부장으로 옮겨 온 것이다.

"오훈삼을 잡는 것이 최우선 과제입니다."

최창민이 말을 이었다.

"오훈삼은 아직도 홍콩에 막강한 영향력을 갖고 있습니다."

본부의 계산이다.

고개를 든 고대형이 간부들을 둘러보았다.

"서둘지 마. 계획은 철저하게 세우고 행동은 빨리하는 거야."

이것은 암살에도 마찬가지다. 방아쇠 당기는 시간은 1초밖에 안 걸린다.

이제 타깃은 분명하게 세워졌다.

중국 관료 체제에 깊숙하게 침투하는 것. 두 번째는 삼합회 불만 세력을 흡수하는 것, 삼합회 조직을 손 안에 쥐는 것이다.

"박아두는 거야."

후버가 눈을 가늘게 뜨고 윌슨을 보면서 말했다.

지친 표정이다. 전에는 가늘게 뜬 눈빛이 강했는데 지금은 흐리다.

뉴욕의 안가 안. 어두운 실내에서 둘이 마주 앉아 있다.

다시 후버가 말을 이었다.

"그놈들이 삼합회 조직을 끌어들이든, 부패한 관료들을 끼고 조직을 이용하든, 모두 우리한테 득이 될 테니까."

둘은 지금 고대형의 조직에 대해서 말하는 중이다.

"만일 사고가 일어나도 우리 대신 리스타가 당할 테니까."

"오훈삼이 홍콩에서 칭다오로 좌천된 것은 엄청난 충격이었을 것입니다, 부하들도 다 두고 몇 십 명만 데려갔다고 하니까요."

"부하들이 모두 홍콩에 생활기반을 둔 놈들인데 그 바닷가 후진 동네로 따라갈 수 있겠냐?"

"오훈삼이 다시 돌아오겠다고 부하들한테 약속을 했다는데요."

"제가 무슨 맥아더라고. 맥아더는 필리핀을 떠날 때 든든한 배경이 있었어."

"고대형이 암살은 잘했는데, 이번 작전은 좀……."

"리스타 직원으로 CIA 일을 해줄 놈이 어디 있는데? 다 큰일을 맡아서 떠나갔고 고대형뿐이었잖아?"

"하긴 그렇습니다."

"그리고 고대형만큼 우리 일을 여러 가지 맡아서 처리해준 리스타 직원도 없었다."

윌슨이 고개만 끄덕였고 후버가 말을 맺는다.

"어쨌든 고대형을 박아두기만 해도 성공이야."

"곽청에 대해서 알아봐."

다음 날 아침.

3층으로 최창민을 부른 고대형이 지시했다.

"내가 그 친구하고 같이 작전을 해봤는데, 좀 통했어."

"베이징에 있다니까 찾아보겠습니다."

"그 친구를 끌어들이면 일이 풀릴 것 같다는 생각이 들어."

"만일 어긋나면 문제가 커질 텐데요."

"같이 사업을 하면서 끌어들일 수도 있지."

"알겠습니다. 베이징에도 요원이 있으니까 연락해보겠습니다."

최창민이 자리에서 일어나 응접실을 나갔을 때 고대형이 전화기를 들었다.

2층의 진시몬에게 거는 것이다. 진시몬은 3층으로 부르지 않는 것이다.

진시몬이 전화를 받았을 때 고대형이 말했다.

"나 서울에 다녀올 텐데, 별일 없지?"

"며칠간 가실 건데요?"

"3박 4일 정도."

"별일 없습니다. 일이 있으면 비행기로 1시간 거리니까 바로 연락드리지요."

진시몬이 사근사근 말했다.

"오늘 출발하실 예정입니까?"

"오후 2시쯤 출발하는 비행기 편으로."

"예, 사장님."

오전 10시 반이다.

출장 목적은 말하지 않는 것이 정상이다.

그 시간에 삼합회 칭다오 지부장 오훈삼이 베이징에서 온 회장 고문 윤한을 만나고 있다.

칭다오 중심부에 위치한 국제 빌딩 안.

"오 형, 지금은 마약 사업이 잠정 중단되었지만 곧 다시 시작할 거요."

윤한은 50대 중반으로 회장 강방원의 측근이다.

반백의 머리에 항상 웃는 얼굴이지만 교활해서 여우라고 불린다.

윤한이 말을 이었다.

"반년만 기다리면 다시 미국으로 마약이 들어갈 것이고, 이곳 경제도 활성화 될 거요."

이곳 경제란 삼합회 경제를 말한다.

그때 오훈삼이 고개를 들었다.

"윤 대인, 이곳에 오신 목적은 뭡니까? 날 위로해주시려는 겁니까?"

"아니, 그게 아니라."

쓴웃음을 지은 윤한이 말을 이었다.

"칭다오 지역이 홍콩 못지않다는 것을 알려드리려는 거요."

"내가 지금 어떤 분위기인지를 알려고 오신 것이겠지."

"오 형, 지금이 어려운 시기요. 홍콩을 회수한 지 얼마 안 되는데, 오 형이 데모대를 지원했으니 회장님이 당황하신 건 당연한 일이 아니오?"

"아니, 중국군이 시장을 봉쇄하고 가게 문을 못 열게 하는 걸 두고 보란 말입니까?"

"그거야, 데모대가 그쪽을 점거하고 있는 상황이라……."

"그만둡시다."

말을 자른 오훈삼이 의자에 등을 붙였다.

오훈삼의 삼합회 홍콩 지부 회원들은 데모대의 앞장을 서서 이끌었다. 반정부 데모다.

그것을 보고 받은 삼합회장 강방원이 서둘러 오훈삼을 칭다오 지부장으로 보낸 것이다.

그때 윤한이 정색했다.

"오 형, 내가 당분간 이곳에 머물면서 일을 도와드리겠소."

이것이 윤한이 칭다오에 온 목적이다.

서울. 고대형은 서울에 도착하자마자 시청 근처의 안가에서 지미 우들턴을 만났다.

"네가 지난번에 삼합회를 겪었으니까."

지미가 그렇게 말을 꺼냈다.

쓴웃음을 지은 지미가 말을 이었다.

"지금까지 삼합회는 중국 정부의 선봉대 역할을 해왔지만, 반발 세력이 당연히 드러나겠지, 오훈삼처럼 말야."

"시간이 걸리는 작업이야."

고대형이 말하자 지미가 고개를 끄덕였다.

"이틀 전에 윌슨의 연락을 받았는데 서두르지 말라는 지시였다."

"갓댐. 이제는 내가 중국 정부의 알 카에다가 되었군."

"넌 거기서 빈 라덴의 알 카에다 작전도 해야 돼."

"스무 명으로 말이야?"

"소수 정예지. 우리 지부에서도 정예만 뽑아갔다."

지미가 탁자 위에 놓인 서류를 건네주면서 말을 이었다.

"오훈삼은 곧 삼합회에서 제명될 거야. 거기, 중국 공안총부장 후영천과 삼합회장 강방원이 나눈 대화를 도청한 테이프가 있어. 후영천은 제명당한 오훈삼을 암살하겠다고까지 했어."

"……"

"강방원은 제명하겠다고 약속했고."

"이걸, 오훈삼에게 들려주란 말야?"

"그건 네가 판단할 일이고. 나는 정보를 주는 거다."

"갓댐."

"서둘지 말고."

"차라리 거물들을 암살하는 것이 이보다 10배는 쉽겠다."

"그렇겠지."

"로비 자금은?"

"얼마든지. 지금 예산이 2천만 불 확보되어 있어."

"돈이 아깝군."

"네가 펑펑 써도 돼."

점점 작전이 구체적으로 진행되면서 고대형은 긴장감을 떨칠 수가 없다. 그때 고개를 든 고대형이 지미를 보았다.

"내가 일주일쯤 진시몬하고 같은 방을 썼어."

"너야 그런 놈이니까."

지미가 당연한 일 아니냐는 표정으로 고대형을 보았다.

"아마 본부에서도 예상하고 있을 텐데, 왜 그래?"

"진시몬이 내 감시역이지?"

262

"아마 그럴 거야. 내가 너하고 밀착되어 있으니까 그 여자한테서 네 정보를 받을 거다."

"그 여자 한국인이냐?"

"무슨 말야?"

"한국에 대해서 애정을 품고 있냐고 물은 거야."

"웃기고 있네."

코웃음을 친 지미가 고대형을 흘겨보았다.

"미국이 어떤 나란데? 러시아 이민자한테 '너, 러시아 사랑해?' 하고 물어봐라. 이태리 이민자한테 '너, 이태리 갈래?'라고 물어보고. 한국도 마찬가지여. 그 여자는 미국 애국자다."

지미의 입가에 게거품이 일어났다.

"어때?"

지미가 고대형에게 물었다.

이곳은 서울 강남의 룸살롱. 지미가 고대형을 데리고 온 것이다.

오후 8시 반, 방 안에는 넷이 둘러앉아 있다. 지미, 고대형과 아가씨 둘.

지금 지미는 고대형에게 옆에 앉은 아가씨가 어떠냐고 물은 것이다.

"신이 이런 미인을 창조해놓은 것에 감탄한다."

고대형이 정색하고 말했다.

"나는 미인만 만나왔지만 이런 미인은 처음이다."

"그게 네 최고의 찬사 같군. 네 표현력으로는 말야."

"그래. 더 이상은 표현 불가능이다."

여자들은 둘의 이야기를 들으면서 생글거렸는데 영어를 이해하기 때문이다.

고대형이 옆에 앉은 아가씨에게 물었다.

"넌 얼마냐?"

대뜸 그렇게 물었지만 여자는 바로 대답했다. 둘은 한국말로 대화하고 있다.

"예, 50만 원입니다."

"5백 불이 넘는구나."

"네, 사장님."

"요즘 한국에서 직장인 월급이 얼마냐? 대기업 사원 평균으로."

"월 1백만 원 정도입니다. 과장급은 1백5십만 원쯤 되더군요."

"그럼 넌 하룻밤에 과장 월급의 3분의 1을 받는 건가?"

"네."

"그만한 가치가 있는 건가?"

그때 고대형의 시선을 받은 아가씨가 다시 소리 없이 웃었다.

"제가 보기에는 서비스 요금이 경기에 따라 올라가고 내려가는 것 같습니다."

"지금은 경기가 좋은 거야?"

"네, 계속 저희들의 가격이 올라가고 있으니까요."

"좋은 현상이지?"

"그럼요. 인플레를 걱정하지만 지금은 만족하고 있어요."

"갓뎀."

그때 지미가 물었다.

"무슨 이야기냐?"

"이 아가씨하고 경기 이야기를 했어."

"오늘밤 데리고 나갈 이야기 아니었어?"

"그거야……."

"이 천사 같은 아가씨하고 같이 지낼 거지?"

"아니."

고대형이 지그시 아가씨를 보았다.

"저쪽에 이런 룸살롱을 하나 만들면 좋을 텐데. 장사도 하고, 이용도 하고."

혼잣말처럼 말했지만 지미가 들었다.

"과연."

고개를 끄덕인 지미가 말을 이었다.

"중국은 경제가 일어나면서 유흥업소가 늘어난다고 하던데."

"지천에 깔렸는데 이런 고급스러운 룸살롱은 아직 못 봤어. 아마 겁이 나서 못 만드는 것 같아."

"곧 이보다 더 호화롭게 만들겠지. 그놈들 스케일이 크잖아?"

고개를 끄덕인 고대형이 웃음 띤 얼굴로 아가씨를 보았다.

"네 덕분에 사업 아이디어가 하나 떠올랐다."

"그럼 저 오늘 데리고 나가시는 건가요?"

"아니. 하지만 데리고 나가는 값은 주지."

술잔을 든 고대형이 말을 이었다.

"너한테는 돈이 아깝다는 생각이 안 든다."

밤 10시 반, 호텔로 돌아온 고대형이 씻고 나왔을 때 문에서 벨소리가 났다.

한국은 고대형에게 세상에서 가장 안전한 곳이지만, 고대형이 아직 주머니에 넣어둔 스미스 앤 웨슨을 꺼내들고 문으로 다가가 한국어로 물었다.

"누구요?"

"저예요."

여자 목소리다. 놀란 고대형이 곧 그것이 정유미의 목소리인 것을 깨달았다.

특수팀의 팀원이었던 정유미.

문을 열자 정유미가 고대형의 시선을 받고 활짝 웃었다.

"안녕하셨어요?"

"여긴, 웬일이야?"

둘의 말이 거의 동시에 나왔다.

정유미가 후사코와 함께 후쿠오카로 도피한 후에 사건은 종결되었다. 그래서 무사한 줄은 알았지만 소식은 듣지 못하고 있었던 것이다. 아니, 알려고 하지 않았다고 표현하는 것이 맞다.

"들어와."

일단 정유미를 방으로 들인 고대형이 눈썹을 모으고 노려보았다.

"어떻게 된 거야?"

"룸살롱에서 팁을 5백 불이나 주고 아가씨를 데려오지 않으시다니요."

"그렇지."

고대형이 어깨를 늘어뜨렸다.

"지미 우들턴 선오버비치."

"제가 서울지부에서 근무하는 거, 모르셨어요?"

"모르고 있었어. 갓댐잇."

"지부장이 말씀한 줄 알았는데."

"그놈이 널 어떻게 해보려고 그러는 거 아냐?"

"그럴 리가요? 제가 보스 여자인 줄 뻔히 아는데."

"지저스."

"저 오늘 밤 자고 가도 되는 거죠?"

"넌 이미 이 방 주인 행세를 하고 있어."

"씻고 나올 테니까 술상 좀 차려 놓으세요."

"그러지. 마담, 술은 뭘로 할까?"

"위스키. 안주는 룸서비스로 시키세요."

욕실로 다가가면서 정유미가 말을 이었다.

"저, 3일 휴가 냈어요.

위스키 잔을 든 정유미가 붉어진 얼굴로 고대형을 보았다.

"제가 보스하고 연락 담당을 맡았어요."

"옳지."

고대형이 그렇게 대답은 했지만 건성이다.

지미가 그렇게 만든 것이 당연하다. 연락 담당으로 정유미만 한 적임자

가 없는 것이다.

"이번에는 작전이 엄청나게 크더군요."

정유미가 말을 이었다.

"이렇게 다시 보스하고 일하게 되어서 좋아요."

"넌 여기서 일하면 돼."

한 모금에 술을 삼킨 고대형의 두 눈이 번들거렸다.

"나하고 간격을 두는 것이 이롭다."

"후사코는 대마도를 정리하고 후쿠오카에 살아요."

"……."

"일주일에 한 번은 꼭 연락을 해요."

"……."

"통화할 때마다 보스 이야기는 빼먹지 않아요."

"갓댐."

"갓댐."

따라서 욕한 정유미가 낮게 웃었다.

"후사코도 그 욕을 해요, 보스한테서 배웠다고."

"닥쳐."

그때 한 모금 술을 삼킨 정유미가 물었다.

"보스, 내일 하루는 동해 쪽으로 갈까요?"

시선을 든 고대형에게 정유미가 다시 물었다.

"내일은 바닷가에서 쉬어요. 내가 피로를 싹 풀어 드릴 테니까."

"서울 출장이야?"

눈썹을 모은 황비자오가 주기봉을 보았다.

오전 9시, 칭다오시 공안부 청사 안.

"언제 갔는데?"

"어제 오후 2시 비행기로 출발했습니다. 출국자 명단에서 체크되어서 어제 오후 3시에 공안부로 통보했더군요."

그것을 오늘 아침에 보고한 것이다. 정상적으로 보고 체계가 가동된 셈이다.

지금 둘은 센트럴무역의 사장 박경호에 대해서 이야기하는 중이다.

"언제 돌아오나 물어보고 내가 만나자고 한다고 연락해."

"알겠습니다."

"박경호는 전임 이 사장보다 배경이 든든한 것 같던데."

268

"예. 전임 이 사장은 본부 라인이 아닙니다. 이번 박 사장은 본부인 리스타랜드에서 왔습니다. 회장 직속 라인이죠."

주기봉은 담당 과장으로 센트럴에 몇 번 방문도 한 것이다.

황비자오는 전임 이 사장하고 서너 번 만난 적이 있다. 그러나 주로 행사 때여서 긴 이야기는 하지 않았었다.

그때 주기봉이 말했다.

"한국에서 돌아오면 바로 만나도록 하겠습니다."

오전 9시 반.

호텔 2층 식당에서 뷔페로 아침을 먹은 고대형이 정유미와 방으로 들어서면서 말했다.

"내가 두 시간 후에 돌아올 테니까 준비하고 있어."

"어디 가시는데요?"

"비밀이야."

그러고는 고대형이 빙그레 웃었다.

"하지만 너한테는 알려줄게."

"지부장한테도 비밀인가요?"

"아직."

"아직이라면 나중에 밝혀져도……."

그 순간 고대형이 손가락으로 정유미의 입을 막았다.

방문 앞이다. 키를 넣고 방 안으로 들어선 고대형이 말을 이었다.

"칭다오의 센트럴무역은 테러공작소가 될 거다."

정유미의 허리를 당겨 안은 고대형이 이마에 입술을 붙였다.

"그러기 위해서는 기반이 필요해. 그 기반을 내가 만들려는 거야."

10시 5분.

"아이구, 반갑습니다."

서울 경찰청 마약부장실 안.

기다리고 있던 강기준 경무관이 반색을 하고 고대형을 맞는다. 방 안에는 홍근태 경정도 있다. 인사를 마친 셋이 자리에 앉았을 때 강기준이 상기된 얼굴로 고대형을 보았다.

"유럽 쪽으로 떠나신 것으로만 알았는데, 잘 끝나신 것 같군요."

"예, 잘 끝냈고 또 시작했습니다."

그 순간 둘의 얼굴이 금세 굳어졌다.

"또요?"

강기준이 그렇게 묻더니 심호흡부터 했다. 배에 힘을 넣고 듣겠다는 시늉이다. 홍근태는 아예 숨을 죽이고 있는 것 같다.

그때 고대형이 말했다.

"마약 사업은 아닙니다."

"……."

"그리고 이 사업이 당장은 한국과 관계가 있는 것도 아닙니다."

"……."

"거기에다 지금 당장, 서너 달 후, 또는 1년 후를 바라보는 사업도 아닌 장기전입니다."

"……."

"그때는 한국에 영향이 오겠지요. 가장 빨리, 그리고 가장 크게 말입니다."

"지금 어디 계십니까?"

마침내 참다못한 강기준이 물었을 때 홍근태가 입 안에 고인 침을 삼켰다.

270

고대형이 둘을 번갈아 보았다.

"서울 CIA 지부장이 내 지원 책임자지만, 그 친구한테도 비밀로 하고 이곳에 온 겁니다."

"……."

"난 CIA 지도부의 특명을 받고 칭다오의 리스타 계열사 센트럴무역의 사장에 취임했습니다."

"……."

"임직원 250여 명에 작년 중국 제품 수출액이 1억 불인 우량 회사지요. 중국 정부의 각별한 신임을 받고 있습니다."

"……."

"그곳에 중국 정부 내부의 교란, 체제 분열, 반정부 조직, 폭력 조직 양성 등을 목표로 활동하는 것이지요."

그 순간 둘의 얼굴이 누렇게 굳어졌지만, 이제는 고대형의 말이 거침없어졌다.

"이게 CIA의 방침입니다. CIA가 리스타에 압력을 넣어서 공동 작전을 만든 것이죠."

"……."

"내가 적지에 떨어뜨린 특공대 사령관이 된 셈이고요."

고대형의 얼굴에 웃음이 떠올랐다.

"나는 이 상황을 한국 정부 측에 알려줘야 한다고 생각했습니다. 도움을 받으려는 것이 아니라 '대비 차원'에서 말입니다."

그때 숨을 들이켠 강기준이 커다랗게 고개를 끄덕였다.

"이해합니다."

"두 분하고 대통령까지 셋만 알고 있으면 좋겠는데, 어떻게 생각하십니까?"

강기준이 웃지도 않고 다시 끄덕이더니 고대형을 보았다.

"맞습니다. 윗선에다 이야기했다가는 정치권으로 흘러들어가게 되면 첫째로 고 선생이 위험해질 테니까요."

"250여 명이 다 공안에 잡혀서 간첩죄로 처형당할 겁니다."

고대형이 얼굴을 펴고 웃었다.

"CIA는 틀림없이 오리발을 내밀고, 애꿎은 리스타 임원들만 당하게 되는 것이지요."

"일단 우리 둘이만 알고 있지요. 아직 시간이 있다니까요."

"그래서 말씀인데요."

고대형이 목소리를 낮췄다.

"부장님의 진급도 내 작전 계획에 넣겠습니다. 내가 CIA에서 받은 로비 자금이 엄청나거든요."

강기준과 홍근태가 입만 떡 벌렸을 때 고대형이 말을 이었다.

"부장님이 경찰 총수가 되시고 홍 팀장이 부장으로 될 때쯤, 작전이 무르익어 갈 때가 되지 않겠습니까?"

이것이 고대형의 한국 방문 목적이다.

정유미는 CIA 지부의 의전용 벤츠를 끌고 나왔다. 직접 운전을 하고 나온 것이다. 물론 지부장 지미 우들턴의 허가를 받았다.

정유미가 얼굴이 두껍다기보다 적응력이 빠르다고 할까?

의전용 차가 5대나 있는데 겸손을 떨 이유가 없지. 그래서 제일 좋은 신형 벤츠를 끌고 나왔다.

"무슨 이야기 했어요?"

서울 톨게이트를 벗어났을 때 정유미가 마침내 물었다.

평일이어서 벤츠는 1차선 고속도로를 날아가듯이 달려가기 시작했다.

고대형이 손을 뻗어 정유미의 스커트를 젖히고 허벅지를 애무했다. 마치 말해줄 테니까 좀 만지자는 시늉 같다.

"경찰청에 들어갔어."

놀란 정유미가 허벅지는 놔두었고 고대형의 말이 이어졌다.

"미리 한국에도 포석을 깔아놓은 것인데, 내가 경찰 도움을 받을 일이 있다면 너한테 연락을 할 거야."

그러고는 고대형이 강기준과 홍근태에게 말한 내용을 알려주었다.

만지는 데 열중해서 한 번 한 말을 또 한 적도 있었지만, 정유미는 열심히 들었다.

동해안. 속초 바닷가의 민박집에서 고대형이 마루에 앉아 정유미에게 말했다.

"너 결혼은 언제 할래?"

앞쪽 열린 대문 밖에 서 있던 정유미가 고개를 돌렸다.

독채로 빌렸기 때문에 집에는 둘뿐이다.

"지금 했잖아요?"

몸을 돌린 정유미가 마당으로 들어섰다.

12월 중순, 맑은 날씨다.

터틀넥 분홍빛 스웨터와 진바지를 입은 정유미의 모습을 본 고대형이 눈을 가늘게 떴다. 눈이 부셨기 때문이다.

"뭐라고 했어?"

"지금 결혼했다고요."

"누구하고?"

"보스하고."

다가온 정유미가 고대형의 옆에 바짝 붙어 앉았다.

마루에서도 바다가 보인다. 대문에서 50미터만 내려가면 바다다.

"그래요. 결정했어요."

고대형의 팔짱을 낀 정유미가 머리를 어깨에 붙이면서 말을 이었다.

"한국이 중국을 먹었을 때 결혼하기로."

고대형은 앞쪽만 보았고 정유미가 길게 숨을 뱉었다.

"역사는 되풀이된다고 하죠? 한반도 역사가 이번에는 거꾸로 가게 될까요?"

"……."

"대륙에서 밀려온 중국 놈들에게 짓밟히고, 바다 쪽에서 넘어오는 일본 놈들한테 수시로 당했다가 이번에는 밀고 올라가나요?"

"그런 셈인가?"

"미국의 주도하에 이루어지는 건가요?"

"그것을 내가 이용하려는 거다."

"엄청난 계획이죠?"

"무모하게 보이겠지."

"하지만 시도해볼 만하잖아요?"

"그렇지."

고대형의 얼굴에 웃음이 떠올랐다.

"너 사랑스럽다."

"방으로 들어갈까요?"

"왜?"

274

"사랑하러."

"갓댐."

"사랑해요."

"중국은 고구려를 중국사에 편입시켰고, 한국은 수천 년간 중국령이었다고 선언하고 있어."

"이제는 한민족이 중국을 지배할 때가 된 거죠."

"몽골은 10만도 안 되는 군사로 세계를 정복해서 중국에 원나라를 세웠고, 청은 20만 정도의 여진족으로 중국 대륙을 석권했다. 지금까지 천여 년을 한반도가 속국과 식민지로 이어온 것이 원통하다."

"보스가 황제가 되세요."

"갓댐."

고대형이 정유미의 허리를 당겨 안았다.

"난 암살자야. 틀만 세워놓고 나머지는 정치인에게 맡겨야 돼."

다음 날 오후.

칭다오 사무실로 출근한 고대형에게 최창민이 보고했다.

"곽청은 베이징에서 자문관 직책을 맡고 있는데 휴직 상태입니다. '서울 작전'의 평가가 좋지 않았기 때문이라고 합니다."

사장실은 매일 담당이 도청 체크를 하지만 둘은 창가에 나란히 서서 이야기를 한다.

최창민이 말을 이었다.

"곽청이 특히 사장님하고 밀접하게 지낸 것을 고위층에서 의심했다는 군요."

고대형이 쓴웃음을 지었다.

지휘부의 성향에 따라 평가가 달라지는 건 일반 회사나 조직 사회도 같다.

곽청은 크게 실수한 일도 없다. 과정에서 적(敵)인 고대형과 접촉했을 뿐이다.

"지금 어떻게 살고 있나?"

"직속 부하가 10여 명 있었는데 다 떨어져나간 상태입니다. 첫째 수입원이 없으니까 부하들을 먹여 살릴 수 없거든요."

"……."

"곽청은 자문관이 되면서 '관리구역'을 몰수당했습니다. 그래서 수입원이 뚝 끊기고 본부에서 자문관 생활비만 먹고 살 정도로 보내주기 때문에 직계 부하를 거느릴 수 없게 되었지요."

"가족은?"

"처와 7살짜리 딸이 베이징의 30평형 아파트에서 삽니다."

"……."

"곽청은 행동대장으로 10년 가깝게 보냈지만 재산을 모으지 못했습니다. 부하들에게 나눠줘서 오히려 부하들 중에서 돈을 많이 번 놈들도 있지요."

"여자관계는?"

"술과 여자를 좋아하지만 여자한테 빠진 적은 없는 것 같습니다."

"마음에 드는군."

고대형이 웃음 띤 얼굴로 최창민을 보았다.

"하지만 그런 놈들이 좀 까다롭지."

"그렇습니다."

그때 뒤쪽에서 노크 소리가 들리더니 진시몬이 들어섰다.

"공안부 제3국장 황비자오하고 저녁 약속이 있습니다."

진시몬이 말을 이었다.

"오늘 저녁 8시에 베이징장입니다."

또 시작이다.

황비자오를 본 순간 고대형의 심장 박동이 빨라졌다.

이놈은 CIA에서 9년 동안 근무하다가 중국으로 날아온 놈. 중국 입장에서는 애국자지만 미국 측에서 보면 철저한 배신자다.

미국 이민 4세로 1백 년도 더 전에 조상이 미국으로 건너와 시민권자가 된 황비자오는 CIA에 무난히 입사했다. 그리고 9년 동안 정보 파트에서 팀장까지 지내다가 중국으로 넘어간 것이다.

물론 기밀 서류는 다 빼돌렸다. 손에 닿을 수 있는 고급 서류까지 모두.

"반갑습니다."

다가간 고대형이 웃음 띤 얼굴로 황비자오의 손을 잡는다.

말쑥한 옷차림에 테 없는 안경을 낀 황비자오는 해사한 용모. 전혀 공안 같이 보이지 않는다. 세련된 외교관이나 상사원 같다.

이곳은 베이징장의 밀실 안.

황비자오는 심복 주기봉을 대동했고 고대형은 비서실장 진시몬과 함께 왔으니 넷이 원탁에 둘러앉았다.

인사를 마치고 종업원을 불러 주문을 하면서 황비자오는 유창한 영어 실력을 드러내었다. 분위기를 주도하고 있다.

오늘 만남은 부임 인사다. 공안의 제3국이 외국 상사 담당이기 때문이다.

황비자오는 칭다오시에 있는 2백여 개의 외국 상사를 관리하고 있는 것이다.

황비자오가 물었다.

"양 부시장은 만나셨지요?"

"예."

고대형은 가능한 한 최대로 말을 줄였다. 그러면 상대방의 말이 늘어나는 법이다.

황비자오는 다변가였고 말이 많아지면 실수가 나온다.

"전임 이 사장은 의류 수출에 집중했지요. 그래서 물량은 두 배 정도나 늘어났지만 단가가 약해서 크게 매출 신장은 안 된 것 같습니다."

고대형이 고개만 끄덕였다.

공안이 경제까지 왈가왈부하고 있다. 경제 담당 부서장도 하지 않는 말이다.

황비자오가 말을 이었다.

"우리 시 안에 있는 '광성전자'나 '대륙전자'의 전자제품에 신경을 써 주시죠. 그럼 매출이 두 배 이상 될 것 아닙니까?"

"예."

"두 회사 대표에게 찾아뵈라고 하지요."

"예."

"유능한 당원입니다. 성의 당서기 동지의 신임도 받는 분들이지요."

"예."

"그럼 조만간에 방문하라고 전할까요?"

"먼저 비서실장한테 스케줄을 잡으라고 하겠습니다."

"알겠습니다. 곧 연락이 갈 겁니다."

광성전자와 대륙전자다.

두 회사가 성의 당서기하고 통하는 모양이고, 황비자오가 부탁을 받은 것이다. 오늘 황비자오는 만나서 이 이야기를 하려고 했다.

돌아가는 차 안에서 고대형이 말했다.
"하긴, 이놈이 대국(大局)을 볼 수는 없지."
진시몬이 고개를 돌려 고대형을 보았다.
"황비자오가 로비 자금을 받지 않은 이유가 이것이군요."
"업체한테서 받았겠지. 우리가 줄 이유는 없어."
"썩었어요."
"안 썩으면 왕따 되는 거야. 중국이 싱가포르처럼 될 것 같냐?"
"등소평이 알고 있던 거죠."
고개를 끄덕인 고대형이 말을 이었다.
"내일 영업부장들을 불러서 광성전자와 대륙전자에 대해서 알아보도록."
이것으로 황비자오와의 연결 고리가 만들어졌다.

그날 밤.
칭다오 캐피탈 회사 지하 1층의 '캐피탈 가라오케' 밀실에서 VIP 손님이 노는 중이다. 바로 삼합회 칭다오 지부장 오훈삼과 측근들이다.
배드민턴 코트만 한 방에는 10여 명의 조직 간부들이 들어차 있었는데 오늘은 오훈삼의 생일이기 때문이다.
오훈삼은 홍콩에 있을 때는 이보다 10배쯤 더 간부들을 거느렸고 행동대 규모는 1천 명에 가까웠다. 그러나 지금은 다 내려놓고 간부 10여 명에 행동대 1백 명 규모로 축소되어 칭다오로 옮겨온 것이다. 물론 홍콩 행동대가 반정부 시위대의 앞장을 서서 회장의 입장을 난처하게 만들기는 했다.
"축하드립니다."

심복 종평기가 술잔을 건네면서 말했다.

"만수무강하십시오."

"흥, 내가 백 살까지라도 살 것 같으냐?"

술잔을 받은 오훈삼이 벌게진 눈으로 주위를 둘러보았다. 방 안은 떠들 썩하다. 이미 70도짜리 백주를 맥주잔에 따라 석 잔씩 마셨기 때문이다. 옆 에 앉은 아가씨들도 마시게 해서 벌써 서너 명은 늘어졌다.

그때 바짝 다가앉은 종평기가 오훈삼의 귀에 대고 말했다.

"윤한이 어제도 이곳에 와서 매출 확인을 하고 갔습니다."

오훈삼은 쓴웃음만 지었다.

이곳 캐피탈 가라오케가 오훈삼의 주 수입원 중 하나인 것이다.

전임 지부장이 인계하고 간 업소 중 하나로 방이 50개, 아가씨 230명을 보유하고 있다.

종평기가 말을 이었다.

"매출 확인은 우리 총무에게 물어보면 될 것을 그놈이 직접 확인을 하 는 의도는 협박용입니다."

"비자금 체크다."

오훈삼이 웃음 띤 얼굴로 말했다.

"그놈들은 전문가여서 매출 현장만 체크하면 금세 파악한다."

"어제까지 세 번 왔습니다."

"다 파악했겠군."

"보고 하겠지요?"

"하라고 해."

"두 달 동안 미화로 30만 불 정도 만들어서 애들 먹여 살렸는데요."

"내가 먹은 건 없으니까 놔둬라."

"저놈들이 약점을 잡으려고 저러는데 가만있겠습니까?"

윤한이 칭다오에 온 것은 바로 이거다.

처음에는 조심스럽게 움직이더니 지금은 대놓고 매출 확인을 한다.

그때 오훈삼이 말했다.

"이따 이야기하자."

최창민이 녹음기 버튼을 누르자 소음이 뚝 끊겼다.

오전 8시 반.

저택 2층 응접실에 고대형과 진시몬, 최창민, 박국철 넷이 둘러앉아 있다. 방금 최창민은 캐피탈 가라오케에서 어젯밤 오훈삼과 종평기의 대화를 녹음기로 틀었다.

오훈삼의 자리에 도청기를 장착해놓았다가 오늘 새벽에 회수해 온 것이다.

고개를 든 최창민이 고대형을 보았다.

"오훈삼과 종평기의 그 후 이야기는 도청하지 못했습니다."

"오훈삼이 오래 견디기 힘들겠네요."

진시몬이 입을 열었다.

"그렇다고 감시자로 온 윤한을 어떻게 할 수도 없고요."

"우리가 대신 윤한을 제거하는 것이 어떻겠습니까?"

박국철이 끼어들었다.

"그럼 오훈삼의 소행으로 알 테니까요. 그렇게 되면 칭다오 삼합회 지부는 무너지는 거죠."

"누구 좋으라고?"

최창민이 혀를 찼다.

그때 다시 진시몬이 말했다.

"오훈삼에게 접촉해서 끌어들이는 방법을 연구해야 됩니다."

그때 고대형이 최창민에게 물었다.

"오훈삼과 곽청의 인연은 없나?"

있다. 직접 인연은 없지만 곽청의 부하 장택이 오훈삼의 심복 종평기하고 10년쯤 전에 홍콩에서 밀수를 한 적이 있다.

이것은 CIA 홍콩 지부에서 찾아낸 기록이다.

그때는 홍콩 반환 전이어서 홍콩 삼합회는 본토로 밀수업을 하면서 큰 돈을 벌었는데 종평기가 장택에게 물건을 대준 것이다. 그러다가 장택이 홍콩 경찰에 구속되면서 관계가 끝났다.

장택이 홍콩 경찰에 종평기 이름을 대는 바람에 둘 다 기록에 남아 있었던 것이다. 그 바람에 종평기는 6개월 형을 살았고 장택은 본토로 소환되고 나서 바로 석방되었다.

삼합회가 약을 썼겠지.

"장택을 만나봐."

고대형이 최창민과 박국철을 번갈아 보면서 말했다.

"장택 그놈부터 시작이다."

고개를 끄덕인 박국철이 감탄한 표정으로 말했다.

"과연 지구상 인류가 6명만 거치면 다 인연이 된다더니 맞는 말이군요."

고대형이 인연을 찾아보라고 한 지 만 하루가 지났을 뿐이다.

6장 중국입성

오전 11시.

센트럴무역 사장실에 50대쯤의 중국인이 들어섰다. 뒤를 진시몬이 따른다.

바로 광성전자 사장 배영이다.

비대한 체격의 배영이 고대형에게 명함을 내밀고는 허리를 굽혀 절을 했다.

고대형이 바이어인 입장이다.

인사를 마친 셋이 자리에 앉았을 때 배영이 말했다.

"제가 황비자오 국장하고는 호형호제하는 사이입니다."

"아!"

감탄한 표정이 된 고대형이 고개를 끄덕였다.

"그러시군요. 전 몰랐습니다."

"형, 동생 사이가 된 지 10년이 넘었습니다. 집안끼리도 자주 왕래를 하고요."

"아이구, 그러십니까?"

고대형이 커다랗게 고개를 끄덕였다.

"제가 잘 부탁드려야겠습니다."

그때 진시몬이 말했다.

"그럼 영업부장하고 이야기 해보겠습니다."

고대형이 너무 오버한다고 느꼈기 때문이다.

"이 회사 제품은 쓰레기나 같습니다."

영업 1부장 공덕진이 광성전자 이름만 듣고 나서 말했다.

공덕진은 36세, 영업 실적이 뛰어나 실적 경쟁에서 항상 최상위를 차지하고 있다.

사장실 안, 고대형과 공덕진, 그리고 진시몬과 최창민까지 둘러앉아 있다.

공덕진이 말을 이었다.

"적년에 시험적으로 광성전자에 리스타 전자 제품 OEM 수출 오더를 줬더니, 왕창 클레임을 받아서 제가 곤욕을 치렀습니다."

공덕진이 어깨를 부풀렸다가 내렸다.

"다행히 시험 오더여서 30만 불 정도였지만 클레임을 50퍼센트나 먹었습니다. 그런데 1년 가깝게 되는데도 클레임을 변상하지 않고 뭉개버렸는데, 오더를 달라고요? 그것들은 사람도 아닙니다."

기세에 밀린 고대형이 숨만 쉬었고 공덕진의 말이 이어졌다.

"그것들은 품질 검사도 조작했습니다. 불량이 분명한데도 품질 검사표에 정상이라고 표기해서 수출한 겁니다. 그랬다가 소비자들한테 우리가 벼락을 맞았지요. 덕분에 제 부서의 평가도 곤두박질을 쳤고요."

그때 고대형이 한숨을 쉬고 나서 물었다.

"광성전자는 지금 수출액이 얼마나 되나?"

"연간 2천만 불까지 수출할 수 있는 규모인데, 현재는 3백만 불 정도입니다. 불량 회사로 소문이 나서 망하기 직전이지요."

"……."

"작년에 오더할 때도 광성 사장 놈이 저희들한테 로비 자금을 찔러주길래 질색을 하고 되돌려주었습니다. 받았다면 코가 꿰어서 클레임 요구도 못할 뻔했습니다."

"쓰레기 같은 놈들이군."

마침내 고대형이 말하고는 물었다.

"대륙전자는 어때?"

그때 공덕진이 고개를 들었다.

"사장님, 혹시 공안 3국장 황비자오를 만나셨습니까?"

"어떻게 아나?"

고대형이 되묻자 공덕진의 입술 끝이 비틀어졌다.

"대륙전자 사장이 황비자오 처남입니다. 하지만 대륙전자 소유주는 황비자오지요."

"으음."

고대형의 입에서 저절로 신음이 터졌고 공덕진의 말이 이어졌다.

"제품 품질은 보통인데 단가를 엄청 세게 요구합니다. 그래서 업체들은 기피하지만 황비자오의 눈치를 봐서 받아들이는 형편이지요."

"……."

"저희들도 작년에 10만 불 정도 오더를 인사치레로 줬습니다. 2만 불 손해를 보고 말입니다."

"개자식들이군."

"황비자오는 오더 연결 시켜주고 업체에서 리베이트 먹고 제 공장 돌려서 돈 먹습니다. 벌써 몇백만 불을 모아놓고 캐나다 밴쿠버에 저택도 구입해 놓았다는 소문도 있습니다."

그러자 고대형이 말했다.

"광성전자에 오더 1백만 불만 줘."

공덕진이 숨을 들이켰고 고대형의 말이 이어졌다.

"그래. 그리고 나서 그놈들이 리베이트를 주면 받으라고."

"예?"

놀란 공덕진이 제 귀를 의심하는 표정을 지었을 때 고대형이 말을 이었다.

"물론 받은 기록은 철저하게 해놓고."

"아, 예……."

"광성전자 오더에서 손해가 나는 건 내가 책임을 질 테니까."

"사장님."

공덕진이 정색하고 고대형을 보았다.

"그 이유를 알고 싶습니다만……."

"황비자오의 약점을 쥐려는 거야."

고대형도 똑바로 공덕진을 보았다.

"그것이 앞으로의 사업에 절대적으로 필요해."

공덕진에게는 이 정도까지만 알려 주는 것이 낫다.

다시 고대형이 말을 이었다.

"부서원들의 반발이 물론 있겠지?"

"물론입니다. 작년의 클레임도 갚지 않은 상태니까요. 담당자는 이를 갈
고 있거든요."

"부서원들에게 황비자오의 압력을 받았다고 말해도 돼."

"아, 예."

"그래서 어쩔 수 없었다고 늘어놓도록."

"그러면 이해하겠지요."

"우리가 약점 쥐려고 한다는 말은 안 해도 되겠지."

"알고 있습니다, 사장님."

"손해는 나한테 맡겨, 공 부장."

고대형이 말하자 공덕진이 커다랗게 고개를 끄덕였다.

사장이 믿고 밀어주면 더 이상 바랄 것이 없는 것이다.

그때 고대형이 말을 이었다.

"대륙전자는 공 부장이 먼저 만나서 이야기를 해봐."

"형님."

뒤에서 부르는 소리에 종평기가 고개를 들었다.

오후 4시 반.

종평기는 발 마사지를 받고 마사지 하우스의 로비로 나온 참이다.

눈앞에 사내 하나가 웃음 띤 얼굴로 서 있다. 낯이 익지만 누군지 모르겠다. 그래서 서로 시선만 부딪고 3초쯤 서 있었다.

사내도 웃음만 띤 채 서 있었기 때문에 옆을 지나던 사람들이 흘낏거렸다. 그 순간이다.

"아니, 너."

마침내 종평기의 기억 회로가 뚫렸다.

"너 여기 웬일이냐?"

이제야 장택을 알아본 것이다.

"이제 기억하시는군요."

몸을 돌린 종평기가 장택의 어깨를 움켜쥐었다.

"이 자식."

"오랜만입니다, 형님."

"너 베이징에 있다며?"

"예, 베이징에서 왔어요."

"왜?"

"형님 만나려고."

장택이 주위를 둘러보았다.

"둘이서만 할 이야기입니다, 형님."

마사지 하우스 옆의 커피숍 안.

이곳은 손님이 없어서 종평기와 장택 둘만 앉아 있다. 카운터에도 종업원이 없다.

종평기의 시선을 받은 장택이 입을 열었다.

"형님, 제가 목숨을 걸고 왔습니다."

"너는 옛날에도 그랬지. 그러면서 걸어 놓은 건 입뿐이었지."

종평기가 바로 말을 받았다.

둘은 같은 삼합회 회원이지만 10년이 넘게 못 만났다. 홍콩 반환 이후로 처음이다.

그때 장택이 말을 이었다.

"그땐 죄송했습니다. 연루자를 불어야 출국시킨다고 하는 바람에. 제가 홍콩에 잡힌다면 본토에서 받은 돈도 다 잃게 될 상황이어서요."

"난 홍콩에서 6개월간 형무소에 들어가 있었다."

"죄송합니다, 형님."

"그런데 무슨 일이냐?"

"형님하고 저하고 같이 살 길입니다. 아니, 두 가족이 살 길이지요."

"또 사기를 치려고 하는군."

"목숨을 걸고 있습니다."

"글쎄. 너는 입술만 건다니까?"

"우리가 삼합회에 매달릴 필요가 있습니까?"

그러자 종평기가 쓴웃음을 짓고는 의자에 등을 붙였다.

장택이 종평기를 노려보았다.

"형님 가족이나 우리 가족이나 이미 버림받고 쓰레기차만 기다리는 입장 아닙니까?"

"너 무슨 수작을 꾸미려는 거야?"

"형님, 우리 보스도 마음을 굳히셨습니다."

"어떻게?"

"지금 우리 보스는 딸 학비도 못 내고 있는 실정입니다."

"그래서 마약 사업이라도 시작하겠다는 거냐?"

"일단 형님, 그리고 형님의 보스하고 의논을 해보고 싶다고 하십니다."

"우리 지부장님을?"

"우리 보스하고 지부장님은 좀 통하는 사이가 아닙니까?"

"너."

농담 식으로 받아들였다가 이제 종평기의 얼굴이 굳어졌다.

숨을 고른 종평기가 장택을 보았다.

"구체적으로 이야기해. 쓸데없는 말하면 아예 요절을 낼 테니까."

대륙전자 사장 송현은 38세, 비만형 체구에 붉은 얼굴이다.

인사를 마친 송현이 자리에 앉더니 웃음 띤 얼굴로 먼저 입을 열었다.

"사장님이 새로 오셨다던데요. 제가 인사드릴 수 없을까요?"

"오더가 되면 인사를 하시지요."

공덕진도 부드럽게 말했다.

"사장님도 일정이 있으시니까요."

"알겠습니다."

송현이 고개를 끄덕였다.

대륙전자는 자동차용 배터리를 생산하는 회사다.

"여기 견적서 가져왔습니다."

송현이 견적서를 내밀자 공덕진 옆에 앉아 있던 과장 전택호가 받았다.

"알겠습니다. 견적서를 보고 나서 연락드리지요."

"언제까지 연락을 주시겠습니까?"

"일주일쯤 걸릴 겁니다."

"실례지만 이번 오더양을 알 수 있을까요?"

송현이 묻자 전택호가 눈을 껌벅였다가 대답했다.

"글쎄요. 오더가 될지 안 될지 아직 알 수 없어서요. 가격과 품질도 체크
해 봐야 될 것 아닙니까?"

"우리하고 같은 제품을 생산하는 칭다오전자는 작년에 센트럴무역에 7
백만 불을 납품했더군요."

"맞습니다."

"우리한테 절반만 떼어주시면 고맙겠습니다만……"

"가격을 10퍼센트쯤 깎아 주신다면 고려를 해보지요."

"아이구, 그것은……"

농담하지 말라는 표정으로 송현이 대답했을 때 그동안 견적서를 훑어보
던 공덕진이 입을 열었다.

"이 가격으로는 오더 못 합니다."

송현의 시선을 받은 공덕진이 고개를 저었다.

"미리 말씀드리지요. 이 가격으로는 대륙전자에 오더 못 합니다."

"……."

"방금 칭다오전자 말씀하셨는데, 칭다오전자보다 가격이 15퍼센트에서 20퍼센트나 높은데요. 그 가격으로는 오더 못 합니다."

"……."

"다음에 뵙지요."

그러고는 공덕진이 자리에서 일어섰다.

상담 끝났다는 표시다.

30분 후.

칭다오 바닷가 세관 창고에서 박스를 트럭에 싣던 인부들이 다가오는 공안 차량 2대를 보았다.

트럭 앞에 멈춰 선 공안 차량에서 공안들이 내렸다.

"이거 센트럴무역 하물인가?"

공안 하나가 소리쳐 물었을 때 창고 안에서 직원이 나왔다.

"그런데, 무슨 일이오?"

"신고가 들어왔어. 이 하물에 마약류가 들어 있다는 거야."

공안이 트럭 2대에 실린 수출품을 눈으로 가리켰다.

"검사해야겠어."

"아, 비행기에 실리는 하물인데."

당황한 직원이 소리치듯 말했을 때 공안들이 웃었다.

"그건 우리가 상관할 게 아니지."

"비행기를 놓치면 우리가 비행기 값만 날린단 말입니다!"

"나 참. 그럼 마약이 실린 하물을 그냥 내보내란 말야?"

공안이 손을 흔들어 인부들에게 지시했다.

"짐 다 내려!"

"공안 3국 직원들이 하물 운송을 중지시켰습니다."

공덕진이 보고했다.

오후 6시 반, 사장실에는 고대형과 공덕진, 그리고 진시몬까지 셋이 모여 있다.

"LA로 싣고 가려던 전자제품 350 박스가 검사 명목으로 창고로 되돌아갔고, 비행기 하물 운임 10만 불 정도가 날아가 버렸습니다."

"……."

"황비자오가 제 실력을 보여준 것입니다."

"……."

"이런 식으로 계속되면 당해낼 수가 없습니다."

그때 고대형이 빙그레 웃었다.

"터트리는 거야. 놔둬."

오후 8시 반, 칭다오 공항 건물을 나온 두 사내 앞으로 승용차 한 대가 멈춰 섰다. 그러자 두 사내는 잠자코 차에 오르고 승용차는 곧장 출발했다.

승용차 안.

운전석 옆자리에 앉은 장택이 몸을 돌려 뒷좌석에 앉은 곽청을 보았다.

"9시 반에 약속을 했으니까 곧장 가시면 됩니다."

곽청이 고개만 끄덕였고, 장택의 말이 이어졌다.

"그리고 나서 연락을 하면 오늘 밤 안에 다 만날 수 있을 것입니다."

"네가 고생했다."

"아닙니다."

어깨를 편 장택의 시선이 곽청 옆에 앉은 사내에게로 옮겨졌다.

장택의 시선을 받은 사내가 고개만 끄덕였다.

9시 반.

장택과 곽청, 그리고 또 한 사내가 칭다오 바닷가의 해산물 식당 후문을 통해 식당 밀실로 들어섰다. 그러자 자리에 앉아 있던 고대형이 웃음 띤 얼굴로 손만 내밀었다.

곽청이 다가와 손을 잡는다. 곽청은 긴장한 얼굴이다.

"곽 형, 잘 왔어."

고대형이 손을 흔들면서 말했다.

"잘 할 거야."

다시 고대형이 덧붙였을 때 곽청이 마침내 한마디 했다.

"사필귀정, 자업자득이지요."

"감시당하지 않았습니다."

곽청과 함께 온 사내가 말했다.

김성진, 박국철의 팀원으로 베이징에서부터 곽청을 안내하고 온 것이다.

고개를 끄덕인 고대형이 다시 곽청을 보았다.

"곽 형은 내가 가장 먼저 손을 잡은 중국인이야. 기억하라고."

"그렇습니까?"

곽청이 웃음 띤 얼굴로 물었다.

"오 형은 두 번째가 됩니까?"

오훈삼을 묻는 것이다.

고대형이 따라 웃었다.

"맞아. 두 번째 손을 잡게 되겠네."

그때 종업원들이 음식을 날라 왔다. 갖가지 해산물 요리와 술을 차려놓고 나갔을 때 고대형이 말을 이었다.

"삼합회에서 나올 수 있지?"

"나간다면 막지는 않을 겁니다."

쓴웃음을 지은 곽청이 말을 이었다.

"죽으면 더 좋아하겠고."

"죽을 각오를 하면 살 길이 보이는 법이지."

"그래서 내가 여기 온 것 아닙니까?"

"내가 밀어줄 테니까 조직을 만들어, 곽 형."

"그건 알겠는데, 목적은 뭡니까?"

"삼합회를 뒤집고 중국의 내부를 장악하는 것이지."

"그것을 밤의 세상이라고 부릅디다."

"그 밤의 세상을 우리가 주도하자는 것이네."

"오 형한테도 이야기했습니까?"

"오훈삼 씨는 홍콩 반환 전에 홍콩에서 삼합회 지부장을 했어. 이미 밤 세상을 겪은 사람이야."

곽청이 고개를 끄덕였다.

그 오훈삼이 지금은 칭다오에서 햇볕을 받은 좀비 모양이 되어 있는 것이다.

고대형이 말을 이었다.

"베이징에 사업체를 차려줄 테니까 그것으로 기반을 굳혀."

"내가 형님처럼 무역 회사를 운영하라는 겁니까?"

294

"가라오케를 해보라고."

"옳지. 하지만 돈이 많이 들 텐데요."

삼합회가 가라오케 운영으로 수익을 올리고 있었기 때문에 곽청도 안다.

고대형이 말을 이었다.

"우선 2개를 차려주지."

"미화로 2백만 불은 들 겁니다."

"3백만 불을 줄 테니까, 시작해."

놀란 곽청이 숨을 들이켜더니 눈동자의 초점을 잡았다.

"해보십시다."

"여기 있는 김성진이가 동생 담당이야."

고대형이 눈으로 김성진을 가리켰다.

어느덧 곽청은 동생이 되었다.

다음 날 오전, 칭다오 공항 근처의 산업단지 안.

이곳은 한국 식당이 밀집된 거리다.

고대형이 전주식당 안으로 들어서자 홀에서 기다리고 있던 박국철이 자리에서 일어섰다.

"안쪽 방에서 기다리고 계십니다."

오전 10시 반.

이른 시간이어서 해장국 먹으려는 손님만 2개 테이블에 앉아 있을 뿐이다.

박국철과 함께 고대형이 안쪽 방으로 들어서자 오훈삼과 종평기가 자리에서 일어섰다.

고대형과 오훈삼은 초면이다. 악수를 하면서 오훈삼이 얼굴을 펴고 웃었다.

"어젯밤 곽청을 만나셨다면서요?"

"이야기 잘 끝났습니다."

악수를 나눈 넷이 자리 잡고 앉았을 때 오훈삼이 먼저 입을 열었다.

"어젯밤 곽청의 전화를 받았습니다. 곽청은 잘 해나갈 겁니다."

고개를 든 오훈삼이 고대형을 보았다.

"하지만 난 그런 식으로 나갈 수는 없어요. 난 지부장이란 말입니다."

지부장은 탈퇴할 수가 없는 것이다.

탈퇴한 예도 없고 '조직의 법'에 지부장 급이 탈퇴하면 '머릿속'까지 다 내놓고 떠나야 한다고 되어 있다. 머리를 떼어놓고 나가라는 말이다.

고대형이 웃었다.

"압니다."

"내가 조직에 대한 미련은 눈곱만큼도 없지만 떠나지는 못합니다."

오훈삼도 입술 끝을 비틀고 웃었다.

"곽청이 부럽다니까요."

"홍콩의 부하들을 몇 명이나 데려올 수 있지요?"

고대형이 묻자 오훈삼과 종평기가 서로의 얼굴을 보았다.

그때 대답은 종평기가 했다.

"당장에 1백 명이라도 데려올 수가 있지요. 지금 새 지부장이 가고 나서 대부분 실업자가 되었거든요. 그놈들은 정식 회원도 아니어서 놀고 있습니다."

고대형이 고개를 끄덕였다.

"마약 사업을 하시지요."

그 순간 둘의 얼굴이 굳어졌다. 다시 서로의 얼굴을 본 오훈삼이 물었다.

296

"마약 사업이라니요?"

"지난번 이곳 칭다오에서 한국으로 마약을 보냈지 않았습니까?"

"그건 압니다."

그때 고대형이 한국에서 삼합회의 기반을 철저히 부쉈던 것이다.

오훈삼은 홍콩에 있었기 때문에 모른다, 홍콩 반환 후의 어수선한 분위기에 부하들이 데모대 선봉에 서 있었을 때였으니까.

고대형이 말을 이었다.

"헤로인을 한국으로 넘기는 겁니다."

"한국으로 말입니까?"

오훈삼이 고개를 비틀었다.

"한국에 마약을 파는 겁니까?"

"아니, 미국으로."

고대형이 말을 이었다.

"한국에서 받지만 바로 미국으로 나갑니다."

"……"

"여기서는 태국이나 캄보디아에서 받겠지요?"

"공급처가 끊겼지만 금방 찾을 수 있겠지요."

오훈삼의 목소리가 활기가 띠어졌다.

"판매처와 자금만 준비되면 해볼 만한데요."

"내가 둘 다 준비를 해드릴 테니까."

"미국 누구한테 나갑니까?"

"CIA."

"아!"

탄성을 뱉은 오훈삼이 천천히 고개를 끄덕였다.

"이제 윤곽이 잡히는군요."

"마약 사업은 따로 운영해야 될 겁니다."

"물론이지요."

"이번에는 한국 경찰청도 건드리지 않을 겁니다."

"그렇게 된다면 땅 짚고 헤엄치는 거죠."

"새 사무실, 주택, 조직원을 갖춰야 되겠지요."

"그건 여기 있는 종평기에게 맡기면 됩니다."

오훈삼이 옆에 앉은 종평기를 턱으로 가리켰다.

그때 고대형이 말했다.

"한 달에 1백 킬로씩 실어가는 것으로 합시다. 이제 판매처, 판매량까지 결정되었으니까, 오 사장의 준비는 얼마나 걸리겠소?"

"한 달만 주십시오."

오훈삼이 번들거리는 눈으로 고대형을 보았다.

"준비 자금이 5백만 불 필요합니다."

"바로 보내 드리지요."

"투자금을 조금씩 갚겠습니다."

"천만에."

쓴웃음을 지은 고대형이 오훈삼을 보았다.

"조직을 위해서 이익금은 재투자를 해야 되겠지요. 우리들의 조직 말이오."

"그럼 허락을 받고 사용하겠습니다."

오훈삼이 바로 말을 받는다.

이것은 조직의 상하 관계를 말한 것이다. 처음이라 말은 내놓지 않았지만 조직의 질서가 이렇게 잡혔다.

아직 조직 이름은 없다.

그리고 이름이 뭐가 급한가?

"늦었습니다."

웃음 띤 얼굴로 들어선 황비자오가 말했다.

오후 6시 반, 황비자오는 30분이나 늦었다. 이곳은 칭다오 중심부의 '베이징식당' 밀실이다.

마주 보고 앉았을 때 황비자오가 지그시 고대형을 보았다. 여전히 웃음 띤 얼굴.

지금 공항 창고의 센트럴무역 수출품 박스는 3일째 억류되어 있다. 납기기간이 지나 클레임이 매일 늘어나는 상황이고 이미 비행기 운임은 날아갔다. 현재까지 7만 5천 불 손실.

"무슨 일입니까?"

"공항에 우리 제품이 억류되어 있는데요. 마약류가 박스 안에 있다는 신고가 들어와서 말입니다."

고대형이 조심스럽게 말을 꺼냈더니 황비자오가 고개를 끄덕였다.

"들었습니다."

"억류시키고 나서 검사도 하지 않고 있는데요. 시간이 사흘이나 지났습니다."

"그것도 압니다."

"벌써 손해가 7만 5천 불이나 났는데, 오늘이 지나면 10만 불이 됩니다."

"박스 안에 폭발물이 있다는 신고까지 들어와서 폭발물 전문가를 기다리는 중입니다."

"……."

"베이징 본부에서 와야 하기 때문에요. 아마 며칠 걸릴 겁니다."

"편의를 좀 봐주실 수 있습니까?"

"그건 불가능한데요."

고개까지 저은 황비자오가 정색하고 고대형을 보았다.

"그 일 때문에 보자고 한 건가요?"

"아 참, 또 있습니다."

고대형이 검정색 가죽 가방을 탁자 위에 올려놓더니 소형 녹음기를 꺼내놓았다.

황비자오는 시선만 주었고 고대형이 녹음기의 '시작' 버튼을 눌렀다.

곧 사내의 목소리가 울렸는데 바로 황비자오다.

"놔둬라. 내가 지금 공안을 공항에 보내 센트럴무역 제품을 억류시켰으니까. 아마 난리가 났을 거다."

"예, 형님. 그놈들은 쓴맛을 봐야 합니다."

이 목소리는 처남인 대륙전자 사장 송현이다. 다시 황비자오.

"한 열흘 억류시키면 배보다 배꼽이 커지겠지. 수십만 불 손해가 나는 거야."

"잘하셨습니다. 그런데 그놈들이 가만있을까요? 부시장 양준한테 보고라도 한다면……."

"양준, 그 병신은 끈 떨어진 연이야. 베이징의 경제서기 황견이 배경인데, 그놈이 곧 좌천된다고."

"그렇군요."

그때 고대형이 버튼을 눌러 녹음을 껐다.

녹음기가 돌아가는 동안 황비자오의 얼굴이 붉어졌다가 누렇게 굳어졌지만 입을 열지는 않았다. 시선을 녹음기에 준 채 눈도 깜빡이지 않았다가 고개를 들었다.

고대형이 입을 열었다.

"이 테이프가, 30분 안에 내가 연락하지 않으면 베이징 당 부주석실, 그리고 당 경제서기 황견, 당 공안부장, 산둥성 당서기, 성장, 그리고 공안부장, 칭다오시 당서기, 시 공안부장한테 배달될 거다."

고대형이 빙그레 웃었다.

"지금 모두 대기하고 있어, 황비자오 군."

한숨을 쉰 고대형이 말을 이었다.

"그것뿐만이 아냐. 네가 프랑스 제3은행에 도미니크라는 가명으로 입금시켜 놓은 645만 불의 계좌번호와 입금 내역, 캐나다 토론토에서 구입한 2층 주택 317만 불의 거래내역, 스킴슨 이름으로 구입했지만 네가 스킴슨 주택의 실 소유자라는 약정서까지 포함된 서류가 함께 제출될 거야."

"……"

"넌 이 정도면 중국 법에 의해서 사형이야. 가장 약한 판결을 받는다고 해도 재산 몰수에 종신형이다."

"너 누구냐?"

마침내 황비자오가 갈라진 목소리로 물었다. 그러나 눈동자의 초점이 흐려져 있다.

그때 고대형이 정색하고 말을 이었다.

"아, 그리고 또 있다. 네 딸, 파리의 외국인 고등학교 2학년에 다니는 네 딸, 쥬리가 24시간 안에 아파트 15층에서 실족사를 하게 될 거다."

"……"

"모두 애비 놈 덕분이지."

"너 누구야?"

"너 CIA에 그 짓을 하고 온전할 줄로 믿었던 거냐?"

"그, 그럼……."

"그래. CIA에서 정보를 받은 거다."

고대형이 의자에 등을 붙였다.

"넌 이제 끝났어, 황비자오."

"……."

"네가 살아갈 방법이 있는가, 머리를 굴려봐, 거기서."

고대형이 손목시계를 보는 시늉을 했다.

"서둘러. 20분 시간을 주마."

"조직 이름을 뭐라고 붙였다는 거야?"

후버가 묻자 윌슨이 대답했다.

"아직 이름을 만들지 않은 것 같습니다."

"이합회라고 짓든가, 미국과 한국의 합작 회사니까 말야."

"한 달에 1백 킬로 물량의 헤로인을 들여오면 동쪽에서의 구입량을 그만큼 줄여야 될 것 같습니다."

윌슨이 화제를 돌렸더니 후버가 고개를 끄덕였다.

"당연하지. 전달 팀을 구성해 주도록."

"예, 부장님."

"내가 이합회의 중국 정복을 보지 못하고 물러가는군."

"고문으로 계실 테니까, 보게 되실 겁니다."

후버는 두 달 후에 퇴직이다.

이제 미국은 '리틀 부시' 정권이 들어섰다.

아버지 부시에 이은 부자(父子) 정권이 시작된 것이다. 물론 그 중간에 클린턴의 통치 기간이 있기는 했다.

삼합회 회장 강방원이 고개를 들고 고문 태기용을 보았다.

"곽청 그놈은 뭘 먹고 산다는 거야?"

"어디 기업체 경비조나 취직하겠지요."

태기용은 쓴웃음을 짓고 말을 이었다.

"물론 그것도 우리가 막으면 할 수 없겠지만요."

"그놈이 데리고 있던 애들은 몇이나 되지?"

"10여 명쯤 되었는데, 모두 벌이가 없습니다. 요즘은 지역장이나 지부장들이 남의 부하들을 쓰지 않거든요."

맞는 말이다. 제 부하들 먹여 살리기도 바쁜데 남의 부하한테 일거리를 주다니.

곽청은 행동대로만 오래 뛰어서 구역이 없다. 행동대 일을 맡을 때 '수당'이 든든하게 나올 뿐이다.

그때 강방원이 말했다.

"그럼 보내자고."

"예, 회장님."

"제 부하들도 저절로 따라 나가겠군."

"그렇겠지요."

강방원이 입을 다물었다.

이것으로 한때 회장 강방원의 행동대 중 하나로 두각을 나타내었던 곽청은 삼합회 역사의 기록에서 지워졌다.

어디 이런 일이 한두 번인가? 토사구팽은 진즉부터 시행되고 있다.

중국에 삼합회만 있는 게 아니다. 수십, 수백 개 조직이 있다.

폭력 조직 외에도 정치권에는 태자당이니, 소자당(小子黨)이니 수십 개 조직이 있고, 성(姓)씨끼리 뭉친 조직, 고향의 동지끼리 모인 결사도 있다.

이들은 끼리끼리 뭉쳐서 정치적 이권도 나눠 먹고 범법자를 감춰 주기도 한다. 이것이 그들에게는 미덕이다.

중국의 창시자 손문조차도 중국인은 모래알처럼 흩어진 민족이라고 했는데, 자신의 이득을 위해서는 물불을 가리지 않는다.

그래서 중국 왕조는 대부분 농민 폭동으로 무너졌다. 폭동이 일어나 왕조가 흔들리는 사이에 여진족, 몽골족이 침입했고 장군들이 반란을 일으켰던 것이다.

그러나 한번 왕조가 일어나면 대개 전 왕조의 좋은 점을 따르고 유능한 관리를 계속 기용했다. 이민족도 차별하지 않고 포용해서 금방 국력을 팽창, 안정시켰다. 수십만 명의 만주족이 청을 일으켜 수백 배의 한족을 통치한 것도 중국인의 포용력 때문이다. 통치자가 잘살게 해주면 포용했고 따랐다. 그래서 오히려 만주족이 한족에 흡수된 것이지.

태광(太光)파, 베이징 중심부에 기반을 둔 폭력조직.

회장은 창해, 부회장 용생, 행동대장 장만국, 17개 지부에 회원은 720여 명. 수입원은 중심부에 위치한 약 8백여 개의 노점상으로부터 자릿세를 걷는 것과 각 지부별 행동대가 절도, 강도질로 얻는 수입이다.

한마디로 양아치 조직이지만 일어나면 무섭다. 죽기 살기로 달려드는 판에 공안도 어지간하면 놔두고 삼합회는 아예 '똥' 보듯이 피한다.

일대일로 맞장을 떠서 이길 확률도 적은 데다 이겨도 개망신이기 때문이다.

시궁창에서 양복쟁이와 거지가 싸우는 모양새로 보면 된다, 양복쟁이는 삼합회고.

오늘 창해가 베이징 춘수문 근처의 중식당 '원궁' 앞에서 차를 세워 내렸다.

차는 벤츠, 창해는 말쑥한 '레오나드' 정장 차림으로 롤렉스 금딱지 시계에 금반지를 3개나 끼고 있다.

"어서 오십시오."

지배인이 허리를 굽혀 창해에게 절을 하더니 앞장을 서서 안내했다.

오후 7시 5분.

창해의 뒤를 경호원 셋이 따른다. 모두 선글라스를 낀 양복 차림.

안으로 들어선 일행에게 손님들의 시선이 집중되었다.

아마 정부 고관이나 기업체 사장, 당 간부로 보이겠지.

밀실로 들어선 창해를 맞은 사내는 곽청.

자리에서 일어선 곽청이 손을 내밀었다.

"어, 이거 완전히 재벌 그룹 회장님이 되셨군요."

"형님, 비꼬지 마쇼."

눈을 흘긴 창해가 곽청이 내민 손을 슬쩍 잡고는 먼저 의자에 앉았다.

창해는 장신에 비대한 체격이다. 목이 3겹이고 살찐 얼굴에 코가 작아서 호떡에 밥풀을 붙여 놓은 것 같다.

40세. 17살 때부터 베이징 시내에서 도둑질, 들치기 사업을 했다. 그러나 19살 때 딱 한 번 교화소에 가서 1년을 '복무'하고 나온 후에는 미꾸라지처럼 빠져나와 지금에 이르렀다. 그동안 수십 명을 살인했고, 수억 위안을 모아 놓았다는 소문이 났다.

곽청과는 대여섯 번 만난 사이. 곽청이 연하지만, 태광파가 삼합회의 계열 파벌로 행세하는 터라 곽청을 형님으로 모시고 있다.

지난번 '대한문 사태' 때 삼합회의 지시를 받은 태광파 회원들이 공안 대신 시위대를 공격한 적도 있다.

"그런데 무슨 일입니까?"

창해가 묻자 곽청이 입을 열었다.

"나하고 합작 사업을 하는 것이 어때?"

"합작 사업?"

창해가 눈을 크게 떴다.

"어디서 말요?"

"베이징이지, 어디야?"

"맞아. 베이징 아니면 상해지."

"베이징에서 시작해서 상해로 넓혀 가는 거야."

"회장님 지시를 받은 거요?"

이번에는 창해의 눈이 가늘어졌다.

삼합회 사업으로 아는 것 같다.

"이번에 삼합회에서 나왔다던데. 회장님이 자금을 대주신 거요?"

"아니, 내 자금이야."

"형님은 거지라고 소문이 났던데."

"깨끗한 돈이야. 너 같은 거지가 모은 돈이 아니라고."

"무슨 사업을 하려는데 나하고 합작을 하자는 거요?"

"유흥업."

"그거 돈 많이 들 텐데."

"비위 긁지 말고. 같이 할 거야, 말 거야? 안 한다면 동면파, 하성파, 자이

린파도 알아볼 테니까."

베이징 시내에만 창해의 태광파와 어슷비슷한 양아치 조직이 10개도 넘는 것이다.

그때 창해가 정색하고 물었다.

"내가 내놓을 건 뭐요?"

"태광파 조직력. 난 돈을 대고 너는 네 조직을 대는 것이지."

"내 비중이 더 크겠군."

"자본주의 시장에서는 자본주가 먼저야."

"나한테 지분은 얼마 줄 건데?"

"30퍼센트로 하고, 이익금의 20퍼센트."

"그거 생각해봐야겠는데, 부하들하고. 변호사도 불러야겠고."

"유흥 사업을 하게 되면 네 부하들 수백 명이 직장을 얻고, 네 세력이 금방 몇 배로 커질 거야. 그것을 생각해야지."

"형님은 내 덕분에 세력을 만들게 되는 거 아뇨? 지금은 쫓겨난 신세에서 말야."

"그럼 없는 일로 하지."

와락 이맛살을 찌푸린 곽청이 창해를 노려보았다.

"그래도 다른 조직보다는 말이 통할 것 같아서 제일 먼저 제의를 했더니, 슬슬 비위나 긁어?"

그러고는 곽청이 자리에서 일어섰다.

"사흘 기한을 줄 테니까, 상의해봐."

그 말이 삼합회장 강방원의 귀에 들어갔다. 창해가 넌지시 말을 흘렸기 때문이다. 창해가 무식해도 처세는 귀신이다. 미꾸라지 정도가 아니다.

고문 태기용한테서 보고를 들은 강방원이 고개를 기울였다.

"곽청이 무슨 돈이 있나? 마약을 빼돌린 건 아닌가?"

"곽청은 마약에 손을 대지 않았습니다. 작전만 했을 뿐입니다."

태기용이 말을 이었다.

"곽청은 돈을 모으는 성격도 아닙니다. 작전 수당을 받으면 부하들한테 싹 나눠주고, 저는 생활비만 집에 보내는 놈입니다."

"그 새끼 돈을 밝히지는 않지."

마침내 강방원이 시인했다.

그것도 강방원의 마음에 들지 않는 요소 중 하나다.

제가 뭐가 잘났다고 부하들한테서 존경을 받는단 말인가? 삼합회 회장이 되려고 그러는가?

그때 태기용이 말했다.

"그 양아치 창해하고 곽청이 결합해서 유흥 사업을 시작하게 되면 기존 사업장들의 피해가 클 것 같습니다."

"당연히 그렇겠지."

강방원이 이맛살을 좁히고 태기용을 보았다.

"그 새끼 스폰서가 누군지 알아봐."

"예, 회장님."

"그리고 그 양아치 새끼한테 말해. 곽청하고 동업한다면 얼마 못 살 거라고."

"예, 회장님."

"아예 싹 쓸어버릴 테니까, 공안을 시켜서 말야."

강방원의 두 눈이 번들거렸다. 가능한 일이다.

"지금쯤 소문이 강 회장한테까지 올라갔을 겁니다."

김성진이 곽청에게 말했다.

"그리고 곧 창해한테 협박이 들어가겠지요."

둘은 베이징 시내의 식당 방에 들어와 있다.

오후 6시 반, 식탁 위에는 요리가 놓여 있지만 둘은 거의 젓가락을 대지 않았다.

김성진이 말을 이었다.

"창해는 동업을 거부할 가능성이 많습니다, 욕심 부리다가 죽을 가능성이 크니까요."

"곧 저쪽에서 날 만나 확인하려고 누구를 보낼 거야."

곽청이 흐려진 눈으로 김성진을 보았다.

"자, 이제 전쟁이 시작되었어."

"야, 이 병신아. 내가 곽청이 말대로 예, 예, 하면서 따라갈 줄 알았냐?"

창해가 얼굴을 일그러뜨리며 용생을 보았다.

차 안이다, 오후 7시 10분.

차가 속력을 줄였기 때문에 창해가 버럭 소리쳤다.

"야, 빨리 못 가!"

"예. 차가 막혀서."

운전사가 쩔쩔매면서 백미러를 보았다. 심사가 뒤틀리면 구두를 벗어서 머리를 내려치기 때문이다.

이미 약속 시간이 10분이나 늦었다. 이화원 근처의 식당까지 가려면 20분은 더 걸릴 것이다.

"이런, 개자식! 끼어드는 놈까지 봐주고 있어!"

다시 창해가 버럭 소리쳤지만 구두를 벗지는 않았다. 용생과 이야기에 열중하고 있었기 때문이다.

그때 용생이 말을 이었다.

"예, 저까지 그렇게 믿었으니까, 곽청도 회장님이 동업할 줄로 믿고 있겠습니다."

"그렇겠지."

어깨를 부풀렸다가 내린 창해가 호떡 같은 얼굴을 펴고 웃었다.

"다른 놈이라면 모를까, 삼합회에서 쫓겨난 놈하고 동업했다가는 같이 돼지는 수가 있어."

"그렇지요."

"너도 잘 배워둬, 새끼야."

"알겠습니다."

용생이 앉은 채 고개를 숙였다.

용생은 37세, 20살 때부터 창해의 부하가 되었는데 지금은 부회장이다.

그러나 말이 부회장이지 부하 한 명 딸리지 않은 창해의 비서 역할이다. 작년까지는 비서로 지냈다가 공식 석상에 창해가 참석할 기회가 많아졌기 때문에 '회장 대리' 역할로 부회장 직책을 준 것이다.

그때 차에 막힌 승용차가 멈춰 섰기 때문에 창해의 화가 폭발했다.

"이런 병신!"

구두 한 짝을 벗어 든 창해가 구두 굽으로 운전사의 뒤통수를 내리쳤다.

"왜, 이 길로 들어와 갖고!"

"아이구!"

비명 소리가 높으면 덜 때린다는 것을 아는 운전사가 높게 소리쳤다.

용생은 심호흡 했다.

지금 창해는 요즘에 새로 사귄 모델을 만나러 가는 중이다. 그래서 가방에 빳빳한 새 돈으로 바꾼 3만 위안을 넣고 있다. 용생의 2달 월급이다.

"넌 돌아가."

중식당 '상하이' 앞에 도착했을 때는 7시 42분이다. 42분이 늦었다.

그러나 모델 링링은 기다리고 있을 것이다. 창해보다도 들고 오는 돈이 필요하기 때문이다.

용생은 배가 고팠지만 식당에서 함께 밥을 먹을 수는 없다. 그리고 '상하이'는 엄청 비싼 식당이다.

용생과 운전사의 절을 받으면서 창해가 서둘러 식당 안으로 들어섰다.

차에 올랐을 때 운전사가 뒤통수를 만지면서 백미러로 용생을 보았다.

그때 용생이 손목시계를 보면서 말했다.

"어디 싼 식당에 가서 밥 먹자."

"돈 가져왔어."

창해가 옆에 놓인 가방을 눈으로 가리키며 말했다.

"내일 아침에 줄게."

"오늘은 어디로 가요?"

"저기, 동양호텔."

동양호텔은 길 건너편이다. 건널목만 건너면 된다. 그래서 이곳 상하이 식당에서 만나자고 한 것이다.

최고급 식당이지만 창해는 만두와 우동, 그리고 양념 족발을 시켰다. 술은 70도짜리 맥주. 목구멍에 쏟아 부으면 식도가 녹아내리는 것 같지만 곧 '싸아' 하고 온몸에 열기가 퍼져 나간다.

술잔을 든 창해가 지긋이 링링을 보았다.

오늘로 다섯 번째 만나는 링링이다. 만날 때마다 3만 위안씩을 주지만, 돈이 아깝지 않다. 이런 양귀비 같은 미인을 쳐다보기만 해도 감동이 일어나기 때문이다. 그래서 호텔방에 들어가면 밤새도록 뒹굴고 나서도 한순간도 눈을 떼지 않는다.

그때 링링이 몸을 비틀면서 물었다.

"나 차 언제 사줘요?"

"글쎄. 100번쯤 공짜로 만나고 나면 사준다니까."

"글쎄. 차부터 사주면 100번 만나준다니까 그러네."

"너 나 못 믿어?"

"사장님은 나 못 믿어요?"

이런 대화는 10번도 더 했다. 둘 다 이 거래는 성사되지 않을 것을 뻔히 알면서도 이런다. 서로 믿지 못하기 때문이다.

그때 문이 열리는 바람에 둘이 고개를 들었다. 종업원이 쟁반에 물병을 받쳐 들고 들어섰다. 다가온 종업원이 물병을 식탁 위에 놓더니 곧 쟁반 밑에 받친 손을 뺐다. 그러자 소음기를 낀 권총이 드러났다.

바로 옆이어서 놀란 창해가 입을 딱 벌렸을 때 총구가 입 안으로 쑥 들어갔다.

"퍽!"

둔탁한 총성이 입 안에서 더 적게 울렸다.

다음 순간 링링이 숨을 들이켜면서 몸을 비켰을 때다.

권총을 빼낸 종업원이 총자루로 링링의 뒤통수를 후려쳤다.

"퍽!"

뒤통수가 맞는 소리가 그렇게 났다.

링링이 의자와 함께 쓰러지자 종업원은 권총을 바지 혁대에 찌르고 창해의 가방에서 돈뭉치 3개를 꺼내 바지 주머니에 찔러 넣었다.

기절한 링링이 앓는 소리를 냈다.

입 안을 뚫고 들어간 총탄이 뒤통수로 나온 창해는 눈을 치켜뜬 채 의자에 멀리를 젖히고 누워 있다.

이윽고 몸단장까지 한 종업원은 방을 나갔다.

"그런데, 곽 형."

술잔을 든 태기용이 곽청을 불렀다. 술기운이 오른 태기용의 뺨이 붉어져 있다.

"예, 고문님. 말씀하시지요."

곽청이 똑바로 태기용을 보았다.

외성 서북쪽 자유 시장 근처에 있는 식당 안이다.

한 모금 술을 삼킨 태기용이 물었다.

"그런데 곽 형은 사업 파트너가 있나?"

"없습니다."

"그런데 어떻게 창해하고 동업하자고 했나, 무슨 돈으로 사업하려고?"

"창해가 먼저 동업하자고 했는데요?"

곽청이 정색했다.

"그러고는 나한테 거금을 맡겼단 말입니다."

"뭐? 창해가?"

태기용이 입을 쩍 벌렸다.

오후 9시 반, 태기용은 곽청과 헤어져 막 숙소에 도착한 셈이다.

숙소에 있던 부하로부터 창해가 식당에서 피살되었다는 보고를 받은 것이다.

"종업원 복장을 한 놈이 창해를 쏘고 만나던 모델을 기절시키고는 돈을 빼앗아 갔다는 것입니다."

"모델?"

"예, 요즘 창해가 만나는 속옷 모델입니다."

"그 양아치 새끼가 무슨……."

"모델을 만날 때마다 3만 위안씩 준다고 소문이 났습니다. 그래서……."

정신을 차린 태기용이 물었다.

"언제 뒤진 거야?"

"두 시간 전입니다."

그때는 태기용이 곽청과 식당에 있을 때다.

창해가 곽청한테 투자금을 맡겼다는 이야기를 듣고 긴가민가하는 중인데 이젠 확인도 못 하게 되었다.

"그 거지새끼가 그동안 돈을 엄청 모은 모양이군."

전화로 보고를 받은 삼합회장 강방원이 말했다.

"그런 놈은 꼭 그렇게 죽는다니까. 곽청이 투자금을 떼어먹어도 되겠다."

"예?"

"창해가 뒤졌으니까, 돈을 돌려줄 필요도 없잖아? 떼어먹는 거지. 너 같으면 안 그러겠냐?"

"하지만 부회장 용생이도 같이 있었답니다. 용생을 새 사업의 간판으로 내세운다고 했답니다."

"용생이라니, 그 비서였던 놈이냐?"

"예."

강방원이 잠깐 침묵했다.

창해가 계획했던 유흥 사업은 이제 곽청의 주도로 용생과 그리고 태광파가 벌리게 되겠구나.

강방원과 태기용의 머릿속에 동시에 떠오른 생각이다.

막고 자시고 할 분위기가 아닌데?

막으면 곽청이 '좋아라' 하고 돈을 떼어먹을 테고, 태광파 양아치들이 왜 막느냐고 똥물을 튀기며 달려들 것 아닌가?

공안을 이용하려고 해도 명분이 있어야지.

칭다오, 저택 2층의 회의실에서 회의가 열렸다.

다음 날 오후 6시다.

고대형이 퇴근하고 일찍 돌아온 것이다.

"여기 3만 위안입니다."

김성진이 검정 비닐봉지에 넣은 돈뭉치를 테이블 위에 놓았다. 창해를 죽이고 빼앗은 돈이다.

그때 고대형이 쓴웃음을 짓고 말했다.

"그거 우리가 보관해서 뭘 한단 말이냐? 기분이 찜찜하겠지만 네가 써라."

"하지만 사장님……."

김성진이 눈썹을 모았을 때 옆에 앉은 박국철이 말했다.

"너도 모델 하나 만나든지."

박국철은 김성진의 팀장 격이다.

그때 고대형이 물었다.

"곽청이 태광파는 장악했겠지?"

"예, 제가 창해를 죽이기 전에 부회장 용생과 행동대장 장만국을 만나 합의를 했습니다."

고개를 끄덕인 고대형이 이번에는 최창민에게 물었다.

"강방원이 어떻게 나올 것 같나?"

"막을 명분이 없을 것 같습니다."

"수고했어."

손목시계를 본 고대형이 자리에서 일어섰다.

저녁 약속이 있는 것이다.

칭다오 공항 옆쪽의 공업 단지 청양은 한국인이 많다. 한국인 투자 공장들이 많기 때문이다. 따라서 한국 식당, 한국인 상대의 가게가 많아서 한국 도시 같다.

고대형과 비서실장 진시몬이 한국 식당 '대전집'에 들어섰을 때는 오후 7시 반이다.

"늦었습니다."

방에 들어선 고대형이 말하자 자리에 앉아 있던 황비자오가 일어섰다.

안경알 안쪽의 눈동자가 흔들렸다. 굳은 얼굴.

시선이 진시몬에게 자꾸 모이는 것은 고대형이 혼자 오는 줄 알았기 때문일 것이다.

자리에 앉아서 종업원에게 주문을 마친 후에 고대형이 바로 말했다.

"자, 결정 사항을 말씀하시지."

"배상하지요, 공항에 억류시킨 제품 말요."

황비자오가 외면한 채 말했다.

"그리고 시키는 대로 하겠습니다."

"구체적으로 말해."

"내가 CIA 협력자가 되겠다는 말이오."

고개를 든 황비자오가 정색하고 고대형을 보았다.

"그것이 당신들의 목표 아닌가?"

"한 번 배신한 자는 두 번째 배신이 수월한 법이지."

황비자오의 시선을 받은 고대형이 빙그레 웃었다.

"우리 앞에서는 멋쩍어할 것 없어, 살려는 인간의 본성을 비웃을 수는 없으니까."

"그런 것 없어. 난 현실을 열심히 살고 있을 뿐이니까. 어떤 놈이 비웃는단 말야?"

"내가 네 진급도 도와줄 거야."

불쑥 고대형이 말했더니 황비자오가 숨을 들이켰다. 놀란 것이다.

고대형이 말을 이었다.

"이왕 우리 측에 붙었으니 공안 3국장으로 헤매는 것보다 고위직으로 올라가서 노는 것이 낫겠지? 이왕 버린 놈인데 말야."

"좋아."

황비자오의 두 눈이 번들거렸다.

"칭다오 공안부장, 산둥성 공안부장이 되는 것도 좋지. 이왕 버린 몸, 더 크게 노는 거야."

고대형이 고개를 끄덕였다.

4대째 이어온 미국 생활을 박차고 배신자가 된 황비자오다. 그때 박차고 나왔을 때보다 지금의 결정이 훨씬 가벼웠을 것이다.

그래서 한 번 배신자는 또 배신하게 된다니까.

리스타랜드.

바다 위에 떠 있는 요트에 이광과 안학태, 정남희 셋이 둘러앉아 있다.

정남희는 중국법인장이었다가 지금은 리스타상사의 사장이다. 전임 사장 곽영훈은 리스타건설의 사장으로 옮겨갔다.

오후 4시.

안학태가 이광에게 말했다.

"기반을 굳히려면 시간이 걸릴 것입니다. 칭다오를 중심으로 뻗어나가야죠."

안학태가 말을 이었다.

"CIA하고도 협조 체제가 잘 이루어져 있습니다."

그때 정남희가 나섰다.

센트럴무역은 상사 소속인 것이다. 해외에서 영업 중인 수천 개 자회사 중 하나로 상사의 관리를 받고 있다.

"우리가 표면에 나서서, '재주는 곰이 부리고 돈은 중국 놈이 먹는다.'는 식으로 놔둘 수는 없습니다. 우리 몫을 확실하게 챙겨야 돼요."

"고대형이 CIA 의도대로 움직이는 놈이 아냐."

이광이 말했지만 정남희가 고개를 저었다.

"주변에 한국인들이 있지만, 작전 인원 모두가 MADE IN USA입니다. 겉은 한국인이고 내용물은 모두 미국인입니다. CIA에 충성하는 미국인이죠."

그렇다. 진시몬은 말할 것도 없고 최창민, 박국철 등 간부들이 모두 MADE IN USA다.

그때 이광이 고개를 끄덕였다.

"고대형이 이제는 암살자에서 대한국인으로 거듭나는군."

"대(大) 자는 빼세요, 회장님."

318

정남희가 딴지를 걸었다.

이광에게 이런 식으로 말할 사람은 정남희뿐이다.

이광의 시선을 받은 정남희가 말을 이었다.

"한국인, 하면 될 것을 대 자를 붙여서 대한국인 하는 게 소국인(小國人)의 열등의식처럼 들립니다."

"한국인의 위대성을 말하는 거야."

자르듯 말한 이광이 정남희를 똑바로 보았다.

"센트럴무역을 적극적으로 지원해주도록."

지휘권은 이곳에도 있는 것이다. CIA가 주도하는 것이 아니다.

그날 밤. 베란다에 앉은 이광과 정남희가 어둠에 덮인 바다를 바라보고 있다.

주위는 조용하다.

베란다의 불도 꺼 놓아서 앞쪽 전경이 더 선명하게 드러났다. 파도 끝의 흰 거품이 끊임없이 밀려오고 있다.

그때 이광이 입을 열었다.

"이번 중국 작전은 내가 직접 나서야 될 것 같다."

놀란 정남희가 고개를 돌려 이광을 보았다.

이광이 옆얼굴만 보인 채 말을 이었다.

"너하고 해밀턴, 안학태까지 셋이 날 직접 도와야겠어."

"그럼 회장님과 비서실, 상사, 연합이 주도하는군요."

"그렇지. 전 그룹이 지원하는 것이고."

"CIA는 우리가 보조 역할을 하는 것으로만 알고 있을까요?"

"우리가 주도권을 잡으면 따라올 수밖에 없어."

"주도권을 빼앗기지 않으려고 할 겁니다."

"그래서 내가 직접 나서려는 거야. 등 주석이 남겨주신 인맥을 활용할 거다."

고개를 돌린 이광이 정남희를 보았다.

"내가 맨 나중에 중국과 부딪치게 될 줄 알았어."

"일본이 아니었습니까?"

"중국이 해결되면 일본은 자동적으로 끌려 들어온다."

"해결이라고 하셨는데, 구체적으로 말씀해주세요."

"너는 그쯤하면 알아들을 줄 알았는데."

"확실하게 해주세요, 저한테는."

"이따 침대에서 알려주지."

"지금요."

"중국과 통일하겠다."

"중국은 한반도에 한사군을 설치하면서부터 한국을 속국 취급했는데요. 그런 연장선상인가요?"

"청나라 식 통일이라고 생각하면 돼."

"8기군을 앞세운 식입니까?"

그때 이광이 이를 드러내고 웃었다.

어둠 속에서 흰 이가 드러났다.

"너도 제법 말재주가 늘었구나."

"백제 멸망 이후로 한반도는 중국의 속국이나 같았습니다. 중국인들의 주장이 맞습니다."

정남희가 고개를 절레절레 흔들었다.

"그 후로 1,500년 동안 완전히 무장 해제된 상태로 중국의 보호에 의존

해서 살았습니다. 이제야 1,500년의 한을 풀 때가 된 겁니다."

"그만하면 됐다."

이광이 술잔을 들고 한 모금 삼켰다.

"한국 정부의 공권력도 은밀하게 협조를 받아야 할 거다."

"그렇습니다."

고개를 끄덕인 정남희가 이광을 보았다.

"북한의 도움도 받아야 되겠지요."

"당연히. 하지만 조심해야 돼."

"알고 있습니다."

"일본은 이번 작전을 알게 되면 가장 적극적으로 막을 거다."

이광의 목소리가 낮아졌다.

"아마 사생결단을 하고 막으려고 들겠지, 중국이 통일되면 일본은 바로 우리에게 흡수될 테니까."

그렇다. 세계지도가 바뀌게 된다.

칭기즈 칸 이후의 대통일이다.

칭기즈 칸의 원 제국보다 낫다, 원은 일본 정벌에 실패했으니까.

"뭐? 오훈삼이가 홍콩에서 애들을 불렀어?"

강방원이 버럭 소리쳤다.

요즘 강방원은 심기가 불편하다. 정치권과 소통이 잘 되지 않는 데다 매출이 줄어서 조직력이 약해졌기 때문이다. 조직도 돈이다.

요즘은 의리네 충성 따위를 강조하면 '개'가 '공자 말씀'을 하는 것처럼 쳐다보는 상황이다. 그런 '쌍통'들을 짓고 있는 것이다.

돈으로 먹여 살려야 한다. 그런데 매출이 10퍼센트가량 떨어져서 100위안 줄 것을 90위안 주고 있으니 조직 전체가 맥이 떨어졌다. 그것은 삼합회의 해외 사업 부분이 타격을 입었기 때문이다. 특히 미국 사업장이 단속으로 매출이 급감했고 송금도 절반 정도로 뚝 떨어졌다. 그런 상황에서 오훈삼이 홍콩에 있던 부하들을 불렀다는 것이다.

이곳은 베이징 시내의 삼합회 본관, 회장실 안이다.

앞에 선 공택이 대답했다.

"예, 홍콩 지부에서 정보 보고를 보냈는데, 오훈삼이 데리고 있던 부하 10여 명이 칭다오로 옮겨갔다고 합니다."

"그 새끼들, 뭐하던 놈들인데?"

알면서도 그렇게 물었더니 공택이 눈치를 보면서 대답했다.

"예. 전에는 사업장에서 일하던 놈들이었는데, 지금은⋯⋯."

"지금은 뭔데?"

"예. 경마장이나 사설 경마장에서 놀든가 실업자가 된 놈들이라⋯⋯."

"오훈삼이가 데려가서 일 시킬 만큼 여유가 있는 거냐?"

그때 옆쪽에 서 있던 태기용이 나섰다.

"그렇지는 않습니다. 오훈삼의 칭다오 영업장은 현재 데리고 있는 부하들 먹여 살리기도 빠듯합니다."

"그럼 오훈삼은 어쩌자는 거야?"

태기용과 공택이 입을 다물어 버렸기 때문에 강방원이 다시 화가 났다.

"개자식들. 알아서 해 먹으라고 해. 지금 단속을 철저히 해서 빼돌리는 일이 없도록 하고."

"아직 본부는 마약 사업을 눈치채지 못하겠지만, 운반하는 과정에서 말이 새 나갈 거다."

오훈삼이 둘러앉은 부하들에게 말을 이었다.

"돈이 쌓이면 돈 냄새가 진동하는 법이니까 말야. 너희들도 잘 알지?"

"압니다."

서너 명이 일제히 대답했고 나머지는 머리를 끄덕였다.

이곳은 칭다오 바닷가의 단층 별장 안. 역시 독일인이 지은 벽돌 저택인데, 단층이지만 방이 18개에 창고도 2동이나 있는 대저택이다.

오훈삼이 이곳에 입주한 것이다. 물론 고대형이 손을 써서 집을 빌렸고, 입주자는 홍콩에서 온 오훈삼의 부하들이다.

오훈삼이 말을 이었다.

"사흘 후에 태국에서 떠난 운반책이 이곳에 도착한다. 그때부터 시작이야."

오훈삼의 얼굴에 웃음이 떠올랐다.

"우선 한국으로 넘기는 차액으로 만족하기로 하자. 그러다가 기반이 잡히면 내국 시장에도 뿌려야겠지."

그때는 대박이다. 소매까지 겹치면 10배 장사도 가능하다.

둘러앉은 간부급 부하는 14명, 1차로 온 부하들이다. 아직도 홍콩에서 수백 명을 데려올 수 있다.

"한 달에 150킬로 정도가 됩니다."

칭다오에서 상경한 전중이 말하자 강방원의 입이 쩍 벌어졌다.

"뭐? 150킬로?"

강방원이 숨을 골랐다.

엄청난 물량이다. 지난번 CIA의 묵인하에 헤로인을 한국에 실어 날랐을 때도 한 달에 1백 킬로 정도가 최대치였다.

"이런 개자식들이. 누구 허락을 받고……."

강방원의 말끝이 흐려졌다.

욕하는 상대가 불투명했기 때문이다. 마치 허공에 대고 욕하는 꼴이다.

베이징의 삼합회 본부, 회장실 안.

강방원이 옆쪽에 앉은 태기용에게 말했다.

"공급자 놈들한테서 캐내면 될 것 아닌가?"

"찾고 있습니다만, 힘듭니다."

태기용이 고개를 저었다.

"미국 놈들이 보호하고 있어서요."

이번에도 구매자는 CIA인 것이다. 물품은 칭다오에서 한국을 통해 바로 미국으로 전달된다.

칭다오의 중간상 입장에서는 '앉아서 떡 먹기'다, 전달만 하고 그냥 3배를 벌어들이니까.

그 과정을 아는 강방원은 그야말로 눈알이 튀어나올 지경이다.

헤로인 150킬로는 원산지에서 킬로당 1억씩, 150억씩 들여오는 것이다. 그것을 서해만 건너게 하면 3배, 450억에 팔아먹는다.

그때 전중이 말을 이었다.

"오 지부장 주변을 조사해 봤지만 이상한 점은 발견하지 못했습니다."

삼합회 칭다오 지부장 오훈삼은 요즘 조용하다. 칭다오 시장이 가라앉았기 때문이다.

전에 마약 사업이 활기를 띠었을 때는 칭다오 지부의 개도 입에 고깃덩이를 물고 다녔다고 했다. 그런데 지금은 개도 다 잡아먹었다는 것이다.

강방원이 어깨를 늘어뜨리면서 투덜거렸다.

"이거, 어디 하나가 고장 난 거야. 그래서 이렇게 조직이 삐걱거리는 거야."

지금까지 강방원 혼자 다 이룩한 것이나 같고 앞으로도 그렇게 끌고 나가려는 강방원이다.

그런데 요즘 마차의 바퀴가 뻑뻑해진 것 같다. 겉은 멀쩡한데 잘 굴러가지 않는다.

황비자오가 칭다오 공안부 제3국장에서 공안부장으로 승진했다.

공안부장은 요녕성 공안부로 승진해서 이동했고, 황비자오가 칭다오시 공안부 수장이 된 것이다. 제3국장에는 황비자오 심복인 1과장이 승진했기 때문에 겹경사다.

"이번 승진은 오 지부장에게 날개를 달아준 셈이 됩니다."

최창민이 말했다.

이제 황비자오는 오훈삼의 마약 사업을 은밀하게 도와줄 것이었다.

오훈삼은 홍콩에서 부하들을 1백 명이 넘게 불러 들였어도 삼합회 본부에 보고되지도 않았다. 정보가 단절되었기 때문이다.

지금까지 삼합회는 관(官)의 협조를 받아 정보를 얻었지만 칭다오에서는 딱 막혔다. 황비자오가 차단시킨 것이다.

칭다오시 중심가에 위치한 대양호텔은 55층 건물로 지하 1층에 초대형 룸살롱이 지난주에 오픈되었다.

중국은 스케일이 큰 것을 좋아한다.

이곳은 룸 120개에 근무하는 아가씨가 600여 명인 룸살롱 안이다.

둘은 가장 깊숙한 곳에 위치한 특실에 앉아 있었는데 실내 장식이 황제의 청 같다. 방 안을 둘러본 고대형이 쓴웃음을 지었다."역시 중국인들의 호사는 못 당하겠다."

이 호텔 주인은 왕창주, 개방 직전부터 부동산 사업을 시작해서 지금은 동북 3성에 한반도만 한 부동산을 보유하고 있다는 거부다. 과장이 섞였겠지만 엄청난 부동산이 있는 것은 사실인 것 같다.

대양건설은 증시에도 성장되어 있고 언론에 보도된 회장 왕창주의 재산은 140억 달러, 한화로 15조 가깝게 된다.

그때 문에서 노크 소리가 들리더니 황비자오가 들어섰다.

황비자오는 사복 차림이다. 말쑥한 양복에 무테안경이 불빛을 받아 반짝였다.

"미안합니다. 늦었습니다."

예의 바르게 인사를 한 황비자오가 앞쪽에 앉았다.

테이블 위에는 술상이 차려져 있기 때문에 종업원을 부르지 않아도 되었다.

술잔을 쥔 황비자오가 말했다.

"왕창주는 다음 달에 이곳에 옵니다. 이곳 대양호텔 프레지던트 룸에서 5일간 머물 예정입니다."

고대형이 고개만 끄덕였고 황비자오가 말을 이었다.

"베이징에서 왕창주 경호에 신경을 쓰라는 지시가 내려왔어요. 왕창주가 베이징 공안 본부에도 배경이 있다는 증거지요."

"공안본부 제2국장이야."

고대형이 말하고는 쓴웃음을 지었다.

제2국은 정보국이다. 본부 국장은 각 성(省)의 공안부장 급이다. 황비자오보다 두 계단쯤 직급이 높다.

그때 최창민이 말했다.

"그때 황 부장이 왕창주를 이곳에 데려오기만 하면 됩니다."

그때부터 왕창주 공작이다. 중국 재벌 등에 올라타야 한다.

오훈삼은 홍콩 지부장 시절에 해외여행을 자주 다녔지만 괌은 처음이다.

칭다오에서 괌으로 날아간 오훈삼의 기록은 보고되지 않았다. 황비자오가 손을 썼기 때문이다.

황비자오는 이미 출입국 관리소에도 부하를 심어 놓았고 공안은 완전히 장악한 상태. 각 기관에 파견된 요원들은 CIA 정보원이다.

오후 4시 반, 괌의 퍼시픽호텔 스위트룸에 투숙한 오훈삼이 손님을 맞는다.

방으로 들어선 일행은 네 명, 동양인 둘에 서양인 둘이다.

오훈삼은 종평기와 함께 있었기 때문에 여섯이 응접실에 모인 셈이다.

방문한 넷은 이광과 안학태, 그리고 해밀턴과 CIA 부부장인 아놀드다.

인사를 마치고 자리 잡고 앉았을 때 먼저 해밀턴이 입을 열었다.

"오훈삼 씨, 여기 계신 이 회장님 이야기 들어보셨소?"

"예, 물론이지요."

오훈삼이 조심스럽게 이광을 보았다.

"이렇게 뵙게 된 것을 영광으로 생각하고 있습니다."

"그만큼 이번 작업을 중요하게 생각하기 때문이오."

"예, 해밀턴 선생님."

고개를 끄덕인 해밀턴이 말을 이었다.

"회장님께선 이번에 오훈삼 씨를 꼭 보신다고 해서 모셔온 겁니다."

"예, 감사합니다."

그때 이광이 쓴웃음을 짓고 말했다.

"오훈삼 씨, 우리가 당신이 삼합회 회장이 되도록 적극 후원해 드리지요."

"감사합니다."

다른 중국인이라면 두서너 번 사양했을 테지만 오훈삼은 바로 받아들였다.

오히려 정색하고 말을 받는다.

"썩어가는 삼합회를 재건해야 됩니다. 그것이 중국의 미래를 위한 일입니다."

이광과 해밀턴이 마주 보고 머리를 끄덕였을 때 아놀드가 입을 열었다.

"CIA 전문 요원을 공급해 드릴 테니까, 측근에 두시도록. 홍콩에서 데려오면 주목만 받고 도움이 안 됩니다."

"알겠습니다."

"곧 강방원 제거 작전이 시작될 겁니다."

아놀드가 말을 이었다.

"사고사로 위장할 건데, 강방원이 측근들과 함께 제거되면 삼합회 내부에서 혼란이 일어나겠지요."

"……"

"아마 상하이 지부장, 베이징 지부장 등 거물급 7, 8명이 나설 텐데, 관(官)에서도 제각기 후원자를 앞세우게 될 것이고……"

어깨를 부풀렸다가 내린 아놀드가 오훈삼을 보았다.

"최소한 반년간은 전쟁이 일어날 겁니다. 긴장하고 계셔야 될 거요."

"우리 측은 누가 나섭니까?"

오훈삼이 갈라진 목소리로 물었을 때 대답은 해밀턴이 했다.

"센트럴무역."

"이동욱입니다."

고개를 숙였다가 든 사내가 똑바로 고대형을 보았다.

180쯤의 신장, 팔이 길지만 근육질은 아니다. 각진 얼굴, 눈은 조금 가늘고 입술은 딱 닫혔다. 호남형 얼굴, 고대형의 얼굴에 웃음이 떠올랐다.

이동욱은 리스타자원에서 보낸 용병인 것이다.

고대형의 요구에 의해 리스타에서 보좌관을 파견한 것이다.

"앉아."

눈으로 앞쪽 자리를 가리킨 고대형이 말을 이었다.

"잘 왔어."

"감사합니다. 저도 뵙고 싶었습니다."

"자원에도 내가 알려졌나?"

"그럼요. 저희들도 그런 일 하지 않습니까? 사장님은 제 우상입니다."

"이 자식이 아부도 잘하네."

고대형이 이제는 말을 놓았다.

이동욱은 31세. 해병대 UDT 하사로 제대한 후에 리스타자원에 입사. 6년 간 아프리카, 중동에서 용병으로 일하다가 이곳으로 전출된 것이다. 전문 저격수, 영어, 아랍어, 중국어에 유창하다. 중국어에 유창한 것이 이곳으로 선발된 이유였는데 어머니가 화교였기 때문이다. 화교는 한국에서 사는 중국인을 말한다.

사장실 안에는 둘뿐이다.

고대형이 말을 이었다.

"넌 내 보좌관이야."

"예, 사장님."

"알고 왔겠지만, 내 주변의 간부는 모두 CIA 요원이다. 내가 CIA의 꼭두 각시처럼 보이겠지."

"그럴 리가 있습니까?"

"너 끼어들지 말고 들어."

"예, 사장님."

"그래서 그룹 비서실장께 내 직계 리스타 요원을 보내달라고 한 거야, 행동요원으로."

"예."

"앞으로 넌 내 분신이다."

"예."

"내 대신 처리할 일도 있고."

"예."

"너, 기록에는 없던데, 여자 있어?"

"예."

"애인이냐?"

"예."

"한국에 있어?"

"예."

"얀마, 길게 대답해도 돼."

"그냥 사귄 여잡니다. 넉 달 전에 한국에 휴가 갔다가 만났는데요, 요즘은 연락 안 한 지 한 달 되었습니다."

"……."

"그러다 끊어지고 다른 여자를 만나고 그러지요. 제 처지가 여자 오래 만날 수는 없거든요."

"너 차장급으로 내 보좌관이다. 책상은 비서실에 두지만 비서실장 소속은 아냐."

"무슨 말씀인지 알겠습니다."

"CIA 팀에서 널 경계할지 모르지만, 알아서 견뎌."

"그쯤은 문제없습니다."

"너 저격 실력은 어때?"

"이라크에서 용병으로 일하면서 1,950미터 거리의 표적을 맞춘 적이 있지요."

"기계는 뭐냐?"

"드라구노프 신형이었습니다."

"그거 명품이지. 낮이었어?"

"밤이었습니다. 적외선 야간 스코프를 장착했습니다."

"그건 눈금이 붉게 나오나?"

"푸릅니다."

"머리를 맞췄어?"

"예, 눈썹 사이를."

"바람 불었나?"

"예, 초속 2미터로 좌풍이었습니다."

"드라구노프가 명품이야."

"환상적이었습니다."

"난 헤클러, 코흐 PSG-1로 2,210미터 표적을 맞췄다."

"아!"

탄성을 뱉은 이동욱이 상반신을 앞으로 기울였다. 가는 눈이 반짝이고 있다.

"전 베레타 스나이퍼, 월터 WA 2000, M-21까지 쏴봤지만, 그놈은 기회가 없었습니다."

"비싸지."

"예, 용병용으로는 비싸죠."

"난 CIA 일을 했으니까."

"아무래도 리스타자원에서는 눈치가 보이니까요."

"너 숙소 3층으로 와. 방이 많으니까 계단 옆방을 써라."

마침내 고대형이 이동욱을 숙소의 같은 3층 방까지 내줬다.

"고대형이 언젠가는 또 한 번 배신하게 될지도 몰라."

진시몬이 웃음 띤 얼굴로 최창민과 박국철을 보았다.

"지난번 고대형과 지금 서울 지국장 지미 우들턴이 반란을 일으켰다가 무마가 되었지. 당신들, 알아?"

"그거야 지난 후버 부장 때였으니까."

최창민이 아는 체했다.

"그리고 그건 우리가 먼저 둘의 입을 막으려고 했다가, 그렇게 된 거 아니야?"

"어쨌든 고대형과 지미는 본부에서 요주의 인물로 되어 있어."

진시몬이 말을 이었다.

"이번 '중국 작전'도 리스타를 이용하려고 고대형을 전면에 내세웠지만, 결정적인 단계에서는 조심해야 돼."

"갓댐."

듣고만 있던 박국철이 투덜거렸다.

"할 일이 태산인데, 스트레스 주지 말라고. 지금 사장을 어쩌라는 거야?"

회사 근처의 바 안이다.

오후 6시 반, 오늘은 모처럼 셋이 모여서 한 잔 마시는 중이다.

그때 진시몬이 말했다.

"사장이 보좌관으로 저와 비슷한 용병을 데려왔어. 그놈은 사장과 함께

3층에서 살도록 방을 내줬다고."

"2층에는 방이 없어."

박국철이 말을 받았을 때 진시몬이 고개를 저었다.

"리스타자원에서 데려온 리스타 소속이야. 사장이 하나씩 심복을 데려오고 있다고."

"그건 좀 그렇군. 내 부하들이 모두 전문가들인데."

박국철이 혼잣말처럼 말을 받았고 최창민은 외면했다.

둘은 고대형과 진시몬이 처음 며칠간 호텔에서 같은 방을 썼다는 사실을 알고 있는 것이다.

둘은 지금은 남남이 되어 있는데, 그 이유는 모른다.

고대형이 리스타랜드에 도착했을 때는 그로부터 사흘 후다.

센트럴무역이 리스타상사의 계열사 중 하나였기 때문에 계열사 사장단회의에 참석하게 된 것이다. 아시아 지역 계열사만 해도 300개가 넘었기 때문에 고대형도 그중 하나였다.

그런데 고대형이 배정된 숙소에 짐을 들여놓자마자 사내 둘이 찾아왔다.

그룹 비서실 직원이다. 군소리할 것도 없이 고대형은 바닷가의 별장으로 실려 왔다.

회장의 별장이다.

별장 응접실에는 이광과 비서실장 안학태, 상사 사장 정남희까지 기다리고 있었는데 모두 웃음 띤 얼굴이다.

인사를 마친 고대형이 자리에 앉았을 때 이광이 말했다.

"네 할 일이 지금부터 시작이야."

이광이 말을 이었다.

"나와 함께 세상을 바꿔보도록 하자."

꿈에서 회장이 오훈삼한테 한 이야기를 들었기 때문에 고대형은 고개만 숙였다.

그때 이광이 말했다.

"온 김에 여기서 며칠 쉬고 가거라."

그때 안학태가 헛기침을 했다.

"자네 가족이 모두 이곳으로 옮겨온 것, 모르지?"

고개를 든 고대형을 향해 안학태가 빙그레 웃었다.

"그리고 지난달에 소냐 씨가 아들 낳은 것도 모르겠군."

숨을 들이켠 고대형에게 안학태가 말을 이었다.

"그렇군, 아들 이름이 고주몽이지. 주몽이하고 소냐 씨, 유리 군, 그리고 장모님, 장모님 가족까지 다 전세 비행기로 이곳에 옮겨왔다네."

"……"

"친척도 10여 명이나 같이 오겠다고 해서 모두 80여 명이야."

"……"

"김치 공장을 옮겨올 수 없어서 친지한테 싸게 팔았지. 여기서 이야기 끝나고 가족한테 가 봐. 아예 가족 단지가 되어 있네."

고대형은 길게 숨을 뱉었다. 갑자기 심장박동이 빨라졌기 때문에 심호흡을 서너 번 더 해야만 했다.

그렇구나, 이렇게 새 세상을 만들 분위기가 갖춰졌구나.

새 세상을 만들다 죽어도 한이 없지 않겠는가?

<끝>